BOBI BONOM

ÁLDOZATOK

Ez a **könyv**
e-könyvként
is elérhető

www.novumpublishing.hu

© 2016 novum publishing

ISBN 978-3-99048-368-8
Lektor: Tömösvári Emese
Borítókép: Timár István
Borító, tördelés & nyomda:
novum publishing

www.novumpublishing.hu

Előszó

Munkám során, hét éven át volt szerencsém olyan emberekkel beszélgetni naponta, akik bűncselekményeket követtek el. Tolvajok, nepperek, simlisek és balekok is voltak köztük. Olyan egyénekkel, akik embertársaikat bántalmazták. Rablókkal, gyilkosokkal és perverzekkel. Élénk érdeklődés mutatkozott bennem irántuk.

Tanulmányaim arra ösztönöztek, hogy megismerjem ezen emberek gyermek- és ifjúkorát, ezért különböző kiscsoportos foglalkozásokat szerveztem egy fegyház karbantartó műhelyében. Persze a rabok ebből nem sejtették, hogy egy vizsgálat alanyai lettek, hisz semmi mást nem kellett tenniük, mint beszélni nekem és fogva tartott társaiknak gyermekéveikről. Aztán több tucat élettörténet végighallgatása után feltűnt nekem, hogy egyik férfi sem tudott szeretettel beszélni mindkét szülőjéről, de a legtöbb bizony édesanyjáról sem tudott örömmel beszélni. A korai anya-gyermek kapcsolat legsúlyosabb problémáit sorolták el egyre, mintha csak egy kézikönyvet olvastak volna fel, ami a családban előforduló legkiemelkedőbb problémákat taglalja.

Később másik beosztásba kerültem, ahol már csak hetente egyszer adódott lehetőségem elítéltekkel beszélni, de azok már kizárólag szakmai jellegű beszélgetések voltak. Az új munkakörömből adódóan viszont megismerhettem a fogva tartott egyének teljes bűnügyi előéletét, egészen tizennégy éves koruktól.

Egyszer egy emberölést elkövető fogva tartott bűnügyi iratait ellenőriztem éppen, amikor egy megközelítőleg tizennégy éves kori fényképre akadtam. A kép szinte megszólított. Olyan ártatlansággal színezett mély szomorúság áradt a fiú tekintetéből, hogy akaratlanul is őt tartottam saját bűncselekménye áldozatának. Ez sarkalt arra, hogy megírjam a sok-sok beszélgetés és vizsgálat eredményét.

Aztán elolvastam a fiú élettörténetét és az elkövetett cselekmény tényállását, ami igazolta elképzelésemet gyermekéveiről. Áldozat volt attól a perctől, hogy megszületett, és valószínűleg haláláig az is marad. Nem kívánom részletezni, a regényből ki fogja olvasni, akinek van szeme hozzá.

Tizenegy évet dolgoztam egy hazai fegyházban, tehát nemcsak mint kívülálló írok, mikor leírom, hogy a magyar fegyintézetek és az ott folyó munka alkalmatlan arra, hogy egy bűnelkövetőt ismét hasznos tagjává tegye társadalmunknak. Ez családi segítség nélkül, illetve az önnevelés, az egyházak szerető közösségei stb. nélkül szinte egyetlen esetben sem sikerült volna. Meggyőződésem, hogy egyetlen megoldás létezik csupán, hogy a bűncselekményeket lejjebb szorítsuk: neveljünk jó szülőket!

Ebben a regényben néhány alapvetően hibás szülői magatartásformára, illetve családi problémára kívánok rámutatni, a teljesség igénye nélkül. Később egy második részben további problémákkal szeretném megismertetni olvasóimat.

Nem akartam szakkönyvet írni, hiszen a célom nem az volt, hogy pedagógusok és pszichológusok, valamint egyéb, a területen dolgozó szakemberek olvassák azokat a dolgokat, amiket amúgy is tudnak. Az én célom e kitalált történet megírásával az volt, hogy szülők, illetve leendő szülők egy izgalmas történetbe burkolva néhány alapgondolattal megismerkedjenek, ami aztán arra ösztönzi őket, hogy a gyermeknevelést tudatosabban folytassák. Utánanézzenek a megfelelő helyen, ha problémákkal találják szembe magukat, megfelelő időben döntsenek, tegyenek lépéseket, forduljanak szakemberekhez.

Csak annyit szeretnék vállalni, hogy elhelyezek egy csörgőórát az olvasók lelkében, ami a megfelelő időben riaszthatja őket, ha probléma adódik gyermekük nevelése során. Ne forduljon a helyzet olyan súlyosra, ami már visszafordíthatatlan.

Ezen cél megfogalmazásával kívánok Önnek, tisztelt Olvasó, jó szórakozást és kellemes kikapcsolódást a regény olvasásához!

Bobi Bonom

I. fejezet

– Mi a faszt csináltál, te állat!? – üvöltött Pete.

– Kinyírtam a gecit – válaszolta zilálva Ric, miközben kabátja ujjával letörölte arcáról az ékszerész véres agyvelejének foszlányait.

– A picsába, Ric, nekünk semmi bajunk nem volt ezzel az emberrel, csak ki akartuk rabolni, hogy megtudja a burzsuj állat, milyen csicskázni, gályázni egész nap – csatlakozott Geri.

– Nem, az ilyen faszit meg kell büntetni, mert védtelen emberek javait fillérekért vásárolta fel, kihasználva, hogy anyagilag megszorultak. Nem értesz te semmit, Geri. Nem értettél semmit, amikor elmondtam, miért ezt a genyót raboljuk ki. Ha elviszed az aranyát, a biztosító kifizet neki mindent, aztán folytatja az emberek kizsigerelését. Most majd fejükhöz kapnak a hasonló retkek – hörögte Ric, és torkon rúgta a magatehetetlen testet.

Pete és Geri dermedten álltak, miközben harmadik társuk behúzta a földön saját vérébe fagyott ékszerkereskedőt az üzlethelyiségbe.

– Te sejtetted, hogy Ric ki akarja nyírni ezt az embert? – kérdezte Geri idegesen.

– Nem. Kurva nagy bajban vagyunk – válaszolta Pete rémülten, és felnézett a mennyezetre, mintha a megoldás oda volna felírva.

– Ne ott álljatok, mint a fasz! Geri, húzz ki a kocsihoz és hozd be a kanna benzint a csomagtartóból! Pete, te keresd meg a lóvét, mert ezzel a sok ékszerrel egyelőre lófaszra sem megyünk! Én ma éjjel bulizni szeretnék, hisz' gazdagok vagyunk, kimondhatatlanul gazdagok és szabadok vagyunk – mondta sejtelmesen nevetve Ric.

Geri és Pete automatikusan indult és végrehajtotta az utasítást, mint korábban bármikor. Geri, miközben kiment a benzinért, a lépcsőre hányt, a gyomra görcsölt, azon járt az agya, hogyan jöhetne ki ebből a helyzetből a legkevesebb veszteséggel. Nem jutott eszébe semmi értelmes gondolat. – Á, ebben a helyzetben jobb, ha követem Ricet, ő talán tud hideg fejjel gondolkodni, bár erősen kétlem – gondolta.

Pete nem gondolt semmire, csak arra, hogy Ric minden elvárásának megfeleljen. – Tehát most pénzt kell találnom, mert berág rám – mondta magában, és szisztematikusan átvizsgálta a lakást.

Szegény Artur Loang ékszerész, ékszer-üzletlánc tulajdonos épp a bevételt szerette volna a házi széfben elhelyezni, amikor csengetett egy kedves barátjának fia. A monitoron nem látott senki mást, csak a kis Ricet, tehát csak mit sem sejtve lesétált az emeletről ajtót nyitni, még a széfet sem csukta vissza. Most lent hever az üzletében holtan, ruháját már átitatta a rálocsolt benzin, várva a rögtönzött hamvasztást, miközben egy idegességtől remegő kezű fiatalember tömi azt a sok-sok millió eurót zsebeibe, kabátjába, szatyrokba, amiért ő egész életében dolgozott. Az idős kereskedő nem bízott a bankokban, meg volt győződve róla, hogy előbb-utóbb „lehasal" a bankszektor, és eltűnik a bankbetétesek vagyonának egy része, ezért vagyonának szinte 100%-át otthonában és üzleteiben tárolta. A gyors pakolás során Pete agyán átfutott, hogy Ric milyen elégedett lesz vele, amiért ennyi „kenőcsöt" talált, és egy kicsit megnyugodott, mert már komolyan elkezdett félni legjobb barátjától. Elrakta az öszszes pénzt, amit a nyitott széfben talált, és lerohant a lépcsőn.

Amíg Geri és Pete végrehajtották a rájuk kirótt feladatokat, Ric fényképeket nézegetett, a ruhásszekrényeket, könyvespolcokat és a gardróbot nézte át. Egy-két dolgot elrakott, néhány ruhaneműt egy üres zsákba gyömöszölt, és a végén a benzines testre hajította.

– Itt van, te hólyag, kapsz takarót is, bár nem hinném, hogy a tűzben fázni fogsz – mondta egyhangúan. – Na, mi van veletek?! Ékszert, pénzt a kocsiba, és húzzunk a búsba!

– Rendben, Ric, de ne üvölts. Ki tudja, ki a fasz sétál erre ilyenkor. Nem akarok a zsaruknál ébredni. Épp elég nagy szarba rángattál bele minket. Nem is tudom, mi lesz, ha... – de a mondatot Geri be sem fejezte, mert nem is akarta végiggondolni, mit is kaphatnak tettükért.

– Gyerekek, az ékszert ott adjuk el a világon, ahol csak akarjuk – sikította Pete. – Annyi pénzt találtam az emeleten, hogy akárhova eljutunk belőle – folytatta hisztérikus örömmel.

– Irány a kocsi, a többit majd megdumáljuk a tóparton – adta ki az újabb utasítást Ric.

A két társ beült az autóba. Geri volt a sofőr, mert ő volt a helyi gokart pálya rekordere, meg az autós szimulátor játékokban is verhetetlen volt. Igazi tehetség. Pete elfoglalta helyét a hátsó ülésen negyven kilogramm ékszer és kb. ugyanannyi bankjegy között. Geri ránézett Pete-re és látta, hogy barátja milyen kéjenc képet vág a kimondhatatlanul sok pénz között.

– El ne csattanj, te állat, ráérsz örülni, ha már leléptünk ebből a kurva országból. Pont olyan élvezet van az arcodon, mint amilyen azokén lesz, akik a sitten töcskölnek, te köcsög – mondta nevetve Geri.

– Ne is gondolj ilyesmire, Ric mindent megtervezett. Ez tuti – mondta Pete.

Geri beindította a motort, hátranéztek, és a nyitott bejárati ajtón benézve látták, hogy Ric felgyújtja a hullát és magából kikelve üvölt vele.

– Ez nem sima – jegyzi meg Geri –, már nem érzem magam biztonságban mellette! A pisztoly még nála van?

– Persze, de nyugi, nincs vele semmi gubanc, csak az utóbbi időben rengeteget szívott. Na, jön!

– Gőzöm sincs, hogy tudtatok erre a baromságra rávenni, Steve-nek volt igaza, hogy kimaradt ebből.

– Na, lépj a pedálra, Geri fiú – kiáltotta Ric, ahogy bevágódott az anyósülésre.

Néhány percig csendben autóztak, Geri nem látta semmi okát annak, hogy siessen. Megfontolt srác volt, és tudta, a rohanással csak felhívná a figyelmet az autóra. Az autót és a motorjaikat egy harminc kilométerre lévő horgásztó partján hagyták, jól a fák közé rejtve.

– Oké, ezt lerendeztük. Kezdhetitek törni a fejeteket, mire költitek ezt a rohadt sok pénzt – mondta elégedetten Ric. – Én mától ejtem a zöldet, csak „kólázni" fogok, de azt már ma éjjel. Kicsit kivárt, majd ismét megszólal – Te Geri, ki mondta azt neked, hogy Steve ebből kimaradt? – kérdezte titokzatosan. Geri nem is sejtette, hogy ezt meghallotta, amikor beült az autóba.

– Hát, miért, velünk volt, baszod? Nem közbejött neki valami családi parti? – kérdezett vissza Geri.

– Pontosan tudta, hogy kirámolunk valami zsíros mukit, pontosan tudta, hogy ma éjjel tesszük, tehát mindent tudni fog, mihelyt megnézi a híradót vagy kezébe vesz egy holnapi újságot. Egyébként meg nekem nem adja be, hogy családi buli van náluk. Egy faszt! Befosott, mint minden korábbi balhénknál. Érdekes, hogy mindig ő tűnik el valamilyen ürüggyel. Úgy kell kezelnünk őt, mint aki mindent tud. – Elhallgatott, majd kisvártatva maga elé mormogta – kétesélyes – s közben a fegyverrel kopogtatott a műszerfalon.

– Tessék? Mit dünnyögsz? – vonta kérdőre Geri.

– Mondom, kétesélyes. Vagy kifizetjük, és lelép, vagy pedig kinyírjuk és elássuk valahol. Mire megtalálják, mi már Dél-Amerikában áztatjuk a farkunkat, és költjük a jó öreg Loang által összeharácsolt milliókat.

– Rendben, kifizetjük – vágta rá Geri, közben szigorúan nézett Ricre.

– Ácsi! Majd eldöntjük. Hárman vagyunk, mindenki szavaz, és amit a többség dönt, azt végrehajtjuk.

– Te, Ric – vágott közbe Pete –, gyilkosságból nekem ez az egy is sok. Erről nem volt szó. Steve egy kurva jó gyerek, jó barát. Én Geri véleményére szavazok most az egyszer. Az öreget is mi a szarért lőtted pofán? A pénzét így is, úgy is elhozhattuk volna.

– Megmondtam már ott is, hogy miért – válaszolt feszülten Ric. – Nem kell majrézni, srácok, minden nyomot elégettünk, ezt a verdát eltüntetjük a tó fenekén a ruháinkkal együtt. A készpénzt elosztjuk négyfelé, Steve része nálam marad, majd én odaadom neki, az ékszereket egyelőre jegeljük néhány évig, azt is elintézem. Egy feladatotok van már csak, hogy holnap itt hagyjátok az életeteket és lelépjetek valami egzotikus országba. Remélem, menni fog, de majd megbeszéljük a részleteket, mert még a végén rendeltek holnap egy bangkoki repülőjegyet.

– Kösz, hogy ennyit nézel ki belőlem, tesó – kontrázott Geri cinikusan –, mellesleg van egy nagyobb feladat. Valahogy fel kell dolgoznom egy emberölést, amit nem is terveztem, de jobban nyomja a lelkem, mint a tiéd fogja.

– Megjöttünk, Pete, te itt szállj ki és sétálj oda. Útközben figyelj, van-e horgász, vagy basznak-e a parkban. Engem vigyél egy kicsit túl, én majd onnan visszasétálok, egy kicsit felmérve a terepet. Te meg kerüld meg a tavat! Jól nézzetek körül! – vezényelt Ric. – A verdáknál talizunk.

– Oké – szólt vissza Pete.

Tovább haladtak. A tó csupán 4 hektáros volt, de a közepén a 40 m mélységet is elérte. Valamikor bányató volt, de mostanában halastóként tartották fenn. Az egyik felén erdő van, a másikon pihenőhelyek és horgászstégek. A fiatalok az erdő felől érkeztek, itt elvileg nem láthatta őket senki. Pete nagyon gyors léptekkel haladt, mert valójában nagyon félt az erdőben. Egyedül még nappal sem mert végigmenni itt, de a „főnöknek" ezt nem mondhatta. Inkább végiglohol nem figyelve semmire, csak nehogy rajta gúnyolódjon Ric. Az erdő minden suhogása, reccsenése valóságos késdöfés volt idegrendszerének, a szíve olyan szaporán vert, mint egy űzött vadé. Tizenöt perc alatt ért a találkozási ponthoz, de neki egy örökkévalóságnak tűnt. Ő érkezett meg először.

Ric Pete-nek pont az ellenkezője volt. Szép, kényelmes tempóban sétálta végig az útját. Jól megfigyelt mindent, beleértve a túlparton világító horgászhelyeket is. Pontosan látta, hogy a járműveket a lehető legjobb helyen hagyták, arra hátul már nem horgászik senki. A torka néha összeszorul, ha rágondol az öreg Arturra. Most először van olyan érzése, hogy talán túllőtt a célon. De ezt a gondolatot hamar elhessegette. – Á, megérdemelte, és kész – gondolta. Továbbhaladt és eljátszott a gondolattal, ahogy egy luxus jachton napozik bomba nőkkel, koktélokkal, és elfelejti korábbi zűrös életét. Bomba nők nem jutottak neki, mert elég vékony alkatú, kissé nagy orrú, szeplős srác volt, de jachtja szüleinek is volt a Dunán. Igaz, egyedül sohasem mehetett el vele, a szüleivel meg már „gáz" volt kirándulni. Huszonöt perc alatt ért a találkozási ponthoz.

Geri az autó világításának segítségével jól átvizsgálta a tó túlsó partját. Vezetés közben telefonált jó barátjának, Steve-nek.

– Figyelj rám, haver, és ne kérdezz semmit, csak hajtsd végre, amire megkérlek!

– Na, valami gáz van?

– Sokat nem mondhatok most, csak annyit kérek, hogy fél óra múlva legyél nálam. Ha nem vagyok még otthon, akkor várj meg a szobámban, majd Ani beenged. Oké?

– Rendben. De mégis, nagy gáz van?

– Kurvára.

Letették. Geri érezte, hogy ez az a pont, mikortól egyedül kell intéznie a dolgait. Pörögtek fejében a gondolatok, hogyan is lépjen le az országból, gyalog vagy vonattal, esetleg motorral. Az eredeti tervben nem volt gyilkosság, így erre nem volt felkészülve. Milyen ürüggyel kérje el Rictől a Steve-nek szánt pénzt, mert egyáltalán nem bízott már benne. Legbelül érezte, hogy ő egyedül is ki akarná nyírni Steve-et, és a pénzével el akar majd tűnni. – De hogyan oldjam meg ezt? Mennyi időm van még? Ez az állat még engem is agyonlőne, pedig együtt nőttünk fel. Bár, ha letenné végre a pisztolyt, akkor egy perc alatt lecsavarom a húszkilóst – ilyen gondolatok kavarogtak a fejében.

Geri jól gondolta, hisz' jó húsz kilogrammal nehezebb volt Ricnél, és ő társával ellentétben csupa izom. Gyermekkorában úszott, futott később focizott keveset. Jelenleg pedig testépítéssel és aikidóval foglalkozik. A fegyvertelen Ricet valószínűleg másodpercek alatt elintézné.

– Megvan – gondolta –, majd megmondom, hogy nem hagyhatunk semmi bűnjelet, és leeresztjük szépen a kocsival együtt a tó fenekére a pisztolyt is.

Amikor odaért, még csak Pete volt az autóknál, látszott rajta, hogy nagyon félt, Geri majdnem pofán röhögte, amikor kiszállt az autóból.

– Na, mi van, menő? Teleraktad a gatyád, míg ideértél?

– Ha-ha, nagyon vicces vagy. Nem neked kellett a sötét erdőben gyalogolnod. Könnyen ugatsz, szépen autózgattál – válaszolta fennhangon Pete.

– Miért, szerinted én nem mertem volna ezt az egy-két kilométert megtenni a sötét erdőben? Ne legyél már ilyen szánalmas, mert mindjárt olyat alád rúgok, hogy megbüdösödsz, te csicska. Kurva feszült vagyok, úgyhogy szerintem ne szórakozz ma velem! Értve?!

– Ja, ja, ja, rendben, Geri.

Ekkor érkezett meg Ric, és kérdezte, hogy min veszekednek társai.

– Semmit, csak Geri baszogat, hogy fostam-e az erdőben.

– Na és, fostál? – kérdezte Ric nevetve.

– Hát, siettem, de nem láttam semmi gázos dolgot, szóval minden oké volt. És nálatok?

– Minden tiszta, csinálhatjuk – mondta Geri.

– Erre is minden rendben volt, öltözzünk át!

A három fiú levette minden ruháját, az alsóruházatot is beleértve, majd beletették a korábban a rabláshoz ellopott autó csomagtartójába. Átöltöztek a saját járműveikbe odakészített ruhákba. Amikor mindent bepakoltak, Geri megszólalt:

– A pisztolyt, Ric!

– Mi? – kérdezett vissza a másik.

– A pisztolyt be a csomagtartóba, és megy le a tó fenekére – szólt újból Geri.

– Megvesztél, haver? Azt vissza kell tennem apám szekrényébe, mielőtt észreveszi, hogy eltűnt, és jelenti a rendőrségen – érvelt Ric.

– Azt mondtad, hogy a fegyvert kéz alatt szerezted. Hogy teljesen tiszta, még nem követtek el vele semmilyen bűncselekményt az országban. Erre kiderül, hogy apád szaros pisztolyát nyúltad le. Na, baszd meg, ehhez csak gratulálni tudok, te őstulok – őrjöngött Geri.

– De te elfelejted, hogy ez a pisztoly megtöltve jelenleg is az én kezemben van, úgyhogy válogasd meg a szavaidat! Rendben!? – reagált idegesen Ric.

– Hé, fiúk, basszátok meg, ne egymással marakodjatok! Csináljuk a dolgunkat, és húzzunk a véres gecibe. Szarok a pisztolyra, csak ezt a nyavalyás éjszakát felejtsem már el – nyafogta közbe Pete.

– Oké – mondta Geri –, megtartod és visszateszed a pisztolyt, de Steve részét én viszem el. Rendben van?! Nem hallom! – üvöltötte el magát Geri.

– Oké, csináljuk – mondta Ric, de közben azt gondolta, hogy nem Geri írja a forgatókönyvet.

Letekerték az autó ablakait, kiengedték a féket, de előtte kitámasztották kövekkel a kerekeket. A nyitott ablakokon keresztül telehordták az autót nagyobb kövekkel, hogy hamarabb elsüllyedjen. Belehordtak megközelítőleg öt mázsa követ, a kereket tartó köveket kirúgták, és a kocsi belerobogott a nyugodt tó vizébe. Álltak egymás mellett csendben, és várták, hogy a jármű teljesen elsüllyedjen.

– Elmerült – törte meg a csendet Pete.

– Oké, fiúk, teljesen pontos időt futottunk, negyed tizenkettő van. Mindenki elmegy haza, megmutatja magát, és éjfélkor a szokásos éjszakai bárban találkozunk. Ma szopatni és baszni akarok. Ki fogom választani a legszebb kurvát! De előtte szerzek egy kis cuccot – tervezgetett Ric.

– Nem, előtte letisztítod a fegyvert és visszacsempészed apád szekrényébe, eszedbe ne jusson villogni vele – utasította Geri. – Ma éjfélkor pedig együtt szórakozunk, már amennyire tudunk majd szórakozni, de holnaptól útjaink elvállnak. Kész.

Elosztották a pénzt, de nem pontosan, csak megközelítőleg négy részre. Geri vitte el Steve részét is, és az ékszereket sem engedte át Ricéknek, mert érezte, hogy ők el fogják szúrni a dolgot. Megközelítőleg egymillió euró jutott fejenként, de az ékszerek még ennél is többet értek. Mindenki a saját járművével távozott. A gazdag szülők gyermeke, Ric, egy Volkswagen Siroccóval, Pete egy kis Honda robogóval, Geri pedig a Yamaha nagymotorjával száguldott el a helyszínről. Három tizennyolc év körüli fiatal, Kenderesi Richárd, Kormos Péter és Németh Gergő, akik raboltak és gyilkoltak. Igaz, a gyilkolást csak egyikük követte el, és nem lehet azt mondani, hogy a másik két elkövető a szándékában Ricet erősítette volna, de a lelkiismeretükkel nekik is el kell számolniuk. Sőt, nekik lesz a nehezebb egy ember megölésének súlyát a vállukon vinni egy életen át. De talán a pofátlanul nagy gazdagság és a mocskos pénzen vett boldogság segít feledtetni ezt a szörnyű éjszakát. Nyomta a gázpedált Ric, és húzták a gázkart Geriék, monoton tempóban utaztak haza, miközben azt az egy pillanatot újra és újra végigpörgették fejükben. Ric szíve összeszorult, de egyelőre csak az előtte álló éjszakára koncentrált.

– Teljesen szét vagyok esve – gondolta. – Vennem kell egy kis anyagot, mert teljesen megkattanok.

Amint beérkezett a városba, elment egy spanjához, aki egy parkolóban szokott péntek esténként árulni. Leparkolt a mellette lévő parkolóhelyre, és átült a nepper autójába. Fekete, 525-ös BMW volt, full extrás autó.

– Csá, öreg, kéne tíz gramm kóla – kezdte a beszélgetést Ric.

– Húzzál ki cigivel ebből a kocsiból, te veréb – szólította fel Ric-et a nepper.

– Jó, ne rinyálj – s Ric kidobta az égő cigarettavéget.

– Egyszer azt olvastam valahol, hogy egyetlen eldobott cigarettacsikk megszennyezhet akár negyven liter talajvizet is – nézett Ricre nevetve a fiú.

– Ezt, mondjuk, most pont leszarom – reagált Ric. – Lehet, hogy az előbb valamiért nem terjedt a hangom, de nekem akkor is kellene tíz gramm gyönyör.

– Bassz' ki tesó, ez 150 000 (forint) lesz. Múlt héten azt mondtad, hogy az öreged elzárta a pénzcsapot, és anyád se szponzorál többé. Csak nem dolgozol, vagy betörtél valahová? – viccelődött a díler.

– Nem mindegy neked, hogy miből fizetem ki? Hozd a cuccot és nyelj dugót, ma nem vagyok vicces kedvemben – válaszolt komolyan Ric.

– Jó, várj, annyi nincs nálam soha. Mindjárt idehozatom. Oké így?

– Ja.

A díler kiszállt az autóból és telefonált. Rágyújtott egy cigarettára, s közben fel-alá sétált egy parkolóhelyeket elválasztó vonalon. A drogkereskedő segédje perceken belül odaért, átadta a kért mennyiséget „kollégájának", és eltűnt a sötétben.

– Látom, szereted a csíkot te is, tesó – szólt Ric, mikor viszszaült autójába a másik fiú. – Te, ez a mobilozás, ez nem gáz? Mindenki így bukik le, szóval ez alapján meszelik el, hogy lehallgatják. Vágod? – folytatta.

– Ugyan. Szerinted azt mondtam, hogy hozzon utánam 10 gramm kokaint, mert amit elhoztam este hatkor, már elfogyott? Barátom, nem hittem volna, hogy ennyit nézel ki belőlem. Mit brekegsz itt nekem? Milyen csíkról zagyválsz?

– Hát, úgy sétáltál azon a vonalon ott, mint aki nem tud elszakadni tőle. – Rövid szünetet tartott, majd kicsit halkan maga elé suttogta: – Én sem tudok elszakadni a csíktól... Na, hol van?

– Itt van – adta át a kábítószert a kereskedő.

– Tessék hatszáz euró, és felejtsd el, hogy láttál ma este – szólt fenyegetően Ric, és átadta a pénzt.

– Rendben, főnök. Te valami kurva nagy szarba tenyereltél, igaz? – szólt az épp az autóból kiszálló vevő után Tomi.

Ric hirtelen visszafordult, a fordulás közben már elő is rántotta farzsebéből a fegyvert, és a fiú homloka felé irányította.

– Ne akard tudni, mert akkor meg kell, hogy öljelek – súgta haragosan Ric. – Egy-két-há', akarod tudni?

– Nem, persze, hogy nem, csak rakd már el azt a szart – hadarta félve a díler.

– Ne foss! Te nem voltál betervezve. Ha kinyírnálak, még elbaszná nekem az egész játékot.

Ric átment az autójához, és a kocsi tetején mindjárt ki is húzott magának egy adag anyagot, mélyen felszívta, a fejét egy pillanatra hátrahajtotta és a levegőbe suttogta:

– Kezdődik a második felvonás! – Azután beült az autójába, és elindult Steve nevű barátjuk házához.

– Majd most meglátjuk, kicsi Steve, hogy van-e családi buli, vagy csak megint meg akartad úszni a férfias játékokat – mormogta. – Imádkozz, hogy minden rendben legyen, mert mész te is utánuk – folytatta a gondolatmenetet.

Megközelítőleg 10 perc alatt ért Ric Steve-ék házához, a hátsó udvarnál állt meg. Kiszállt az autóból, a fegyvert csőre töltötte, és lassú, megfontolt léptekkel elindult a ház felé. Ahogy az épület felé közeledett, halk zeneszó hallatszott, és a függönyön át látta, hogy a megvilágított nappaliban vendégek, illetve Steve szülei beszélgetnek. – No lám, ez tényleg nem kamuzott. – Ment tovább a ház mellett, a fagyalsövény és a ház között. Amint előre ért, épp nyílt a bejárati ajtó.

– … de hová kell ilyenkor elrohannod, fiam? – kérdezte Steve édesanyja.

– Anya, mennem kell, azt hiszem, Geri nagy bajban lehet, muszáj tudnom, hogy tudok-e neki segíteni. Ments ki, kérlek, a vendégek előtt, megpróbálok sietni haza.

A párbeszéd alatt Ric egy méterre volt Steve-től a bokorban, a fegyvert csőre töltve a másik fiú tarkójára irányította. – Sietsz, sietsz, de nem haza, hanem a túlvilágra, kolléga. De nem, ne tedd te állat, Ric, hisz' nem kamuzott, elcseszel mindent. Mást terveztél, hagyd a francba menni. Vagy várjunk csak, a regényt én írom. Megyek veled, faszikám – pörögtek a gondolatok a zavarodott fiú fejében.

– Szia, anya – köszönt el Steve.

– Szervusz, fiam, siess haza – búcsúzott el édesanyja, és nem is sejtette, hogy most beszélt fiával utoljára. Volt egy furcsa érzése, amit nem tudott megmagyarázni. Gyorsan elhessegette gondolatait és elfojtotta a maró érzést, mert a vendégeket kellett kiszolgálni és szórakoztatni.

Ric fejébe új forgatókönyv villant be. Azt gondolta egy rövid ideig, hogy követi Steve-et, majd amikor Gerivel találkozik, lelövi mindkettőt, gyilkosságnak és öngyilkosságnak álcázva a helyzetet. El is kezdte követni Steve-et, aki mit sem sejtve ment motorjával keresztül a nyugodt városrészen. Éjfél felé járt, az utcán csak szórakozni induló fiatalok voltak, meg egy-két munkából hazaérkező családfő. Mivel a forgalom nagyon nyugodt volt, Steve úgy gondolta, hogy meghúzza egy kicsit gázkart, hisz

imádott a motorjával száguldozni. Élvezte, ahogy a langyos szél simogatta arcát. Ez a döntése az életét mentette meg, ugyanis Ric nem tudta autóval követni a sebességet, ezért lemaradt.
– A kurva anyádat – üvöltötte az előtte haladó autóknak. – Nem baj, tudom, hogy Gerihez mész, ott majd megleszel...

Pete az erdőből hazarobogott, a gyomra görcsölt, hányingere és hasmenése volt. A pénzből néhány bankjegyet zsebre tett, a többit a szekrényében elrejtette. Azt tervezte, hogy másnap lelép az országból, de hagy belőle itthon a szüleinek egy keveset. Pete érzékeny gyerek volt, ami serdülő és fiatal felnőtt korára csak fokozódott. Amióta Ric átlőtte az öreg Loang arcát, azóta csak ez a kép villan fel előtte. Egyszerűen nem tud szabadulni a gondolattól, a kezei remegnek, izzad, a szíve 140-et ver percenként. – Úristen, mire nyugszom meg? Mit csinált ez a hülye Ric? Mi lesz ennek a vége? – Ilyen kérdések jártak a fejében, de neki nem jutottak eszébe megoldást jelentő gondolatok, hármuk közül ő volt az egyetlen, aki nem gondolta tovább a mai estét. A szülei már aludtak, ezért nagyon halkan intézte el dolgait, és már távozott is a lakásból. A robogót is otthon hagyta, futva indult el a megbeszélt bárba. Ő ért oda először, beült rövid időre, de mivel társai még nem voltak ott, kiment, és a szemben lévő sörözőbe tért be. Kért egy körtepálinkát és egy üveg sört, az ablakon keresztül pedig a bár bejáratát figyelte, várta a megoldást hozó Ricet és Gerit.

II. fejezet

Steve megérkezett Geriékhez. Becsöngetett, az ajtót Geri nevelőanyja nyitotta ki.

– Szia, Ani! Geri már itthon van? – kérdezte Steve ingerülten.

– Hello, Steve! Én nem tudom. Ne haragudj, kérlek! Már aludtam, alszik az egész család. Na, várj csak, megnézem. Gyere be – mondta álmosan a nő. – Halkan gyere, és itt lent ne beszélj. Nincs fent semmi fény, úgyhogy nincs még itthon. Menj fel, várd meg a szobájában. Ha azt mondta, éjfélre itt lesz, akkor perceken belül itt is lesz. Tudod, Geri milyen precíz. Na, én visszafekszem, ha nem haragszol – és azzal otthagyta a fiút, s közben automatikusan kilazította selyemköntösét. Mire a hálószoba ajtóhoz ért, szinte le is hullott róla a könnyű ruha.

Steve felment az emeletre Geri szobájába és felhívta telefonon barátját, hogy megtudja, hol van és mennyi idő alatt ér haza.

– Hello, pajti, itt vagyok nálad. Mikor jössz?

– Ott vagy, akkor semmikor. Kérlek, a ruhásszekrényem legalsó fiókját húzd ki! Találsz benne egy nagy, vastag borítékot, azt tedd el, és találkozzunk 5 perc múlva a szokásos helyünkön.

– Rendben, Geri, félek. Mi a franc történt? Miért vagy ilyen titokzatos?

– Siess a stégre – azzal Geri már le is tette a telefont.

Steve megkereste a borítékot, leszaladt a lépcsőn és kiment az utcára. A borítékot kint az utcán a pólója alá rejtette és elindult. A két fiúnak volt egy kedvenc strandja egy környékbeli kis tónál. A partról egy faszég húzódott a tó közepéig. Éjszakánként ott szoktak ketten füvet szívni, mert teljesen belátható az egész part, és ott nem lehetett lebukni. A sarkon alighogy befordult Steve, éppen akkor érkezett meg Geriék háza elé Ric. Lassan elhaladt a ház bejárata előtt és felderítette a terepet. – A francba, egyiknek sincs itt a verdája. Na, mindegy, húzok haza, marad az „A" terv. Azzal elindult haza. Tudta, hogy még egy óra előtt a bárban kell lennie, mert minden péntek este ott szoktak szórakozni, és feltűnő lenne, ha ma nem jelenne meg. Meg Pete is elcsesz mindent, ha bepánikol.

A víz csendesen mosta a tóra épített sétány cölöpjeit. A szél nyugodtan fújt, ragadozóhalak rablása törte csak meg néha a csendet, miközben Geri barátját várta. A parton, a tó partvonalán húzódó keskeny járdát solar lámpák világították ki, ezért ez a hely teljesen biztonságos volt a megbeszéléshez. Néhány percet várt csak Geri, és a stég végén már látta is körvonalazódni barátja alakját. Gyors léptekkel jött feléje Steve, kezében a nagyméretű borítékkal. Annyira megbízott barátjában, hogy meg sem kérdezte, mi is van benne, tudta, hogy semmi olyan, ami miatt bajba kerülhetne.

– Pszt, itt vagy, haver? – kérdezte halkan Steve.

– Gyere csak, Steve, már várlak. Gyors voltál, öregem, de ez most nagyon is fontos – szólt Geri. – Figyelj rám, az életed veszélyben van. Ric bepörgött, és te is a célpontjává váltál, de ez nem olyan fontos, hogy végig mondjam, csak arra felelj, hogy kész vagy-e lelépni innen.

– Háát, nem is tudom, öregem, én nem félek Rictől, átütöm, mint a rohadt szalmabálát, hiszen ismersz. Ennél a pöcsvezérnél keményebb gyerekeket is megtörtem már.

– Nem értesz, ez most szét van ütve, és egy rohadt nagy pisztollyal járkál, senki sincs biztonságban körülötte – érvelt barátjának Geri. – Az utóbbi időben olyan szinten tele volt a tököd az öregeddel, hogy naponta ötször mondtad nekem, lépjünk le a francba. Nagy lehetőséget ajánlok neked, kérlek, mondj igent, és tiéd a világ.

– Mennék, de anyámat nagyon sajnálnám. Megszakadna a szíve, ha csak úgy szó nélkül eltűnnék – mondta. – Igazából őt mindig nagyon szerettem, csak az az alkoholista állat ne sanyargatna már minket.

– Nézd, Steve, komplett tervem van, melyet a saját eltűnésem kapcsán dolgoztam ki. Én ezt végrehajtani nem tudom, mert ez a hülye Ric akkora faszságot csinált, hogy még a világ végéről is előkeríteném a hatóság emberei – magyarázta Geri. – Szeretném, ha megvalósítanád az álmomat. Szeretném, ha ezt a kurva sok pénzt nem lefoglalná a rendőrség, hanem a legjobb barátom valósítaná meg az elképzeléseimet. Tudni akarom, hogy működik-e, vagy sem. Egy-két év múlva aztán támogathatod édesanyádat, és ne aggódj, tőlem tudni fogja, hogy biztonságban vagy.

– Menjünk együtt, Geri! – próbálta más véleményre bírni barátját Steve.

– Nem, azt nem lehet, mellettem most nem vagy biztonságban. Ric szétlőtte a faszit, akit kiraboltunk. Itt kell eltűnnöm a környéken, tudnom kell, hogyan alakul a nyomozás. Azt hiszem, együtt fogok működni a rendőrséggel, mert nem bírom másképp feldolgozni ezt. Tudniuk kell, hogy én nem vagyok gyilkos! Érted? – mondta Geri, s közben a szeme könnybe lábadt. Látta ezt barátja is, hiába fordított el a fejét. A holdfény megcsillantotta a legördülő könnycseppet arcán.

– Elvenni más pénzét, amit ő is „elvett" valakiktől, csak egy dolog, hisz pénzhez mindenki úgy juthat, ha elveszi valakitől, de elvenni egy ember életét, az már sok – mondta remegő hangon.

– Rendben, Geri. Soha egyetlen egy emberben sem bíztam meg úgy, mint benned – kezdett bele Steve. – Olyan vagy nekem, mintha az öcsém lennél, és ha te most arra kérsz, hogy menjek el, hajtsam végre a te elképzelésed, hát én szívesen teszek eleget a kérésednek. Igaz, más elképzeléseim voltak, de nem kell mindig mindent olyan szigorúan betartanunk. Igazam van? Na, mondjad! – adta át a szót barátjának.

– Oké. Mivel most felírni nem tudod, amit elmondok. Vedd, kérlek elő a mobilodat, és kapcsold be a diktafon funkciót! Később majd mindent lejegyzetelsz – s azzal elkezdte az önmaga részére részletesen kidolgozott tervét megosztani barátjával.

– Oké, bekapcsoltam. Lökjed, haver!

– Most rögtön tele kell tankolnod a motorodat, és ezzel a nagy hátizsákkal nekilódulsz, meg sem állsz Sopronig. A táskában alulra beraktam a kb. kétmillió eurót és a még négy millát érő ékszereket. Csodálatosak – egy pillanatra csendben maradt, majd folytatta. – Amint beértél Sopronba, a motort hagyd egy nagy bevásárlóközpont parkolójában, szerezz egy taxit és menj el a Bécsi út 116-ba. Ott becsengetsz egy Kapitány Gergő nevű sráchoz, aki tesóm volt még a gettóban. Neki már megírtam az előbb SMS-ben, hogy más megy. Ő három-négy órán belül vadonatúj útlevéllel, jogsival meg minden ilyen dolgokkal fel fog téged szerelni. Nem kell fizetned érte, ezt már korábban elintéztem. – Egy pillanatra megállt, hogy összeszedje gondolatait, majd tovább folytatta tervét.

– Mikor minden iratod rendben van, taxival menj a schwechati repülőtérre, és váltsál jegyet a következő bangkoki járatra. Amikor megérkezel Thaiföldre, a reptéren kérjél turista vízumot, amit csak azoknak nem adnak, akiket az Interpol keres.

– Ez biztos, tesó? Nem ám valami külföldi börtönben fogok megrohadni.

– Nyugi. Miért csuknának le, mikor sehol nem köröznek, és nem csináltál semmit az országukban? Ezért nem kell aggódnod, de az ékszert és pénzt magadon kell elrejtened, mihelyt átjöttél a fémkeresőn. Rakjad körbe a derekadat, combodat, felkarodat, ill. a személyes poggyászodat. Vágod? Bár, ez ahhoz rengeteg ékszer. Már súlyra is, ha megmérném, szerintem a pénzzel együtt legalább ötven kiló. Valamit majd kitaláltok Gergővel. Jó?

– Persze, persze, lökd csak!

– Jó. Bangkokból vonattal menj Nothaburi városrészbe és foglalj szobát a Hotel Tiwanon-ban. Ennek a hotelnek 24 órás széfes értékmegőrzéssel működő recepciója van. Itt bérelsz egy széfet, amibe elhelyezed az összes ékszert, illetve a pénzt, de természetesen a költőpénzt kiveszed előtte. Fontos, hogy élj szerényen, nehogy simliseknek meg tolvajoknak, esetleg kurváknak és striciknek a célpontjává válj. A nagy borítékban találsz egy komplett spanyol nyelvleckét alap-, közép- és felsőfokú szintig. Három hónapig tanulj spanyolul, neked menni fog, hisz te angolul is nagyon hamar megtanultál a gimiben.

– Minek tanuljak én Thaiföldön spanyolul? Biztos, hogy ez egy kurva jó terv, Geri? – kérdezte kissé aggódva Steve.

– Nem tudom, csak azt tudom, hogy jelenleg ez az egyetlen terv. Kérlek, csináld végig, és ahol szerinted változtatni kell rajta, hát tedd meg, hisz' miután elköszöntünk egymástól, már minden döntés és felelősség a tiéd lesz.

– Na, jó, ezt már megdumáltuk. Bízhatsz bennem, mindent megteszek, ami tőlem telik. Folytasd, kérlek!

– Na. Eltelik a három hónap, te kijelentkezel, és a hamis útleveleddel beutazol Zürichbe. Elmész az ABB Privat Bank Zürich AG nevű bankba, és a rendes személyazonossággal, a nem hamis útleveleddel bérelsz egy bankfiókot. A fiókban helyezz el 1 millió eurót és az összes ékszert. Miután elintézted, még aznap repülj el Kubába, és menj a havannai Hotel Plazába.

– Fú, baszd meg, te aztán jó régóta tervezted ezt – jegyezte meg Steve kicsit felháborodva.

– Életem fő műve lett volna, ha ez a gyökér nem nyírja ki a zsidót! – mondta Geri. – De nem olyan rég tervezem, csak néhány napja, ezért biztosan vannak hiányosságok a tervben. Itt van mindjárt ez a kurva sok ékszer, ami vagy negyven kiló. Ennek például csak a negyedére számítottam. Most ez egy új feladat, de megoldod. Most folytatom.

– Oké.

– Ha megérkeztél, kb. száz napot tölts el itt, ez 5–6000 euróba fog kerülni, de lesz nálad majd egy milla, úgyhogy ki tudod csengetni könnyedén. – Rövid szünetet tartott Geri, majd megkérdezte barátját mosolyogva: – Na, hova fogsz utazni ezután?

– Nem tom', vazze', talán Burkina Fasóba? – poénkodott Steve.

– Menj már, baszod, ne hülyülj. Argentína lesz a célállomás. Átmész száz nap múlva Buenos Airesbe, és szobát foglalsz a Hotel Boutique & Spa Buenos Airesben. A szállók fontosak, úgyhogy kérlek, ezekbe menjél.

– Miért fontosak?

– Széf, biztonság, olcsóság, tömeg. Mindent végiggondoltam. Itt elkezdhetsz önállóan élni. A borítékban megtalálod, a nagykövetség honlapjáról letöltöttem a letelepedés szabályait. Azt hiszem, a legjobb az lesz, ha szerelmes leszel valami szép tejeskávé színű csajba, és feleségül veszed, akkor nincs miről beszélni. Argentínában is le lehet így telepedni. Szerintem ez az ország nagyon fog neked tetszeni, hisz' imádod a focit, a szép

nőket, a jó italokat és a latin táncokat. Pont ezek miatt akartam
én is itt kikötni. Egy évig ne jelentkezz, utána internetkávézók-
ból elkezdheted felkeresni Anit valamelyik internetes közösségi
portálon, az új személyazonosságoddal. Ja, Argentínában már
nyugodtan lehetsz a Kovács Pistike megint.

– Oké, meddig mondod, nyugdíjig?

– Nem, itt már mindent úgy csinálsz, ahogy akarsz, kivéve
egyetlen dolgot.

– Na, daráld!

– A város üzleti negyedében bérelj egy üzlethelyiséget. Egy-
két évig csak törtarany és használt ékszer felvásárlásával fog-
lalkozz. Alkalmazz egy jó aranyművest, és fizesd meg jól. Ami-
kor már rengeteg ékszered lesz, nyisd meg az üzletet, és kezdd
el az értékesítést is. A megnyitott üzletbe aztán szép lassan be-
kerülhetnek a svájci bankfiókban elhelyezett ékszerek, amiket
a mi kedves aranyművesünk egy kissé átalakít. Egyszerre csak
mindig annyi ékszert vigyél át Svájcból, amennyi rajtad és bá-
jos kísérőiden elfér, de remélhetőleg ilyenkorra már én is vele-
tek tarthatok.

– Ezt nem hiszem el, Geri! Te ezt mind ki;tervelted előre? És
mikor szóltál volna, hogy mától nem találkozunk többet? Nem
tudom, képes vagyok-e erre. Mi lesz anyámmal? Meg most kez-
dett összejönni valami Zsanival.

– Fogd már fel, Steve, ez neked egy mindent vagy semmit le-
hetőség. Anyád meg Zsani majd kiheverik valahogy, de te vagy
meghalsz, mert ez a fafej Ric átlő, vagy dúsgazdagon lelépsz. Ér-
ted csinálom az egészet, hisz' el is áshatnám valahol az egész
cuccot, amíg eltűnök, vagy szabadulásomig. – Geri azonban jól
tudta, hogy az egész arról szól, jó tervet készített-e elő, vagy
nem. Egyszerűen ki akarta próbálni tervét, de mindenáron, és
a pénzt is csak így érezte biztonságban. – Döntsd el, van rá még
egy perced, haver. Mennem kell a bárba, kíváncsi vagyok ezek-
re a pöcsfejekre, hogy néznek ki.

Néhány perc elteltével Steve törte meg a békák muzsikáját.

– Rendben, haver. Kipróbálom magam a nagyvilágban. Te
meg ígérd meg, hogy vigyázol magadra, mert ezt a sok pénzt

nem egyedül akarom felélni – közölte Steve barátjával, hogy milyen döntésre jutott.

– Örülök, hogy így döntöttél. Ne feledd: Légy óvatos! – intette barátját. – Most menj haza és szedd össze az útleveled, jogsid meg ilyesmit. Tudod? Később még kell. Jó, akkor szevasz, barátom, és várom, hogy egy-két év múlva jelentkezz. Ja, és miután lejegyzetelted a diktafonról ezeket a mondatokat, a telefonodat SIM kártyával együtt add fel postán, valami nagyon távol élő rokonotoknak. Mondjuk, Ernő bátyádéknak Mannheimba – tette még hozzá Geri.

– Ez miért fontos? – kérdezte Steve.

– Pontosan nem tudom, hogyan is mérik be az embereket a cellainformációkból. Talán ez így kicsit biztonságosabb. Tudod, te Thaiföldön, a telódat meg követik Németországba – azzal Geri megölelte legjobb barátját, megfordult, és gyors léptekkel eltűnt a sötétben.

– Helló, Tesó! – szólt utána halkan Steve.

Egy percig vagy inkább tovább csak egyhelyben állt az útravalóval ellátott fiú. Gondolatai kavarogtak, ellentétes érzések törtek rá, még néhány könnycsepp is kigördült szeme sarkából. Nem tudta, miért könnyezik, csak azt, hogy az életének vége. Új fejezet kezdődik, egy új ember, új célok és új feltételek. – Hányszor gondoltál erre a takaród alá bújva gyermekkorodban, amikor apád bebaszva ok nélkül megvert? Sokszor. Tessék, a legjobb barátod megteremtette számodra az új élet feltételeit. Élj vele! – Ilyen belső párbeszéddel erősítette meg döntését, s kisvártatva követte Gerit a stégen.

Hazamotorozott Steve, de a jármű motorját már 50 méterrel az otthonuk előtt leállította, és a hátsó udvarhoz gurult. Körülnézett, mert nagyon tartott a pisztollyal sétáló Rictől. Miután meggyőződött róla, hogy nincs a környéken elmeháborodott társuk, csendben beosont a házba. Összeszedte a legfontosabb tárgyakat, amikre szüksége lehet, írt néhány sort édesanyjának, hogy ne aggódjon, majd kilopakodott a házból, a hátizsákot vállára vette, motorra ült és búcsút intett korábbi életének.

III. fejezet

– Szevasztok – köszöntötte az ajtón álló biztonsági embereket Geri. – Na, mi a pálya? Nyugodt minden? – folytatta.

– Nem mondhatnám – mondta az egyik, akivel Geri együtt aikidózik. – A haverjaid ma nagyon tombolnak, már mondta a főnök, ha még egyszer letapizza valamelyik csajt az a vörös, rókaképű gyerek, vágjam ki a picsába. Már szóltam neki, azóta kicsit visszavett, de jó lenne, ha rendet raknál a bokszban – tette hozzá.

– Nyugi, Miki, elintézem a dolgot – nyugtatott Geri. Nem Ricet féltette, hanem a sporttársát, mert a beütött haverja képes lenne lelőni zárás után.

Geri belépett a terembe. Minden a szokásos módon zajlott. Lányok táncoltak a helyiség közepén felállított hatszögletű színpadon. A bárpultnál részeg fiatalok untatták a személyzetet, a bokszokban pedig mámoros üzletemberek csorgatták a nyálukat, és válogattak a lányok közül, melyiket is vigyék szobára. Geri ismert egy-két lányt a csinosabbik fajtából, olyanokat, akik csak táncoltak, de szexuális szolgáltatást nem nyújtottak. Velük beszélgetett már ezekről az örömlányokról, akik mindenféle hólyaggal képesek szexelni. A lányok elmondták, hogy barátnőik igyekeznek minél tovább húzni ezeket az embereket, és persze minél jobban leitatni őket, annál nagyobb az esélye annak, hogy már nem működik az eszközük, mire az ágyhoz érnek. Elmondták neki azt is, hogy előfordul néha, amikor élvezetet kapnak egy ilyen alkalmi partnertől. Például legénybúcsúkon, amikor vonzó fiatal vőlegény és barátai múlatják a bárban az idejüket és költik a tízezreket. Viccesen meg szokták jegyezni Gerinek, hogy „de neked még ingyen is beterpesztene bármelyik, mert ilyen csődörhöz csak ritkán jutnak".

Geri valóban egy kivételes külsejű és természetű, magas, izmos, jóképű és intelligens fiatalember volt. Kreol bőre jól harmonizált fekete hajával és acélkék szemeivel. Sportolt, volt humorérzéke, imádott és tudott is táncolni. Látszólag, igazi macho típus volt, de egyáltalán nem élt úgy. Az egy-két nap híján tizennyolc éves fiatalembernek, bár tisztában volt külső és belső értékeivel, mégsem volt elegendő önbizalma ahhoz, hogy lányokkal ismerkedni merjen. Egyszerűen nem mert kezdeményezni, félt az elutasítástól, de ezt nem lehetett látni rajta. A legtöbb lány egyszerűen csak azt gondolta, hogy biztos nem tartja a fiú elég csinosnak őt ahhoz, hogy a szerelme legyen, ezért nem hívja randizni. Geri egyedül Steve-vel beszélt ilyen dolgokról, aki nem is hitte el neki, hogy még mindig nem feküdt le egyetlen lánnyal sem. „Geri, ezt nem hiszem el! Isten ilyen külsővel ajándékozott meg, és te nem pisztolyozol meg minden bomba nőt, aki szembejön? Meg a konditeremben, ahová jársz, úristen, micsoda nők edzenek ott!" – mondta neki a barátja, de Gerit nem igazán hatotta meg, hogy mit gondolnak róla mások. Ő pontosan tudta, hogy nemi identitásával nincs semmi gond, hiszen ő is volt szerelmes, sőt talán még most is az egy korábbi „kistestvérébe", még az állami gondozás idejéből. Az életét azonban tervszerűen akarta élni, és abba nem fértek bele mindenféle flörtök és szexuális kalandok.

Ahogy keresztülsétált a helyiségen, érezte a rámeredő pillantásokat, szinte bizsergette bőrét az a sok-sok gondolat. A férfiakból áradó irigység és a megbomlott erkölcsű nők felől áradó vágy. Általában kerülte a szemkontaktust ilyen helyeken, de most kissé ingerültebb lelkiállapota miatt a férfiakra határozottan, mogorván nézett, akik egyből kiolvashatták szeméből, hogy jobb, ha elfordulnak, míg a nőkre csábosan nézett, hadd sóvárogjanak a „kurvái". Az asztalukhoz közeledve látta, hogy Ric éppen valamivel hadonászik, mintha neki integetne, de közelebb érve látta, hogy csak egy rumos üveggel hadonászva épp köszöntőt mond. – Mi a faszt csinál ez a félesző? – futott át Geri agyán, és már oda is ért.

– Szevasz, Geri! – kiáltotta oda, amikor olyan három méterre volt a fiú az asztaltól. – Gyere, már kezdtük azt hinni, hogy leléptél a közössel, öreg.

– Hali. Nem tudom, miért nem írod ki az üzenő faladra, hogy nekünk van valami közös dolgunk. Itt hőbörögsz. Megvesztél, vagy mi a fasz van veled már? Ezt nem hiszem el – mérgelődött Geri, majd a lányokhoz fordult – Csajok egy 20 percre most koccoljatok le, legyetek szívesek, mert szeretnék ezzel a két felhevült bikával megbeszélni valamit.

– Oké – mondták a lányok, és felálltak az asztaltól –, de ha új társaságunk lesz, akkor már nem tudunk visszajönni hozzátok.

– Azt nagyon meg fogod bánni, cicám, ha nem jössz vissza hozzám – szól utána Ric. – Téged kinéztelek magamnak, mert jó csöcsös és segges vagy, téged akarlak megbaszni. Nem fogod megbánni, olyan borravalót kapsz, hogy annyit még egy puhapöcsű vén fasztól sem kaptál.

A lány visszanézett és küldött egy csókot Ricnek, aki majd' elolvadt a székben.

– Láttátok, sasok, milyen segge van? Szerintem amúgy is bejövök neki.

– Ja, tutira bejössz neki, haver – szólalt meg Pete.

– Vagy te mit mondasz, Geri?

– Azt, hogy szarik rád a csaj. Pénzt várnak tőle a főnökei, és látja, hogy ma nálad abból van sok. Ennyi. És én leszarom az egészet, arról pofázz, hogy hol a pisztoly. Elintézted-e?

– Ja, nyugi má', persze, persze, hogy elintéztem... persze. Mi az, hogy! A pisztoly ismét a tulajdonosánál van. Há! – tette hozzá indulatosan Ric. – És nem is sejt semmit az öreg – folytatta halkan.

– Jó, az ékszer is oké. Dumáljuk meg, hogy milyen folytatás legyen.

– Várj, itt a pincér – vágott közbe Pete.

– Szia – kezdte a lány –, te most jöttél, ugye?

– Ja.

– Hozhatok valamit inni?

– Igen. Kérek valami fehérrum alapú, ütős koktélt, mert ma nagyon kész vagyok.

– Rendben, akkor egy dupla rumos piña coladát hozok. Az jó?

– Zsír – nyugtázott Geri, majd a többiekhez fordulva elkezdte előadni a rögtönzött tervét. – El kell indulnunk keletre, a volt

Szovjetunió valamelyik tagállamába. Azerbajdzsánba, Tádzsi-
kisztánba vagy valamelyik ilyen államba. Ezekkel nincs kiada-
tási egyezménye Magyarországnak.

– De együtt megyünk nem, Geri? – kérdezte idegesen Pete.
Pete annyira önállótlan volt, pedig igaz, hogy csak néhány hó-
nappal, de ő volt a legidősebb hármuk közül. Elképzelése sem
volt a folytatásról. Félt, és Rictől várta a megoldást. Még min-
dig remegett a gyomra, pedig már ivott egy csomó felest meg
egy utca kokaint is tolt.

– Azt hiszem, több esélyünk lesz, ha szétválunk – válaszol-
ta Geri.

– Én nem megyek sehova! – jelentette ki határozottan Ric.

– Mi van? – kérdezett vissza együtt a másik két fiú.

– Miért mennék el? Ki tudja, hogy mi nyekkentettük ki az
öreget? Senki. Nincs semmi nyom, ami ránk terelhetné a gya-
nút. Amíg nincs rá okom, addig nem megyek sehova. Ennyi.

– Na, én kimegyek brunyálni – szólt Pete, és kiment.

– Nézd a puhost, hogy megy végig a bárban. Nem néz meg
egyetlen egy nőt sem.

Valóban, Pete egy kissé testes, alig több, mint tizennyolc
éves ifjú felnőtt volt. Megközelítőleg 170 cm magas, hosszú
hajú, enyhén „X" lábú. Időnként, amikor izgatott volt, dadogni
kezdett, és egy gyermekkori baleset következtében megmaradt
egy fejrángatása is. Szóval volt mivel megbirkóznia eddigi élete
során. Arról, hogy további életéből se maradjanak ki a gyenge
lelkét megtörő gondok, most példaképe és jó barátja, Ric gon-
doskodott. A barátai szempontjából Pete egyetlen jó tulajdon-
ság az volt, hogy eszméletlenül jól értett a számítástechniká-
hoz. Jó hacker volt, betört sok tiltott helyre, programokat írt,
meg ilyesmi. Szóval értékes ember, a maga gyengeségei mellett.

– Figyelj rám, Ric! – Ric flegmán odafordította a fejét, és
bólintott lenézően. Geri folytatta. – Gondoltál már arra, hogy
Pete milyen gyenge idegileg, hogy bármikor összetörhet, és ki-
pakol a francba?

– Képzeld, kedves Geri, gondoltam – válaszolta, majd visz-
szakérdezett. – Tudtad, hogy Pete milyen szarul viseli a drogo-

kat? Még adok neki egy bélyeget, és lesétál a tizedik emeletről. Hát, ennyi. Egy problémával máris kevesebb. Ez a hülye most is olyan piát iszik, amibe csempésztem egy kevés anyagot. Engem jobban aggaszt Steve. Voltam ott nála, de lelépett. Te szóltál neki, igaz?

– Elhívtam és odaadtam neki a pénzét, ahogy megbeszéltük. Biztos pont akkor voltál nála – magyarázta Geri.

– Biztos. Pont akkor voltam, amikor indult. A pisztolyt a fejéhez szegeztem, de ott volt az anyja is, meg tele a ház vendégekkel. Inkább másképp rendezem el a dolgot – mondta fenyegetőn Ric.

– Nincs mit elrendezni, fogd fel! Steve tartja a száját, Pete-tel meg megbeszélünk mindent nyugodtan, és lenyugszik. Te képes lennél kinyírni a barátaidat?! Velem mi a terved, ha nem vagyok tolakodó? A kurva életbe! – kelt ki magából Geri.

– Képes vagyok kinyírni bárkit, és kész. Steve-et, Pete-et, téged, és folytathatnám egészen az anyámig. Ennyi, én már leszarok mindent és mindenkit – azzal lehúzta az egész pohár italt, amivel eddig hadonászott, és már töltötte is újra rummal, illetve kólával.

– Mi történt veled az elmúlt egy hónapban, Ric? Régóta ismerlek, és te nem ilyen voltál. Forrófejű, érzéketlen és nyers voltál, de nem lettél volna képes ilyen szörnyű tettekre. Mi boszszantott fel?

– Semmi. Ilyen voltam én mindig, és képes voltam én mindenre gyerekkoromban is. Egyszer kérdezd majd meg a nevelőnőmet, Marit. Na, hívjuk vissza a lányokat – vetette fel Ric –, eleget pofáztunk már erről az ügyről, most bulizni akarok.

– Tehát te már döntöttél. Nem lépsz le?

– Nem, amíg nincs miért, én nem megyek sehová.

– Ahogy gondolod. Annyit mondok, hogy én lelépek, de ha egyszer is meghallom, hogy valamelyik barátunknak csak a haja szála is meggörbül, visszajövök és kitálalok a zsaruknál. Vetted? Tudod, velem nem szórakozhatsz, mert leütlek, mint a nyulat? Ugye?

– Nem félek én már senkitől haver, nem árthatsz nekem – jelentette ki Ric, majd a belső zsebébe nyúlt, és kivett egy nagyméretű tőrt. Mosolygott. – Késre váltottam, Geri, de azért ez is jó valamire addig, amíg megjönnek a cuccaim. Már megrendeltem az új mordályokat.

– Jó. Nekem már nincs miről beszélgetni veled. Megiszom a piámat és lelépek – mondta Geri határozottan, és leült. – A kést meg tedd el, mert úgy kibasznak innen, ha meglátják, hogy szilánkosra törik a pofád.

– Az lehet, de egy biztos megdöglik – mondta Ric nagyképűen. – És az ékszerrel mi lesz, Geri?

– Ne aggódj miatta! Én fair vagyok, meg fogod kapni a részed.

– Na, mi van, fiúk, jutottatok valamire? – kérdezte Pete, amikor visszaérkezett.

– Persze, arra, hogy hívd vissza a csajszikat. És arra, hogy nem megyünk sehová, mert nincs miért. Húzzál már a lányokért! Mit állsz itt?

Pete elszaladt a két lányért, akikkel azelőtt szórakoztak, mielőtt Geri megjött volna.

– Ööö... A Ric azt mondta, szóval azt szeretnénk, hogy visszagyertek hozzánk. És ha még egy lányt is hívnátok. Tudjátok, az új srácnak.

– Oké, baby, gond egy szál sem – szólt az egyik lány, és átkiáltott egy munkatársának a pult túlsó végéhez. – Erika, meló! – fejével jelezte az irányt.

Miután a lányok visszaültek az asztalhoz, a rablás és a pénz már nem került szóba. Geri a szemét nyitva tartotta és többször észrevette, amint Ric egy-egy csipet anyagot hint Pete italába. Egyszer még az őt szórakoztató lány koktéljába is szórt egy keveset. A józan fiú beszélgetett az Erika nevű lánnyal, de agya már azon járt, hogyan is fékezhetné meg Ricet, mielőtt kinyírja Pete-et. Geri ilyen beszélgetéseknél mindig megpróbálja meggyőzni a lányokat, hogy keressenek maguknak biztonságosabb munkát, meg szokásos intelmekkel jött elő, amikből a lányoknak már otthon is elegük volt. Talán azért is mentek el otthonról olyan fiatalon, mikor még tanulniuk kellett volna.

– Mondom, te egy szép lány vagy, még nem viselt meg az éjszakai munka olyan szinten, mint Évát (ő egy harmincas hölgy volt, aki Rickel beszélgetett). Kezdjél el tanulni, járj gimibe, tanulj nyelveket. Ezzel a jó alakkal és szép arccal a modellszakmában is van számodra keresni való.

– Jó, oké, apuci – kuncogott a lány. – Nincs kedved kettesben szórakozni velem?

– Mi? Menjünk szobára? – kérdezett vissza Geri.

– Nekem egy sztrip is elég, de ma még alig kerestem valamit. Megint le leszek baszva hajnalban. Ezeknek könnyű, ezek a csajok bárkivel képesek enyelegni, de én most kezdtem, nekem ez még nem megy így – kesergett az újdonsült örömlány.

– Nincs kedvem pénzért szeretkezni, az nem az én műfajom, de szívesen befizetek egy magántáncot, meg egy dugást is, hogy egy kicsit bevágódj a főnöknél – tett gáláns ajánlatot Geri.

– Rendes tőled, köszi, de veled szívesen lefeküdnék, csak hogy gyakoroljak egy kicsit. Megy... – de ekkor Geri félbeszakította.

– Nálam ez nem oké, tényleg. Ne haragudj.

– Jó, rendben, nem erőltetem – mosolygott a lány –, a lényeg, hogy fizetsz!

– Viszont arra kérlek, Eri, hogy Éva babát csalogasd valahogy ki a toilette-be és mondd meg neki, hogy Ric nagyon veszélyes. Tele van kokainnal és alkohollal, ilyenkor nem bír magával. Eskesd meg, hogy még véletlenül sem megy el vele kefélni.

– Ne aggódj, ott nem lehet baj, hisz' folyamatosan hallgatják a szobában történő eseményeket, és azonnal közbelépnek, amint szükséges – nyugtatta Gerit a lány.

– Csak mondd meg neki, erre kérlek. Semmiképp se menjen el vele! – erősítette meg álláspontját az aggódó fiatalember.

– Hé, csajok – szólalt meg Eri –, nem jöttök ki pisilni, nincs kedvem egyedül menni – és a mondat végén rákacsintott Évára úgy, hogy a harmadik lány, Klára is látta.

– Oké, menjünk – válaszolt Éva, és azzal kimentek.

A lányok visszatértek, és folytatódott a kéjelgés, tánc, viccek mesélése és egyéb partitevékenységek. A társaság szépen iszogatott, szívogatott, míg hajnali három óra nem lett. Ekkor Ric felpattant a kényelmes pamlagról, és hangosan rászólt a legidősebb nőre, Évára. – Na, jó dumáltunk már eleget, Muci, ideje, hogy meghágjalak. Merre kell menni, kísérj a szobádba.

– Kövess, te felhergelt bika – mondta a lány, és elindult annak ellenére, hogy Geri megpróbálta barátnője útján figyelmeztetni rá, Ric ma túl vehemens és veszélyes.

– Nem szóltál neki? – súgta oda.

– Dehogynem, de azt mondta, ne aggódjak, nagyobb falattal is megbirkózott már. Nem akartam vele vitatkozni – válaszolta a lány.

– Szerintem menjünk mi is fel, aztán haza kell mennem, mert nagyon fáradt vagyok – kezdeményezett Geri, odaszólt még Pete-nek is. – Te is elviszed a csajt?

– Azt hiszem, igen – mondta lassan, hisz' már alig élt, úgy teli volt. – Remélem, még feláll – tette hozzá.

A három fiatalember felkísérte a lányokat az emeleten kialakított kuplerájba. A lépcsőfeljárón előre kifizették a lányok szolgáltatásait az arra hivatott biztonsági embernek. A gorilla tisztázta a játékszabályokat, amiket a fiúk látszólag tudomásul vettek, de Ricen látszott, hogy tesz a fickó véleményére. Pete a pénzéért tusolt egy jót, majd próbálkozott a lánynál, de annál tovább, hogy tetőtől talpig végigcsókolta őt, sajnos nem jutott. Klárika mindent beleadott, de akárhogy izgatta a kiütött srácot, képtelen volt felállítani lankadt péniszét. Pete próbálta irányítani a lányt – szívjad, szopjad, baby –, de nem ment semmire. Végül feladták. Szegény fiú úgy kimerült az erőlködéstől, hogy elaludt.

Geri felment a lánnyal a szobába, megnyitották a zuhanyzóban a vizet, majd folytatták a lent megkezdett beszélgetést. Miután „lezuhanyoztak", folytatták a beszélgetést még úgy húsz percig, majd visszamentek a bárba, rendeltek egy-egy italt és elköszöntek.

Ric a szobába érve rögtön a lényegre tért, de Éva rászólt:

– Hé, előbb a zuhanyzó, barátom.

– Mi? Szóval szerinted én koszos vagyok? – háborodott fel a felajzott fiú.

– Én nem hiszek semmit, csak az ilyen helyeken vannak bizonyos szabályok – és a mondat közben a lány elkezdte kibontani Ric nadrágszíját, és levette róla a pólóját.

– Nem bánom, fürödjünk – mondta a mámoros srác, és kezében lévő kabátját az ágyra dobta. – Legalább felfrissülök egy kicsit, és keményebben meg tudlak kefélni.

– Ááá, szóval te egy kemény legény vagy? – hízelgett Éva.

– Hamarosan megtudod, milyen kemény vagyok.

A zuhanyzóban mindketten levetkőztek és csókolóztak. Bevizezték egymást, majd leszappanozta a lány a fiút, és együtt álltak a zuhany alá.

– És most szopjál le! – utasította Ric alkalmi partnerét.

– Oké – súgta Éva, és szép lassan leguggolt a fiú előtt, végigcsókolva testét. Éva régóta űzte ezt a szakmát, ezért pontosan tudta, hogy a jó munkáért általában jár egy kis borravaló is. Ezért mindent beleadott. Nyalta a fiú falloszát oldalt, nyalogatta a heréit, izgatta végbelét és mélyen bekapta hímtagját. Ütemesen forgatta fejét, miközben többször a torkáig hagyta hatolni Ricet.

– Neked aztán van torkod – hörögte a fiú.

– Neked meg faszod van, de rendesen – utalt a lány a fiú átlagon felüli méretére.

– Szopjál még, te kurva – kelt ki magából Ric.

A lány folytatta Ric falloszának kényeztetését, szopta, nyalogatta, szívta. Majd masszázs olajat vett elő, rácsorgatott egy kicsit a vértől duzzadó hímvesszőre, és a két keblével izgatta tovább. Ettől a srác olyan izgalomba jött, hogy amikor lenézett a telt, de formás fenekű, dús keblű nőre, és ahogy látta fickándozni mellei közt saját péniszét, azonnal elélvezett, a lány mellére és arcára lövellve bőséges forró spermáját. Már rég volt Ricnek ilyen élményben része, ezért akkorát ordított az orgazmus pillanatában, mint egy magából kikelő őrült. A lány addig folytatta mellével az izgatást, amíg teljesen elernyedt a fiú hímvesszője, majd lemosdatta és így szólt:

– Ügyes voltál, ezt nevezem kilövellésnek, máskor is szívesen látlak itt a szobámban – Közben letakarította magáról a fiú nedvét.

– Miről beszélsz te? Szerinted azért fizettem ki 200 eurót a hústoronynak, hogy mellbe basszalak? Nem. Bemegyünk a szobába és kefélünk – szólt nagyon indulatosan Ric.

– Ja, szóval van még benned energia, édes, akkor menjünk – mondta Éva, mert látta, hogy a fiú olyan ideges, hogy akár meg is fojtaná a zuhanyzóban, ha nem szeretkezne vele.

A szobába érve Ric hanyatt feküdt az ágyon, majd ráparancsolt a lányra:

– Szopj keményre!

A kurva már félt a fiútól, ezért nagyon engedelmes volt. Addig próbálkozott, szopta, simogatta édesgette hímvesszőjét, amíg megmerevedett. Közben a magából teljesen kikelt Ric az ágy szélén heverő bőrkabátja belső zsebébe nyúlt és megmarkolta vadásztőrének markolatát. Mindezt a lány nem láthatta, mert folyamatosan a srác nemi szervével volt elfoglalva.

– Oké, baby, most hátulról beakasztok, és kész, pucsíts! – parancsolta Ric.

– Rendben, édes – felhúzta a fiú eszközére az óvszert, és felvette a kutyapózt a lány, rá sem nézve a fiúra, mert már annyira félt tőle, hogy inkább fantáziált valakiről. Talán így könnyebben elviseli ezt az állatot – gondolta.

A felizgatott, beszívott, ittas fiú az örömlány mögé térdelt és ugyanezen mozdulattal elővette kabátjából a tőrt. Hátulról, mint egy állat, olyan keményen hatolt a lány vaginájába, s közben a haját húzta. Keményen, lassú tempóban döfte a lányba péniszét néhányszor, majd elengedte a haját, és kabátjából egy marék bankjegyet vett elő. A pénzt a lány szájába tömte. – Ez kell neked, ez a két dolog kell, te kurva – súgta a lány fülébe eltorzult hangon. – A pénz, meg az, aki megbasz. Hát itt vagyok. Én kellek neked. Igaz? Bólints, hogy igaz! – A sokat megélt kurva már nagyon félt, sírva bólintott. A fiú folytatta:

– Most seggbe baszlak, és vége.

A lány arra gondolt, hogy a felbőszült fiú a hatalmas eszközét szárazon akarja végbelébe gyömöszölni, és úgy megrémült, hogy menekülni és kiáltani próbált, de ekkor Ric a torkához szorította a tőrt és ráparancsolt.

– Kuss, vagy itt döglesz meg!

Éva nem tehetett mást, csendben összeszorított fogakkal tűrte, ahogy a megháborodott fiatalember a szétrepedésig erőszakolta méretes szerszámával ánuszát. Néhány perc volt csupán, amíg elélvezett Ric, de a nőnek egy örökkévalóságnak tűnt. Az óvszert közben lerángatta magáról a férfi. – Seggbe kefélni gumi nélkül izgalmasabb – morogta maga elé, és néhány pillanat múlva a nő szétrepedt végbelébe eresztette magját. Az erőszak alatt néhány kisebb vágás keletkezett Éva nyakán, de eret nem vágott a tőr.

Már épp egy végső vágásra készült a fiú, amikor az ajtó csattanva kivágódott, és két kidobó, valamint Geri léptek be a helyiségbe.

– A kurva anyátokat! Mit akartok? Kifizettem a nőt, akkor mit akartok? Húzzatok ki innen! – üvöltötte Ric, és a lányt maga elé tartva a kést annak torkához szorítva akart egérutat kicsikarni. Ekkor lépett be a bár tulajdonosa.

– Engedd el Évát, és elmehetsz. A pénzed sem kell.

A tulajdonos nagyon kedvelte a nőt, szinte a kezdetek óta együtt dolgoztak. Gyakorlatilag együtt vezették a bárt. A férfi a földszinten, Éva pedig az emeleten.

– Menjetek ki! Felöltözöm, és kimegyünk innen. Az utcán majd elengedem. Oké? – alkudozott a bajban lévő fiú.

– Oké, srácok, kimegyünk – szólt embereinek a tulajdonos, majd Ricre nézve folytatta. – Ha bántod, meghalsz! Ezt el ne feledd! – azzal kimentek a szobából.

Kint szerencsétlen Gerit vonta felelősségre a főnök.

– Ez a fasz veled van? A te haverod? – kérdezte fenyegetőn.

– Egy asztalnál ültünk, de nem a haverom – válaszolta Geri nyugodtan, mint aki nem fél, közben majd' kiugrott a szíve.

– Hagyd, főnök, ha a srác nem szól nekünk, már kinyírta volna csajt, és lelépett volna a francba – szólt közbe az egyik ajtónálló.

– Már korábban is figyelmeztettem a lányt, hogy ne menjen szobára Rickel, mert egy hónapja azt sem tudja, mi van. Úgy szét van ütve, mint az állat. Nincs körülötte biztonságban senki. Nem is tudom, mit csináljak vele, nagyon agyafúrt. Itt is azért mert balhézni, mert tudta, hogy illegális tevékenységet végző bárban senki sem fog rendőrt hívni – mentegetőzött Geri.

Nyílt az ajtó.

– Na, jönnek.

Elöl jött a lány, Ric a haját markolta, és a tőrt nyakához szorította. Egy pillanatra megálltak.

– Félre az útból, vagy kinyírom a szukát! – fenyegetőzött Ric. – Nem értitek? Én nem viccelek, én öltem már embert! – nyomatékosította egyre hisztérikusabban a felbőszült fiú, hogy mennyire veszélyes ellenfél.

– Hagyjátok – szólt Áron, a főnök. – Hadd menjenek. Ha bántja, utánamegyünk, és olyan büntetést kap, amit ember még nem látott.

A lány pedig csak remegve sírt. Nem bírt lépni és megszólalni sem. Ric és az örömlány elindultak. Kimentek a szűk folyosóra, végigsétáltak a gorillák gyűrűjében egész a lépcsőig. Közben Ric olyan szorosan nyomta a lány nyakához a kést, hogy csoda volt az is, hogy nem vágta el olyan mélyen, ami már végzetes lehetett volna. A meztelen lány testén csorgott le az izzadsággal keveredett vér. Mivel az emeleti közlekedő olyan szűk volt, hogy menet közben még össze is ért néhány kidobóval Ric válla, amikor Geri mellé ért, odasúgta neki:

– Ha kiértem, futás a motorodért, és vigyél el minél messzebb!

– Nem futok én már veled sehova, te egy nulla vagy – válaszolta Geri. – Oldd meg a problémádat, én nem azonosulok ilyen cselekményekkel. Jobban teszed, ha magad mész el a rendőrségre, mert ha ezek kapnak el, akkor egy életen át faszt fogsz szopni, és köcsög leszel.

– Jaaa, majd meglátjuk, majd meglátjuk – súgta hátra utoljára Gerinek az elborult elméjű Ric.

Lementek a lépcsőn, ki az utcára, a bár előtti parkolóba. Ric vezette a lányt és ordította:

– Senki se jöjjön tovább! Mindenki megáll, ahol van, vagy a lotyó megdöglik!

– Megállunk, fiúk – utasított a főnök –, minden utasítást betartunk, mert szeretném élve visszakapni Évát. – Majd odaszólt „alkalmazottjának" is. – Nyugi, kicsi Vica, minden rendben lesz. A legjobb orvosok teszik rendbe a gyönyörű bőrödet.

– Volt még veletek valaki, aki esetleg a bárban van? – kérdezte a bár tulajdonosa Gerit.

– Igen. Egy copfos, kissé duci srác, Pete. Ő is fent volt egy csajjal az emeleten, de ő biztos nem tett kárt benne, mert már a lépcsőn majdnem elaludt – adott választ Geri.

– Hogy hívták a lányt?

– Ha, jól emlékszem, Klárinak.

– Basszátok ki! – utasította embereit Áron.

A gorillák indultak, és néhány perc múlva Pete-et félig meztelenül, a hajánál fogva rángatták ki. Az utcán kapott két tenyerest, amitől majdnem letekeredett a feje a helyéről.

– Húzzál te is, kisköcsög! – kapta az utasítást meg a ruháját is, mert épp akkor dobta oda elé a szobában hagyott öltözékét az egyik izomember.

– Mi van? Mit tettem? – érdeklődött sírva Pete.

– Nyugi, te semmit, csak már megint ez a hülye Ric gőzölt be – nyugtatta Geri.

– Jaj, ne – könyörgött lehangoltan Pete –, én ezt már nem bírom, Geri. Azt hiszem, holnap lelépek a picsába egyedül.

– Azt jól teszed! – erősítette meg a „haverja".

Ezalatt Ric odaért a lánnyal az autójához, elővette a kulcsot, kinyitotta a központi zárat, utasította a lányt, hogy nyissa ki a jármű ajtaját és üljön be a vezető oldali ülésre.

– Jó, most tedd be a kulcsot, és add rá a gyújtást. Oké, rakd a kocsit üresbe és indítsd be a motort! – Közben végig ellenfeleit figyelte, és egy pillanatra sem vette el a kést Éva nyakától. Miután a motor beindult, kirántotta a lányt, majd maga elé állította és odakiáltott a bár előtt várakozó társaságnak.

– Ne felejtsétek el, velem nem lehet faszozni! – És egy határozott mozdulattal ellökte a rémülten sikító nőt, aki arccal előre a földre esett. Ric beugrott az autóba, és őrült tempóban elhajtott a helyszínről.

– Gyerünk, fiúk, kapjuk el! – kiáltotta az egyik kidobó, és kérdéseket szegezett Gerinek és Pete-nek.

– Tudjátok, hogy hová mehetett? Hol lakik ez a kis görény?

– Biztos nem haza! – válaszolt Geri. – Oda felesleges menni, az apja jól menő orvos, neki nem hiányzik egy ilyen balhé. Szerintem csak megy, ameddig ki nem fogy a tankból a benzin, vagy az agyából a kokó. Nem, Pete?

– Ja, szerintem is csak kóvályog, míg le nem meszelik a zsaruk – erősítette meg Geri álláspontját Pete, aki meglehetősen kipihente magát a szobában. Aludt közel másfél órát, úgyhogy most úgy vacogott, mintha Alaszkában lennének, mert kiment belőle a pia hatása.

– Az apja orvos. Azt hiszem, túlórázni fog a fián, ha elkapjuk valahol!

– Oké, fiúk, valaki menjen el és hozza ide a dokit, aki a lányok csöcsét plasztikázza – mondta Áron, és a lányhoz fordulva folytatta. – Rögtön elkezdjük a sebek kezelését. Nyugodj meg, soha többé nem kell ezt csinálnod. Szépen rendbe tesszük az arcod és a nyakad, és te fogod irányítani a lányokat, mint eddig, de neked már nem kell szobázni.

– Hol lakik a doki, főnök? Ja, és hogy hívják? – kérdezte az egyik sofőr.

– Fent a villáknál. Borostyán-hegy hatvanöt vagy hetvenöt. Nem is tudom, nézd meg a neveket! Kenderesi professzort kell keresni – mondta Áron, és közben felsegítette Évát. – Gyere, kicsim, bemegyünk.

Ahogy meghallották az orvos nevét a fiúk, a lábuk a földbe gyökerezett. Egymásra néztek, de Geri jelezte Pete-nek, hogy meg ne szólaljon. Elköszöntek mindenkitől, Éva megköszönte Gerinek, hogy megpróbálta őt előre figyelmeztetni. – Hülye voltam, mert azt hittem, ez is csak egy hülye tacskó. Gondoltam, lecidázom, és el lesz ájulva, hazamegy, és minden oké, de ez egy igazi vadállat.

– A lényeg, hogy egyben maradtál, és ahogy hallom, lesz, aki rendbe teszi a bőrödet is – válaszolta Geri, majd elköszöntek mindenkitől.

A motorokhoz mentek, és Geri sietve közölte Pete-tel álláspontját.

– Figyelj rám, Pete! Én most elmegyek és megakadályozom, hogy Ric ezekre az emberekre támadjon az apja fegyverével. Ezt követően, azt hiszem, bemegyek a zsarukhoz, de nem is, inkább csak holnap vagy holnapután megyek be, és kitálalok. – Eszébe jutott, hogy Steve-nek is kell egy kis idő, mire az ő pénzét biztonságba helyezi. – Nézd, én ezt nem bírom, így a föld alól is elő-kerítenek minket. Lépj le! Vidd a pénzed, és ne törődj most az ékszerekkel, azok nélkül is gazdag vagy. Úgy adom elő, mintha ketten lettünk volna Rickel.

– Megtennéd értem ezt, Geri?

– Nem csak érted, mindnyájunkért. Nem neked találták ki a börtönt, hamar megtörnél ott. Menj, de légy okos és nagyon óvatos.

– Jó, rendben, Geri. Vigyázz magadra!

Geri maga akarta az eseményeket koordinálni, mert tudta, ha ő lelép, akkor Ricnek nem tart majd sokáig meggyőzni Pete-et, hogy verjék rá a gyilkosságot. Már az ékszerekkel a hátán motorozva a tópartról hazafelé megfogalmazódott benne, hogy ezt úgy úszhatja meg legolcsóbban, ha beismerő vallomást tesz. Most, hogy Ricet látta teljesen meghülyülni, már attól félt, hogy olyan bűncselekményekért kell majd felelnie, amikhez semmi köze sincs. Mindenképp meg akarta akadályozni, hogy Ric és a bárhoz tartozó verőlegények összecsapjanak, ezért amint meghallotta, hogy a bártáncosnők plasztikai sebésze pont Ric apja, rögtön tudta, hová is kell mennie. Elindult tehát Ricék házához. Elment a villa előtt, és az utca túlsó bejáratánál várakozott. Először a gengszterek értek az utcába. Lassan haladtak, mert nekik olvasni kellett a névtáblákat, mivel nem tudták pontosan, melyik házban is kell keresni a professzor urat. Az utca közepén kis kanyar van, ezért néhány perc elteltével eltűntek Geri elől. Kisvártatva nagy zajjal megérkezett Ric. Geri keresztben az úton otthagyta a motorkerékpárt, és oldalt, a sötétben meghúzta magát. Ric fékcsikorgatva megállt, kiszállt az autóból és megszólalt:

– Hol vagy, Geri? Mi a faszt akarsz? Vidd innen a kurva motorod az útból, vagy átmegyek rajta.

– Azért jöttem, hogy figyelmeztesselek, a bár verőlegényei már a házatok előtt vannak – bújt elő a növényzet mögül Geri.

– Beköptél, te szemét? – rántott kést Ric.

– Hűtsd le magad, te fafej – nyugtatott Geri. – Apádért mennek, mert ő a plasztikai sebésze annak a kopasz fejűnek, pontosabban a kurváinak.

– Mit? Hát ahhoz mehetnek. Ilyenkor az ki nem nyitja az ajtót senkinek, még ha itthon van, akkor sem. Most meg elutazott – hadovált Ric.

– Nem is mondtad. Hová?

– Messzire, asszem', most vitte anyámat is – reagált gyorsan, majd elterelte a témát. – És te értem aggódtál, Geri? Idejöttél, hogy megments? – nevetett cinikusan.

– Nem, erről szó sincs, öreg. Idejöttem, hogy megmentsem a szüleidet egy nagy csetepatétól és egy annál is nagyobb csalódástól, mert őket nagyon is tisztelem.

– Tehát engem nem – jegyezte meg Ric egy kicsit lehangoltan.

– Nézd, Ric, téged egyszerűen nem tudlak már tisztelni. Átvertél mindnyájunkat. Kinyírtad az ékszerész főszert, pedig megbeszéltük, hogy nem bántjuk, csak lenyúljuk. Most meg ez a kurvával. Hát tudod, öreg, én nem is tudom, mit mondjak. Te egy igazi barom vagy. Mit tett ellened az a szerencsétlen nő?

– Mit tehettem volna? Apám haverja, és megismert – érvelt Ric. – Ha nem látja a videotelcsin, hogy én vagyok, nem nyit ajtót, vagy ha ki is nyitja, mindent beriaszt, oszt annyi a biznisznek. – A megkéselt örömlányra nem is reagált, annyira érdemtelennek tartotta.

– Nem, Ric, az eredeti terv nagyon jó volt, csak te ölni akartál, mert szét van szívva már az agyad. Nem tudod, mit teszel, legjobb lesz, ha föladjuk magunkat a faszba. Legalább másnak nem kell miattunk szenvedni. Ketten elvisszük a balhét. Mit szólsz? – kérdezte Geri.

– Én már elmondtam neked, hogy nem félek, mert nincs mitől. Nem lépek le, és nem adom fel magam. Vidd a rohadt motorod az útból, mert átszúrlak – fenyegetőzött Ric.

Geri pontosan tudta, hogy ez az a pillanat, amikor cselekednie kell, itt már nem volt miről beszélni. Közelebb lépett a fáradt fiatalemberhez, és amikor kb. másfél méterre volt, bal lábát hirtelen kicsit megmozdította, mintha ki akarná rúgni ellenfele kezéből a kést. Ric figyelme a mozduló lábra irányult, és ez a tizedmásodperc épp elég volt a távol-keleti harcokban jártas Geri-nek. Előrelendült, jobb kezével elkapta Ric kést tartó kezének csuklóját, majd szinte ugyanabban a pillanatban iszonyú erős ütést mért bal kezével a jobb halántékára. Geri jól ismerte a kiütési pontokat, ebben a kombinációban még következett volna egy térdrúgással egybekötött csuklócsavarás, de már nem volt szükség rá, mert az ütéstől Ric szemei fennakadtak, és ájultan esett össze. Geri a magatehetetlen testet a kocsi csomagtartójába tette, de előtte kezeit és lábait jó erősen megkötözte egy, a kerítésből kiszedett dróttal. A motorral félreállt, átült a Siroccóba, és kivitte Ricet ahhoz a tóhoz, amibe a rablás bizonyítékait süllyesztették. Útközben megállt egy éjjel-nappalinál, hogy italt és ételt vegyen Ricnek. A tóhoz érve belemártott egy pulóvert a vízbe, majd visszaült, és mélyen behajtott a fák közé. Kipakolta Geri a csomagtartót, Ricet egy fa törzséhez támasztotta, és a tó vizével fellocsolta egykori haverját. Megitatta és megetette, mert tudta, hogy lesz egy nap is akár, amire a rendőrség megtalálja majd. Miután Ric evett és ivott, Geri visszatette őt a csomagtartóba. Kezeit hátul összekötötte a lábaival, száját pedig bekötötte. Egy kétliteres gyümölcslé tetejére lyukat vágott, és több szívószálat összetoldva megfelelő ivó alkalmatosságot fabrikált Ricnek. Miután elkészült, a csomagtartót lecsukta, a kulcsot a jobb első kerék alá rejtette, és eltűnt a sötét erdőben. Kiment az útra és elballagott a városba, hogy visszatérjen Yamahájáért. Reggel hét óra is volt, mire hazaért.

V. Fejezet

Miután a fiatalok távoztak az égő házból, a szemben lévő társasház egyik lakója hamar észrevette a lángokat, mert éppen az erkélyen szívta szokásos esti cigarettáját.

– Gyere fel, anya – kiáltott le feleségének –, szerintem szemben tűz ütött ki.

– Mi? – kérdezett vissza riadtan az asszony.

– Gyere gyorsan, és hozd ide a mobilom!

– Jó, rohanok – nyugtázta a nő.

A feleség megkereste gyorsan a mobiltelefont, és felrohan a nappaliba, majd sietve kiment az erkélyre.

– Hát ez tűz, Apa, gyorsan hívd a tűzoltóságot! – mondta és átadta a telefont férjének, aki azonnal tárcsázta a 105-ös számot.

– Tűzoltóság, tessék – szólt bele a telefonba az ügyeletes.

– Jó estét kívánok, egy tűzesetet szeretnék bejelenteni – kezdte Fogarasi úr.

– Hol van a tűzeset?

– A II. kerület Zalán utca 23–27 körül, de biztosan nem tudom megmondani, mert a szemben lévő társasház erkélyéről pontosan nem látom.

– Rendben – szólt az ügyeletes tűzoltó, és már le is adta a riadójelet kollégáinak.

– Megközelítőleg hány háztömb éghet? – kérdezte a bejelentőt.

– Azt hiszem, hogy most még csak egy, de itt sorházak vannak, ezért hamar terjedhet a tűz. Az udvar felé nem látok be.

– Van a közelben benzinkút, gáztartály, esetleg kollégium, diákszálló, gyermekotthon stb.? – kérdezett újra a tűzoltó.

– Nem, itt csak lakóházak vannak, ja, és a földszinten üzletek.

– Milyen üzletek lehetnek veszélyben, esetleg lehet ott pirotechnikai termékeket forgalmazó bolt is?

– Nem, az nincs ott. Ha jól tudom, ott csak egy ékszerbolt és néhány ruhákat árusító butik van.

– Értem. Kérem, menjen közelebb és maradjon vonalban, amíg megérkeznek a kollégák. Ez mobilszám, ha jól látom.

– Ja, ez az.

– Most kapcsolom az oltásparancsnokot. A teljes nevét kérem, még egyszer legyen szíves elmondani!

– Fogarasi Antal a Zalán út 35-ből.

– Köszönöm, kapcsolom a parancsnokot.

– Uram! A vonalban Keszei hadnagy, az oltó egység parancsnoka vagyok. Kérem, menjen a lehető legközelebb a tűzesethez, de életét és testi épségét ne veszélyeztesse! Ha tud, csengessen be a szomszédokhoz, illetve a környéken veszélyeztetett személyekhez, és figyelmeztesse őket.

– Már úton vagyok.

– Határozottan szólítsa fel a lakókat, hogy azonnal hagyják el az épületet! Perceken belül ott leszünk.

Fogarasi úr leszaladt a lépcsőn, keresztülrohant a parkosított utcán, és azonnal elkezdte végigcsöngetni a szomszédos kétlakásos társasházakat. Úgy cselekedett, ahogy a tűzoltó hadnagy kérte.

– Azonnal hagyják el a lakást, mert tűz van! Értik? – Amint meghallotta, hogy tudomásul vették az ott élők a figyelmeztetést, már rohant is a következő házhoz. Persze, este negyed tizenkettőkor azért előfordult, hogy egy percet is csengetett, mire valaki beleszólt a kaputelefonba. Az égő háztól jobbra is és balra is két lakótömb lakóit, összesen nyolc családot sikerült felkeltenie, mire megérkezett a tűzoltó egység. Az oltásra három tűzoltóautó, továbbá, mivel társasházról szólt a jelentés, még két létrás autó érkezett.

– Gyuszi, a ház áramtalanítása és a gázközműről való lecsatolása két perc alatt legyen meg! – adta ki a helyszínen Keszei hadnagy. – Oké, Figyelj! Három osztó szerelését kérem, a két létrás autó az égő ház két végén emelkedjen! Két osztó a létrákhoz, egy harmadik a bejárathoz! Úgy látom, hogy itt már csak a továbbterjedést állíthatjuk meg, mert nagyon elterjedtek a lángok.

– Önök szomszédok? – szólt egy összeölelkezett fiatal párhoz a hadnagy.

– Igen. Szabó Péter vagyok a szomszédból – válaszolt a férfi.

– Lehet bent a házban valaki?

– Azt hiszem, igen, mert nem látom Loang urat sehol, pedig azonnal őt kerestem, amint kiszaladtunk, és láttam, hogy az ő háza ég – válaszolt a szomszéd.

– Figyelem, a lakóház tulajdonosa még vélhetően a házban van! Bemegyünk! – Ezzel a parancsnok a bejárathoz szerelt oltófecskendővel elindult, hogy megmentse az ékszerészt. Eközben az egység nagy erőkkel dolgozott. Csak a vezényszavakat hallották a lakók jobbról, balról.

– Osztó kész! Vizet! A ház áramtalanítva! Gáz főcsap elzárva stb.

A tűzoltók minden szomszédos házba bementek, hogy az esetlegesen bent maradt lakókat kitereljék az utcára. A ház két végén létráról, fentről lefelé módszeresen oltottak egy-egy fecskendővel. Két-két fecskendővel a betört ablakokon keresztül oltották a tüzet, míg a bejárati ajtóhoz szerelt osztóval, azaz három fecskendővel a parancsnok és még négy tűzoltó behatoltak a házba, hogy megmentsék az esetleg még életben lévő lakót, illetve, hogy „elkapják a tökét a tűznek". Így az összesen kilenc fecskendővel és a megfelelő módszerrel lépésről lépésre haladva, fentről lefelé és kívülről befelé egyre kisebb teret adtak a lángoknak. A helyszínre érkezéstől számítva tizenöt percen belül eloltották a tüzet, de a ház belseje a felismerhetetlenségig kiégett. Loang úr szénné égett tetemére is rábukkantak.

– Ne nyúljatok semmihez feleslegesen, mert lehet, hogy bűncselekmény történt – adta ki Keszei parancsnok, majd rádión kiszólt a kollégának. – Egyes autó jelentkezz, vétel.

– Itt az egyes autó vételen.

– Itt az oltásvezető parancsnok. Azonnal hívjátok a rendőrséget, mert holttestet találtunk az épületben. A mentők már itt vannak?

– Jelentem, igen.

– Kint van sérült?

– Jelentem, nincs.

– Akkor jó. Hívhatod a tűzbiztost is, és leadhatod a jelentést, hogy az oltást befejeztük. Utómunkálatokat megkezdtük. Vétel, vége.

– Értettem, uram! Maradok vételen, vége.

A tűzoltók felkutatták a szunnyadó tűzfészkeket, és egyenként hatástalanították azokat, s közben nyugtázták, hogy egyetlen nyaklánc, sem más ékszer sincs az üzletben, valamint a lakásban lévő páncélszekrény ajtaja kitárt állapotban van.

– Kirámolták a szegényt – szólt az egyik tűzoltó parancsnokának.

– Én is azt hiszem, de menjünk ki, mert teljesen átmelegedett a gázálarcom. Ideje levenni. Ez már a rendőrség kompetenciája – válaszolt Keszei, és kimentek az utcára. Az utcán a hadnagy a hangosbeszélőn a környék lakosaihoz szólt.

– Hölgyeim és uraim! Kérem, most már menjenek vissza otthonaikba, de egyelőre ne feküdjenek le aludni, mert a rendőr kollégák még az éjszaka folyamán felkereshetik önöket kérdéseikkel.

A szomszédok suttogni kezdtek, majd Szabó úr megszólalt hangosan.

– Miért, mi történt Artúrral?

– Nézzék, én erre most válaszolni nem tudok, de az biztos, hogy egy ember holtan, megégve fekszik az üzlet közepén. Azt, hogy baleset vagy esetleg bűncselekmény történt, vagy hogy az egyáltalán a szomszédjuk-e, a rendőrségnek kell megállapítania. Én csak azt kérem, hogy valaki legyen ébren önök közül is.

– Legyenek ébren mindannyian – szólt közbe az időközben kiérkező rendőr járőr –, mert biztosan mindenkit ki akar majd hallgatni a nyomozócsoport.

– Itt először velük kell kezdeni, mert ott tényleg csak „forró nyom" van – biccentett a ház felé a rendőr, amikor Keszei hadnagyhoz szólt. – Egy órába is beletelik, mire hozzá lehet érdemben fogni a helyszíneléshez. Van még dolgotok ott bent, hadnagy úr?

– Már nincs, a többit a tűzbiztos majd elrendezi – válaszolta a rendkívül szimpatikus fiatal vezető.

– Rendben, akkor már nem engedünk be senkit, nehogy eset-leg egy megmaradt nyom sérüljön vagy eltűnjön. Bár nem tu-dom, egy ilyen tűz után maradhattak-e nyomok. Elszarták ez-zel az éjszakám, épp az autósmoziba akartunk kinézni, mert ott nepperkedik valaki mostanság. Na, mindegy – tette hozzá halkan a rendőr.

– Mi összerámolunk és bevonulunk a laktanyába, de ha a nyo-mozóknak kell valami információ, hívjanak nyugodtan. Mire a jelentéseket megírom, reggel lesz úgyis – mondta a tűzoltó, és elköszönt a rendőrtől.

Amire a tűzoltók összeszerelték eszközeiket, a helyszínre ér-kezett a bűnügyi helyszínelő egység is. Vezetőjük Tóth Imre szá-zados volt, aki jól ismerte Keszei hadnagyot a rendvédelmi szer-vek közös sporteseményeiről, illetve a közös munkaterepekről.

– Szevasz, Peti! Mi újság? Mit láttál ott bent? – kérdezte a hadnagyot a helyszínelő.

– Hát, semmi jót, Imikém. Egy halott férfi szétégve, egy ki-rámolt üzlet meg egy nyitott páncélszekrény. Az biztos, hogy felgyújtották a lakást, és nem kevés éghető folyadékkal, mert olyan gyorsan égett ki a ház, hogy ezt csak benzinnel indíthat-ták el – válaszolt a tűzoltó, és elköszönt a rendőröktől.

A helyszínelő egység parancsnoka megvakarta a fejét ásítás közben, majd utasításokat adott kollégáinak.

– Figyelj, Tibi, szerintem a kutyát vissza is viheted, mert itt szagmintát nem fogunk találni. Nem lesz itt olyan hamar gya-núsított, véleményem szerint. Figyeljetek rám, gyerekek! Na-gyon odafigyelni minden fizikai és kémiai nyomra. Nem tud-hatjuk, hogy mi maradt meg a tűzben, de az alezredes úrnak valamit át kell adnunk, amit használhat a nyomozáshoz – adta ki a parancsokat, azután bement a házba az orvoshoz, aki már vizsgálta a tetemet.

– Na, mi az ábra, doki? – kérdezte a kirendelt igazságügyi orvost.

– Egyelőre azt tudjuk, Imi, hogy van egy tetem, illetve van egy csontvázra égett szövetállomány. A koponya hátsó feléből kiszakadt egy darab, úgyhogy valószínűleg szemből arcon lő-

hették, a lövedék is távozott a testből. Egy lőszert mindenkép-
pen találnotok kell, illetve szerintem egy hüvelyt is, bár azt el
is vihették – válaszolt az orvos.

– Mióta lehet halott? – kérdezett újra a százados.

– Azt most még sajnos nem tudom megmondani, vagyis sze-
rintem azt jelen esetben nem az én véleményemből fogjátok be-
határolni – jött a válasz.

– Értem. Fiúk, lányok, keresünk egy vagy több lőszert, illet-
ve töltényhüvelyt. Ez már valami, nem?

– De, főnök – válaszolt Deli Brigitta zászlós, az ujjlenyomat
keresésére szakosodott helyszínelő. – A lépcsőkorláton a bejá-
ratnál van egy csomó ujjlenyomat.

– Persze, hisz ez egy üzlet. Állandóan jönnek-mennek a ve-
vők – mondta Tóth százados.

– Na, igen. De ez egy rendkívül exkluzív üzlet, ahová komoly
üzletemberek járnak vásárolni. Tehát, ha egy nyilvántartott
rablógyilkos lenyomatát találjuk meg, akkor beljebb leszünk.
Nem? – reagált a lány.

– Akkor beljebb. Mást nem láttál eddig?

– De. Kint a lépcsőn van egy nagy váladéktócsa, abból vetet-
tem mintát. Azt hiszem, talán hányás, de tele van bakancsnyom-
mal. Gondolom, a tűzoltóké lehetett – vélekedett a rendőrnő.

– A tűzoltóké rendszeresített, egységes ruházat, tehát a le-
nyomat mintája azonos. Rögzítsük, hátha van egy-két eltérő
cipőlenyomat.

– Megtörtént már, főnököm – szólt kissé kaján mosollyal
az arcán Brigi.

– Mihez kezdenék én nélküled? – folytatta a százados.

– Na, erre, látod, én sem tudom a választ.

– A kérdés költői volt, kedves kollegina – mondta Imi, és el-
indult, hogy megkeresse a lőszert és a hüvelyt, illetve segítse
kollégái munkáját.

Éjjel egy óra harminc perckor a helyszínre érkezett Szücs
István alezredes, a rendőrség életvédelmi osztályának vezetője,
valamint a csapat, amellyel együtt szokott dolgozni. A kiemelt
emberöléses esetek egy részét az osztályvezető maga szeret-

te felgöngyölíteni, mert hiába lett vezető rendőrtiszt, az élete mégiscsak a nyomozói munka maradt. Rendkívül éles elméjű nyomozó volt, aki kilencvenhét százalékos megoldási mutatóval rendelkezett pályafutása során. Az alvilágban csak Dicknek becézték kalapos és ballonkabátos megjelenése miatt. Ötvenkét éves kora ellenére olyan fizikai és mentális állapotban volt, hogy megirigyelték tőle a huszonéves kollégái, akik a bevetési csoportnál szolgáltak. Izmos, edzett ember, aki eredetileg kommandósnak készült, de a rendőrtiszti főiskolán magával ragadta a kriminológia és a nyomozati munka izgalma. A csapatában válogatott rendőrök kaphattak csak helyet.

Hargitai Péter főhadnagy, rendőrtiszt és kriminál-pszichológus három éve kíséri a „mestert", hogy a legjobb nyomozóvá váljék egyszer. Hargitai egy harmincas éveiben járó, jó kiállású, amolyan bankár megjelenésű férfi. Mindig kifogástalan a megjelenése, fiatalos, vonzó, körülbelül 185 cm magas, fekete hajú, sportos alkatú fiatalember, aki nem mellesleg boldog szívtipró. Még nem házas. Minden közösen felderített ügynél tanult valamit a rutinos alezredestől. Szücs nyomozó sem tagadta, hogy időnként nagyon hasznos tanácsokat kapott ifjú kollégájától. Elsősorban rendkívüli emberismeretére támaszkodik az osztályvezető. Hargitai kimagasló kombinatív gondolkodása miatt mindig elkövetési modellek alkalmazására kéri fel őt.

Török Péter főtörzszászlós szorgalmas cserkész. Sohasem kérdezi meg, hogy mit miért kell csinálnia, egyszerűen csak végzi a rábízott feladatot. Rendkívül jól vezeti az autókat és motorokat, sőt még légi járművek vezetésére is van képesítése. Erős, sportos, de alacsony növésű férfi, aki kiváló a közelharcban. Még felderítő korából emlékezett rá Szücs, majd egy szép napon elcsábította, hogy legyen a nyomozócsapat része. Azóta hárman nehezítik a megye dörzsölt elkövetőinek életét.

A csoport bement a kiégett lakásba. Nem sokat beszélgettek, pontosan tudták, hogy mi a másik véleménye, mit kell rögzíteni, mire figyeljenek. Talán harminc percet töltöttek el a házban, mikor újból kimentek az utcára.

– Na, főnök. Mi a véleménye? – kérdezte a főhadnagy.

– Hm. Érdekes, én is pont ezt szerettem volna kérdezni. Szerintem kezdd te – utasította az alezredes.

– Szerintem sima rablógyilkosság történt. Mivel a lakásban gyakorlatilag mindent lerendezett a tűz, beleértve a biztonsági rendszer videó felvételeit is, nem sok kiindulási pont van jelenleg. De ami azt illeti, azért mindenképpen érdekes, hogy az áldozat maga engedte be támadóját vagy támadóit.

– Igen, ez valóban fontos. Meg kell kérdeznünk mindenkit, aki valamilyen szinten ismerte az ékszerészt, és lehetőleg minél hamarabb, mert a leglényegesebb az lesz, hogy kit ért váratlanul az információ. Jó, az is igaz, hogy a híradásokat, a rokonok, szomszédok „jelentéseit" megelőzni nyilván nem fogjuk tudni, de megpróbálunk gyorsnak lenni – vázolta fel a soron következő feladatokat a főrendőr, majd odaszólt a helyszínelést végzőknek.

– Gyerekek! Minden szomszédot meg kell kérdezni, hogy mit láttak itt ma este. Ki jött be, ment ki az elmúlt 12 órában az üzletbe, illetve a lakásba. Azonnal személyleírást kérni. Volt-e az áldozatnak rendszeres látogatója, ismerik-e, hogy néz ki stb. Rokonok, barátok, vásárlók, ügynökök, kurvák, mindenki fontos lehet. Kérek egy listát pontos lakcímekkel a jelenleg élő rokonokról, de azt gyorsan. A hányásból DNS-re lesz szükség, ó, nem, nem, inkább még legyen komplett kielemzve is. Ki tudja, ki mit hányt oda. Nem?

– Egyetértek, alezredes úr!

– Jó és fontos, hogy az ujjlenyomatok reggel 6-ra át legyenek pörgetve. Hétkor az irodám melletti kis tanácsteremben értekezünk, addig jó munkát mindenkinek, csak precízen és körültekintően!

– Értettem – jött mindenkitől a válasz és a rendőrök megkezdték a kihallgatásokat, elemzéseket.

– Péter! – szólt a főhadnagyhoz az alezredes.

– Parancsolj, főnök – fordult oda Hargitai.

– Kérlek, maradj itt a kihallgatásokat koordinálni, és amikor minden adat a rendelkezésedre áll, beleértve az autónyomokat, bakancsok lenyomatait, egyebeket, állítsatok fel egy modellt. Érdekelne, hányan lehettek, ez nagyon fontos. A magányos elkövetőket nem szeretem, nehezebb elkapni őket. Itt óriási vagyonról lehet szó. Remélem, többen voltak, mert ennyi pénz meg ékszer biztos, hogy megosztja az elkövetőket. Remélem, összevesznek, és lesz olyan, aki meggondolatlanul cselekszik majd. Az első nap nagyon fontos. Rendben, leléphetsz.

Ezt követően a vezető mobiltelefonon felhívta a kapitányságot, és minden városból kivezető utat lezáratott, fokozattan ellenőriztetett.

– Jó, de két gyűrűben ellenőrizzetek, ha kell, rendelj át másik városból autókat és járőröket az én utasításomra. A járőröknek ki kell adni, hogy mindenki gyanús az ügy jelenlegi stádiumában, de különösen a zavart viselkedésű, fegyveres, továbbá vértől szennyezett, benzin szagú, feltűnően gyors autósok, motorosok, gyalogosok.

– Mindenkit hozzanak be, akikre ezek közül valamelyik igaz? – kérdezett vissza az őr-járőr alosztály vezetője.

– Hát, nézd, most jelenleg jobbat nem tudok. Igen! Köszönöm, szevasz – köszönt el.

– Rendben, értem, minden jót! – tette le telefonját az alosztályvezető.

Ezután „Dick" elővett egy energiaszelet nevű csemegét, kicsomagolta, egy padra leülve néhány perc alatt csendben elfogyasztotta. Szerette az ilyen csokoládét, mert telis-tele volt élelmi rosttal, valamint vitaminnal. Ritkán jutott ideje pontosan reggelizni és ebédelni, napközben sokszor élt ezen. Miután lassan, élvezve az ízeket, elfogyasztotta vacsorájával egybekötött reggelijét, már szólt is kollégájának.

– Török Peti!

– Parancs, főnök! – reagált a munkatárs.

– Rokonlista kész?

– Persze.

– Akkor menjünk, járjuk le őket gyorsan.

– Nem lesz nehéz, mert itt a városban csak egy unokahúg él. Az áldozat testvérének a lánya. Ahogy az lenni szokott módos családoknál, nem kis pozíciót tölt be a hölgy, jelenleg a miniszterelnöki hivatalban főosztályvezető.

– Az is valami? – kérdezett vissza nevetve István. – Na, menjünk, keltsük fel a főosztályvezető hölgyet. Bár, őszintén szólva én őt nem gyanúsítom, de akár adhat is érdemi infót nekünk.

Beültek az autóba, s közben folytatták a beszélgetést.

– Semmi egyéb, Peti? – kérdezte a főnyomozó. – Úgy értem, nincs is gyermeke, ex felesége vagy ilyesmije a hullánknak?

– Miért, ki a hulla? – kérdezett vissza a zászlós.

– Ez is igaz, majd csak az azonosítás után tudhatjuk biztosan, de feltételezem, hogy a tulajdonos feküdt az üzlet közepén. Na, van még valaki?

– Nincs, a lista szerint egy bátyja volt, de ő már meghalt. A bátynak volt három lánya, abból egy él itt a városban, kettő vidéken. Politikusok, üzletemberek lettek. Rendkívül gazdag és befolyásos család, már az öreg Loang is milliárdos volt, mikor hazánkba települt, megfogta egy magyar nő. Már amennyire így a családi nevekből és egyéb adatokból kiolvasható.

Az autó lassan haladt, közben a két rendőr nem beszélt, hallgatták a rádió éjszakai adását. A komolyzenei adót állították be, mert a főnök nem szerette a kereskedelmi csatornákat, sem televízióban, sem pedig a rádióban, a mai könnyűzenétől pedig mindig frusztrált lett. A rádióban Vivaldi Négy évszakja szólt, abból is a Tél című tétel, az alezredes egyik kedvence, ezért egy kicsit feljebb tekerte a hangerőt.

– Nem zavar ez téged, ugye, Péter? – kérdezte munkatársát.

– Ugyan, főnök. Mikor zavart engem bármi is? Hát nem jó katonaként ismer engem? Én minden esetben elfogadom a felettesem döntését. Tegnap is elfogadtam, amit rendelt nekem az ebédlőben. – Rövid csend, majd halkan hozzátette:– Pedig hogy utálom a töltött paprikát. – Mindketten mosolyogtak.

Úgy körülbelül harminc perc alatt értek oda a ház elé. A város elit negyedében található villa úgy körülbelül kétszázötven méterre lehetett a Kenderesi villától. Útközben, mikor elhaladtak a ház előtt, éppen távozott a night clubból a professzorért küldött különítmény. Mikor érzékelték a megkülönböztető jelzést az autó tetején, a gorillák mozgása rendezetté vált, semmi kapkodás. Látszott, hogy valami olyan dolgot csináltak ott, ami nem tetszene a rend őreinek.

– Kik lehettek ezek, valami pénzbehajtók? – kérdezte a főnök. – Annyira bírom, hogy azzal a szándékukkal, hogy nehogy gyanúsak legyenek, megváltoztatják viselkedésüket, és ezzel válnak abszolút gyanússá.

– Nem hiszem, de az egyiket ismerem, egy klubban dolgozik, ahonnan nőket is lehet rendelni. – válaszolta Péter.

– De ezeknél lányok nem voltak.

– Biztos még csak most hozták őket

– Ja, értem. Nézd csak, ez az a ház. Itt állj meg!

Gyönyörűen parkosított telken álló épület elé értek. A kaputelefont megcsörgették, majd egy férfi hangja szólt bele.

– Tessék, ki az ilyen későn? – kérdezte.

– Elnézést, uram. Szücs alezredes vagyok a rendőrségtől, kérem, legyen szíves beengedni – közben az igazolványát a kamera felé mutatta.

– Milyen ügyben szeretnének ilyen későn bejönni? Nem ér rá reggel? – bizalmatlankodott az unokahúg férje. – Betörés volt a környéken, vagy ilyesmi?

– Uram! Valójában a feleségéhez jöttünk, ha jól tudom, itt él Szemes Mária. Ugye?

– Igen, így hívják a feleségemet, de mi dolguk vele? Ő, kérem, rég alszik, és nem hiszem, hogy jó néven veszi, ha most felkeltem valami csip-csup ügy miatt. Nekünk amúgy is van riasztó rendszerünk, és hozzá védelmi szolgálat.

– Kedves uram, a feleségének van egy nagybátyja a belvárosban?

– Igen, van – válaszolt elhalkuló hangon Szemes úr.

– Akkor nyisson ajtót és keltse fel a nejét, mert el kell mondanom neki valamit.

– Értem, jöjjenek, kérem, csak a jelzőfény mentén a házig – azzal kinyitotta a kaput, de előbb részlegesen inaktiválta a riasztórendszert. – Addig felkeltem Máriát – mondta maga elé, már nem a kaputelefonba.

Mire a házhoz sétáltak, már ott állt a házigazda köntösben.

– Jó estét, uraim! Kérem, jöjjenek be, a feleségem felvesz valamit és azonnal jön.

– Jó estét, és még egyszer elnézést a zavarásért.

Közben megérkezett a feleség. Harmincas éveiben járó, vonzó jelenség volt, aki nagyon figyelt a külsejére. Még ebben a három percben is megigazította frizuráját, nehogy teljesen csapzottnak lássák őt.

– Önnek is jó estét, hölgyem! Kérem, hadd mutatkozzunk be: Szücs alezredes, illetve munkatársam, Török főtörzszászlós.

– Szemes Mária. Miben segíthetek? – kérdezte álmosan a nő.

– Van önnek egy Artúr Loang nevű nagybátyja a belvárosban?

– Igen, az édesapám fivére. Mi történt?

– Hölgyem, a nagybátyja vélhetően rablógyilkosság áldozata lett – közölte egyhangúan az alezredes.

– Úristen! Hogyan lehet ez? Mikor történt? Hiszen este még meglátogattam az üzletben – kérdezett vissza halkan, és férje karjába kapaszkodott.

– Az este, úgy kb. 11 és éjfél között. Kérem, hölgyem, most nem szeretném önöket tovább zavarni, fogadja őszinte részvétem. Amennyiben sikerül, reggelre legyen kedves végiggondolni, tud-e olyanról, aki esetleg haragudott az áldozatra, aki olyan mélyen gyűlölte, hogy képes egy gyilkosságra is, rablásra terelve a gyanút. Illetve, ha készítene egy listát nagybátyja barátairól. Milyen klubokba járt, milyen társaságban tartózkodott szívesen. Mindez nem sürgős, de sokat segítene, ha reggel fél hét körül befáradna az irodámba, és mindezt elmondaná – tette hozzá udvariasan.

– Szegény Artúr – mormolta maga elé a férj. – Drágám! Ez szörnyű! – fordult feleségéhez.

– Az – mondta a feleség, és könnycseppek csordultak le arcán, majd lehullva elvesztek a szőnyeg rojtjai közt. – Rendben, a tájékoztatást köszönjük. Végiggondolom, de reggel fél hétre nem ígérhetem, hogy odaérek, ezt meg kell értenie.

– Megértem, de ha szeretné, hogy a munkánkkal továbbhaladjunk, akkor oda fog érni. Nem is zavarunk tovább. A viszontlátásra.

– Viszlát. Drágám, kérlek, kísérd ki az urakat. Most meg kell innom valami erőset, mert nagyon remeg a gyomrom – s ezzel a nő elvonult egy másik helyiségbe.

A két rendőr némán elsétált az autóhoz, beültek és elindultak a kapitányságra. Szücs törte meg a csendet.

– A nőt lesújtotta a hír, ez biztos. A férjnek utána kell nézni. Mit csinál? Hogy állnak az üzleti ügyei? Végül is itt óriási örökségről lehet szó. Bár ezt pontosan nem tudom, egyelőre csak ezt sejtem – gondolkodott hangosan.

– Egyetértek, de csak azért, hogy kizárhassuk, mert véleményem szerint a férj is tiszta – reagált Péter.

– Te, Peti! Vigyél be engem az őrsre, és menj haza, aludj egyet. Most reggelig nem várható változás az ügyben. Ha van valami, esetleg telefonálok. Hatra majd bejössz. Kellenek nekem most a friss emberek.

– Mindig díjazom az ötleteidet, főnököm – helyeselt a beosztott –, de te miért is nem haza mész?

– Én majd bent az irodában pihenek.

– Ja, persze, mindig elfelejtem, hogy a te irodád olyan, mint az én lakásom. Mármint alapterület és helyiségek száma, ilyesmi. Jó, nem akartalak megbántani, pontosan tudom, hogy az irodád fekvése sokkal jobb és komfortosabb, valamint modernebb is.

Lassan, csendben autóztak tovább a kapitányságig, majd elköszöntek egymástól. Míg Péter hazaért, és az alezredes ledőlt bőrkanapéjára, mindketten az ügyön morfondíroztak. Rendkívül nehéz ügynek tartották, de nem megoldhatatlannak, hisz' olyan, véleményük szerint, nincs. Szücs alezredes és csapata általános véleménye az, hogy tökéletes gyilkosság nem létezik.

V. Fejezet

Reggel már hét órakor értekezletet tartott Szücs alezredes. Megjelent a teljes nyomozócsoport, valamint a helyszínelést végző technikusok, a tűzbiztos, az útlezárásokért felelős vezető, valamint a „jegyzőkönyvet" vezető hölgyek. István szerette, ha ezeken az értekezleten minden szót rögzítenek egy iskolai táblán. Amolyan vázlatot készítenek, amit mindenki szabadon megfigyelhet. Az információk összessége mind egyetlen helyen nagy segítség lehet, véleménye szerint. Ő egyébként ezt bűnmegoldási térképnek is szokta nevezni.

– Jó reggel mindenkinek! Mellékes információval szeretném kezdeni, a mellékes szó idézőjelben: tehát az áldozatunk a miniszterelnöki hivatal egy főosztályvezetőjének nagybátyja. Vélhetően miniszteri szinten is érdeklődni fognak az ügy állásáról és rendkívül fontos lesz, hogy gyors, pontos és szakszerű munkával elfogjuk az elkövetőt vagy elkövetőket – kezdte.

– Elképzelhető, hogy politikai indíttatás volt, vagy összefügg a főosztályvezető tevékenységével az ügy? – jött a kérdés Hargitai főhadnagytól.

– Nem, véleményem szerint nem, de az illetékes nemzetvédelmi szervekhez fogok fordulni ebben a kérdésben. Jó. Most mindenkit arra kérek, hogy a maga kompetenciakörében mondja el a rendelkezésére álló adatokat, majd személyes véleményét és az általa legmegfelelőbbnek tartott nyomozati stratégiát. Kezdjük időrendben: a technikusok, majd a tűzbiztos és tűzoltóparancsnok, utána a kihallgatást végző kollégák, és legvégén akkor döntünk a folytatásról. Azt el kell mondanom, hogy közben én fenntartottam a fokozott közúti ellenőrzésre kiadott utasítást. Minden a városból kimenő autót, autóbuszt és vonatot ellenőriznek munkatársaink.

– És a motorosok? A kisebb erdei utakon motorral simán ki lehet jutni a városból – reagált Török.

– Igen, ez igaz, de jelenleg nincs kapacitásunk a kisebb utak ellenőrzésére, azonban kértem segítséget a készenlétiektől, valamint a határrendészektől. Az erdészeket is megkértük, hogy bármilyen szokatlan dolgot észlelnek, azonnal tájékoztassák a rendőrséget. Mondjuk, az államhatár azért kicsit távol van tőlünk, de 90%, hogy az elkövető vagy elkövetők megpróbálják elhagyni az országot. A készenlétiseknél csak ügyeletes volt, ő nem dönthet, de kilencre ígérték, hogy felhív a vezető. Tehát kilenc után, talán már fél tízkor reményem szerint az erdei utak is le lesznek zárva – adott helyzetjelentést a főnyomozó, majd intett a technikus csoportot képviselő kollégának, hogy kezdheti.

– A reptéri rendészet? – kérdezett közbe Hargitai.

– Természetesen tudják a dolgot és figyelnek – válaszolt Szücs.

A következő három órában az értekezleten résztvevők sorban elmondták, amit a bűnügy megoldása érdekében elvégeztek. Az alezredes időnként kiment a helyiségből, mert vagy a főnöke hívatta, hogy be tudjon számolni a minisztérium felé, vagy éppen a készenléti csoport vezetőjével egyeztetett, a gépezet közben forgott.

Azonban forgott Steve motorkerékpárjának kereke is. Már kora hajnalban Sopronba ért. Geri pedig otthon pihent, aludt a kényelmes, puha ágyában, mert tudta, hogy amint betette a lábát a rendőrségre, mind a pihenés, mind pedig a puha ágy néhány évig csak álom marad. Annyira felfokozott idegállapotban volt, hogy miután hazaért, alig jött álom a szemére, ezért keresett egy altató tablettát, amiből bevett egy felet, s attól végre el bírt aludni, de előtte a mobiltelefonján beállította az ébresztőt 10 óra 30 percre. Bemehetett volna később is vallomást tenni, de nem akarta, hogy esetleg Rickel valami történjen. Az ébresztő megcsörrent. Geri lenyomta, de még nem kelt fel, csak meredt a mennyezetre. Pörgette a fejében az eseményeket, hogy mindent jól adjon elő a rendőrségen. Mert azt már eldöntötte, hogy mindent el kell mondania, csak úgy tudja tisztázni magát a gyilkosság vádja alól. Sok-sok gondolat és kérdés pörgött át agyán abban a három percben, amíg felkelt tisztálkodni. Elhiszik-e vajon a rendőrök, hogy gyilkolási szándék nélkül érkeztek az öreghez? Vajon el tudott-e utazni Steve? Megkérdezni már nem lehetett, csak reménykedni tudott benne, hogy minden rendben ment. És mit mond majd Aninak? Nagyon rossz érzés kerítette hatalmába, ha nevelőanyjára gondolt. Szégyellte magát, hisz' olyan jól nevelték, mintha saját fiuk lett volna, és most ez a hála. Összeszorult gyomorral ment le a lépcsőn a nappaliba, hogy cipőt húzzon. Nevelőanyja a konyhában serénykedett, de észrevette a fiút.

– Na, jó reggelt, fiatalúr! Mintha azt mondtad volna, hogy ma korán kelsz, hogy mire én felébredek, már nem leszel itthon, mert valakinek megígérted, hogy segítesz. Nem jól emlékszem? – tette fel a kérdést Ani.

– De. Jó reggelt neked is! Változott a terv. Most lépek le, és egy darabig nem is jövök haza – mondta egykedvűen Geri.

– Hogy érted, hogy egy darabig? Vacsoráig csak hazaérsz?

– Nem. És reggeliig sem... és a következő vacsoráig sem... és így tovább... évekig. Ani, kérlek, ne haragudj! – tört ki a fiúból.

– Miért ne haragudjak? Mi történt, Gergő? Kisfiam! – Ekkor már könnyek csordultak le mindkettőjük arcán.

Geri felállt, és szorosan átölelte nevelőanyját, hosszasan ölelte, szorította, majd homlokon, arcon csókolta. Mélyen a szemébe nézett.

– Kedves Ani. Köszönöm, hogy saját gyermeketekként szerettetek engem. Köszönöm, hogy szeretettel neveltetek, mindent megkaptam tőletek. Nagyon szeretlek és nagyon szerettem, apámként szerettem a férjedet is. – Nagyot nyelt, hisz' könnyeivel küszködött közben. – Tegnap a fiúkkal nagy butaságot csináltunk. El kell mennem a rendőrségre, és el kell mondanom mindent, hogy valami alól tisztázhassam magam. – A nő közben már zokogott. – Tudnod kell, hogy én nem vagyok gyilkos...

– Mi? Miről beszélsz? – üvöltött sírva a nő. – Megöltetek valakit? – Az ablakhoz ment és levegőért kapkodott. Geri gyorsan keresett nyugtatót, és odavitte anyjának.

– Vedd be ezt! – adta át neki.

– Köszi. Most üljünk le, és mesélj.

– Nem mondhatok semmit. Illetve annyit, hogy megbeszéltük a srácokkal, azaz Rickel és Pete-tel, hogy kifosztunk egy ékszerüzlet-tulajdonost. Viszont ez a hülye Ric... mit csinált szerinted?

– Mit?

– Agyonlőtte. Érted? Hogy lehetett ekkora vadbarom? Nem értem. Mindegy, most megyek be a rendőrségre, és mindent elmondok.

– Miért kellett neked rabolni, Gergő? Hát mi hiányzik neked? – kérdezett nagyon halkan, szinte suttogva Ani.

– Semmi sem hiányzott, egyszerűen ki akartunk törni ebből – mondta Geri. Elsétált az előszobai komódhoz, az egyik fiókból papír zsebkendőt vitt Aninak.

– Köszi – köszönte meg az asszony, kifújta az orrát és letörölte könnyet. – De hiszen dúsgazdagok Ric szülei.

– Ricnek ők már nem adtak pénzt. Az meg full narkós, a cucc nélkül nem tud még vezetni sem. De ezt nem hittem volna, hogy ennyire zakkant, hogy megöl egy embert. Tényleg, Ani, ezt nem hittem. Elhiszed?

– Persze, tudom, hogy milyen jó szívű vagy, és azt is, mennyire érzékeny kisfiú voltál. Te ilyenben nem vettél volna részt – válaszolt sírva a nő.

– Most megyek. Szóljak a lányoknak? – utalt Geri két lány testvérére, Erikára és Krisztinára.

– A csajok nincsenek itthon.

– Rájuk csörgetek.

– Ne, nem kell, hagyd, hadd érezzék jól magukat egész nap. Majd ráérek én elvenni a kedvüket este, amikor hazajönnek.

– Akkor én mentem. Szeretlek titeket.

Azzal Geri fogta a táskáját, benne a legszükségesebb dolgaival, elsősorban könyvekkel, és kisétált az ajtón. Anyja pedig a szőnyegen ülve maga elé meredten suttogta:

– Mi is szeretünk.

Geri motorra pattant, és meg sem állt a rendőrségig. A járművet letámasztotta az épület mellé és besétált. Egyenesen a portaszolgálatot ellátó őrhöz ment.

– Jó napot kívánok! – köszöntötte az őrmestert.

– Jó napot, uram. Miben segíthetek?

– Keresek valakit.

– Kit?

– Biztosan hallotta, hogy az este, éjszaka volt egy gyilkosság, illetve egy rablás.

– Hallottam természetesen. Esetleg rokon vagy más tanú? A nyomozók kérették be?

– Nem, de vannak információim az esetről. Ha megtenné, hogy szól az illetékes rendőrnek.

– Persze, természetesen telefonálok azonnal. Addig itt foglaljon helyet a fogadószinten – mutatott az üres székek felé a rendőr, és már tárcsázott is.

Néhány másodpercet beszélgetett valakivel, aztuán ismét Gerihez fordult.

– Egy perc, és jön valaki, épp most hagyták abba az értekezletet.

– Köszönöm – válaszolt Geri kissé idegesen, de nem félt. Olyan érzése volt, mint amikor gyermekkorában egy orvosi váróteremben ült. Félt, de nem tudta mitől, egy kicsit talán az ismeretlentől.

Két perc sem telt el, és megérkezett Hargitai főhadnagy, Török nyomozó társaságában.

– Hol van? – fordult a portás felé Török.

– Ott ül, jelentem – mutatott Geri felé.

– Köszönöm – és elindultak mindketten a fiúhoz.

– Üdvözlöm – kezdte a rendőr.

– Jó napot!

– Szóval az éjszaka elkövetett gyilkosság miatt jött?

– Igen.

– Kérem, jöjjön velünk – mutatott a lépcsőház felé Török.

Liftbe szálltak, és elindultak a legfelső emeletre. Közben a rendőröknek nem volt kérdésük, és ezt Geri nagyon furcsának találta. Megtörte a csendet.

– Tudnak már valamit? – tette fel a kérdést.

– Igen, elég sokat tudunk, de nem eleget ahhoz, hogy eredményről beszélhessünk – válaszolta a főhadnagy.

– Reméljük, hamarosan okosabbak leszünk – nézett kérdőn Gerire Török zászlós.

– Biztosan – bólintott egyetértőn Geri, s valamiféle szorító érzés jelentkezett a gyomra tájékán.

A felvonó csengett és megállt. Az ajtó kinyílt, és egy hatalmas tér tárult Geri elé. Az egész szinten csak három ajtó.

– Itt csak három iroda van? A filmeken tök zsúfoltak a rendőrségi irodák – tette fel a kérdést.

– Itt a főnökök vannak, uram... – nevettek a rendőrök.

Beléptek Szücs alezredes titkárságára. Nagy iroda volt, a fal mellett körben iratszekrények, egy ülőgarnitúra, valamint egy titkárnői íróasztal, mögötte Gabika, a jól felkészült titkárnő. A falon absztrakt reprodukciók díszelegtek, illetve minden sarokban valami szép szobanövény. Hawaii rózsa vagy dieffenbachia picta stb.

– Gabikám, bemehetünk a főnökhöz? – kérdezte Török.

– Már vár benneteket – válaszolt a titkárnő.

– Köszike.

Azzal kopogtak, és bementek Szücs alezredeshez. Az alezredes telefonált éppen, de amint beléptek a helyiségbe, letette a telefont, és az érkezők felé fordult.

– Az unokahúg érdeklődött – mondta, és megszólította Gerit. – Üdvözlöm, Szücs István – nyújtott kezet a fiúnak.

– Jó napot, Németh Gergely – kezet fogtak egymással, Geri érezte Szücs kezének szorításából, hogy nem egy átlagos irodai dolgozóról van szó, hanem egy edzett, kemény férfiról. Az alezredes hellyel kínálta Gerit, és leültek egy dohányzóasztal körül mind a négyen.

– Miben segíthetünk?

Geri szíve a torkában dobogott, mikor ezeket a szavakat kiejtette:

– Szóval, én vagyok az egyik ember, akit önök most keresnek. – Tenyere izzadt, de kicsit megnyugodott, mikor látta a reakciót a rendőrök arcán. Semmi feszültség, semmi agresszió, nyugodt maradt a hangnem.

– Rendben, de melyik ügyben keressük, hiszen jelenleg kb. 300 büntetőügy fut az osztályon – kérdezte Szücs.

– Az éjszakai rablásra gondolok. Tudják, ahol meghalt egy ember – reagált elhaló hangon Geri.

– Jól értem, hogy vallomást kíván tenni? – kérdezte Szücs, és a fejével biccentett Hargitainak, aki már ment is hívni a gépírót.

– Igen.

– Értem. Egy perc türelmet kérek, míg a titkárnő ideér. Megkínálhatom egy kávéval, esetleg ásványvízzel?

– Ez most mi? Egy gyilkossági ügyben jöttem vallomást tenni, és itallal kínálnak? Jó, mindegy. Igen egy kávét meginnék, alig aludtam – tette hozzá gondterhelten.

Hosszú percekig csend ült az irodára. Geri összefoglalta gondolatait, s közben a drapp-ezüst tapétára meredt, amit különböző régi városképek díszítettek. A rendőröknek nem volt új ez a helyzet, tehát ettől a ponttól már csak akkor kérdeznek az ügyről, mikor a jegyzőkönyvvezető megkezdte munkáját, és rögzíti a fiú minden szavát. Geri próbálta először megtörni az „ügynöki" csendet.

– Szép ez a kép – mutatott rá egy régi közteret ábrázoló képre –, nem is tudtam, hogy valamikor így nézett ki a Lechner tér.

Nem igazán talált fogadóra a párbeszéd kezdeményezése, de azért még halkan megjegyezte, hogy régen sokkal szebb volt.

Közben megérkezett a jegyzőkönyvet gépelő rendőrnő. Becsukták az ajtót. Geri ült az asztal egyik oldalánál és így szólt:

– Nem tudom, de nekem nem kellene egy ügyvéd?

– Elvileg tanúkihallgatásra érkezett, tehát nem – válaszolta Török.

– Jó, értem – egyezett bele Geri, de eszébe jutott, hogy ő már jelezte, hogy részt vett a bűncselekményben, tehát kizárt dolog, hogy tanúkihallgatás következik.

– Szerintem kell kirendelniük, már elnézést, de nem szeretnék semmit sem kétszer elmondani. Kérem, nézzenek ennek utána – aztán kicsit kényelmetlennek érezte a széket, amin ült, mert a rendőrök feszültebbé váltak.

Pontosan tudták, hogy a fiúnak igaza van, de az idő jelen esetben nagyon fontos tényező volt számukra. Arra gondoltak, hogy meghallgatják Gerit, és gyorsan elkapják a társait vagy társát, aztán újra meghallgatják, de már mint gyanúsítottat és teljesen szabályszerűen. Az idő azonban Gerinek is nagyon fontos volt, pontosabban Steve-nek, ezért kicsit játszott még a drága értékkel. Gondolta, hogy a csomagtartóban Ric el tud még tölteni akár napokat is.

– Jó, erre nincs időnk – jegyezte meg Szücs. – Azonnal legyen itt egy kirendelt ügyvéd, Gabi. Wollnernét hívjad, kérlek, ő mindig készséggel áll a rendelkezésünkre.

A titkárnő azonnal ment és intézkedett, közben a rendőrök mindenféle hétköznapi dologról kezdték kérdezni Gerit, aki feszült és ideges volt ugyan, de látszólag nyugodtan kortyolta kávéját és próbált válaszolni a kérdésekre.

Az alezredesnek igaza volt, mert az ügyvédnő valóban gyorsan megérkezett. Az irodája alig két saroknyira volt a rendőrség épületétől, és éppen két ügyfél közötti szünetét töltötte, tehát még le tudta mondani a soron következő klienst. Általában az ügyvédek nem rajonganak a kirendelt védői szerepért, de tudták, hogy ilyenkor, nagyon sürgős esetekben lekötelezik a rendőrség munkatársait, és jó tett helyében egyszer még jót várhatnak majd. Szücs ment elé és fogadta.

– Jaj, kezét csókolom, kedves Kamilla – kezdte nyájasan. – Bejött egy sürgős kihallgatás. Remélem, nem probléma.

– Jó napot, Szücs úr! Ugyan, hiszen itt vagyok. Nem. Nem tesz semmit, majd legközelebb ön is ilyen gyorsan a segítségemre lesz, amikor hívom – tette hozzá sejtelmes hangon.

Kicsit elgondolkodott Szücs a „legközelebb" kifejezésen, hiszen az ügyvéd még soha semmilyen ügyben nem kérte az ő segítségét. Bementek a helyiségbe, ahol már várta őket Geri, a rendőrtisztek és Gabi. Néhány percre magukra hagyták Gerit az ügyvédnővel, de a fiú közölte vele, hogy mindent el szeretne mondani, és megkérte, hogy csak a kihallgatás szabályszerűségét figyelje és jelezze, ha Gerit a jogaiban korlátozzák. Visszajöttek az irodába a többiek is. Elfoglalta mindenki a helyét az asztal megfelelő oldalán, aztán Geri törte meg a csendet.

– Most gondolják végig kérdéseiket uraim! – kezdte nagyon magabiztosan mondanivalóját. – Ez az egy alkalmuk lesz rá, mert ezt követően semmikor nem vagyok hajlandó a dologról beszélni. Az ügyvédnővel megbeszéltem, s ő is azt mondta, hogy ezt megtehetem – nézett határozottan a védő felé, és folytatta. – Sem ügyésszel, sem bíróval. Egyszer mondom el, és elég. Az egészből elegem lett már.

A három nyomozó vele szemben félkör alakzatban ült, és elkerekedett a szemük a fiú határozottságán, de tudomásul vették, hogy Geri nem szeretne már sokat beszélni az ügyről. A fiú zavart volt, szégyellte magát, de mentálisan erős volt, és a különböző kérdések sem tudták kizökkenteni. Szépen lassan a motivációval kezdve a sort, a célszemély kiválasztásán át, a teljes tervezési folyamattal együtt elmesélte a rablást és a gyilkosságot.

– Oké – szakította félbe Szücs. – Akkor most váltsunk végre nevekre. Ki a Ric, aki a személyt kiválasztotta és meggyilkolta az ön állítása szerint?

– Kenderesi Richárd a neve – válaszolt Geri. A név elhangzásával egy időben Szücs csettintett ujjaival Török felé, aki azonnal kiadta a beazonosításra és helymeghatározásra vonatkozó parancsot egy beosztottnak.

– A címét megmondaná? – kérdezte Szücs Geritől.

– Ott fent laknak a hegyen, ahol a pénzes emberek. Borostyán-hegy vagy sor, nem is tudom, hogyan hívják ezt, de 65 a szám, amúgy jelenleg nincs ott.

– Nocsak, és esetleg meg tudja mondani, hogy jelenleg hol van? – tette fel a kérdést Hargitai főhadnagy.

– Igen. A tóparton hagytam, ahol elrejtettünk mindent.

– Hogyhogy otthagyta? Megölte? – vetette közbe Török zászlós.

– Dehogy. Micsoda kérdés – jegyezte meg Geri. – Idejövök, hogy tisztázzam magam egy gyilkosság esetleges vádja alól, hogy bevalljak egy másik gyilkosságot? Ez önök szerint logikus? – kérdezte indulatosan a fiú.

– Nem. Nyilvánvalóan nem logikus – javította ki magát Török.

A vallomás felvétele közben Szücs alezredes csendben figyelte a fiút, a kérdéseket a két kollégája tette fel többnyire. Most azonban ő törte meg a csendet.

– Azt állítja, hogy rablási szándékkal, de nem ölni érkeztek az áldozat otthonába?

– Így van.

– A házban olyan biztonsági rendszer működött, amilyen még bankokban is ritka. Az áldozat ismerte Kenderesi urat, és látta, hogy ő jön, hisz' inaktív állapotba hozta a rendszert, tehát kvázi beengedte önöket. Ezek tudatában hogyan magyarázza, hogy nem gyilkolási szándékkal mentek oda eleve? Érti a kérdést? Gondolom, nem akartak otthagyni egy szemtanút, aki a sértett, aki ismeri személyesen, mi több, a barátainak a fia, az elkövetők egyike?

– Nem. Úgy volt, hogy Ric, azaz a Kenderesi Richárd azt mondta, hogy van a csengőn egy jel, amit, ha benyom, tudják, egy dallam, a lényeg az, ha úgy szól a csengő, az öreg mindent iktat, kamerába sem néz bele, semmi, csak nyit, hogy a látogató minél előbb be tudjon menni. Ne lássák sokan a ház előtt. Nem igazán értettem, de elfogadtam ezt. Egyébként így is volt. Rövid, három hosszú, majd ismét rövid csengetésre, egyszer csak pikk-pakk, nyitva volt az ajtó. Hogy ezt honnan tudta Ric, azt nem tudom, de gondolom, az apja elmondta neki.

– Értem – dőlt hátra Szücs –, ez is egyfajta magyarázat lehet. Ez a Ric most ott vár minket, és mindezt megerősíti majd remélhetőleg.

– Azt kötve hiszem. Én inkább úgy gondolom, hogy Pete lesz, aki megerősíti, mert ő szintén teljesen kibukott az egész öléstől.

– Pete, azaz? – tette fel a kérdést Szücs.

– Azaz Kormos Péter, aki ráadásul gyenge idegzetű. Nem is tudom, mi lehet vele. Fel kellene hívnom, hogy mit csinál.

– Ez jó ötlet – jött a reakció azonnal. – Díjazzuk, ha együttműködik velünk, és segít elfogni őt is, ez mindkettejük érdeke, azt hiszem – folytatta Szücs. Ezt követően telefonált, és kért két járőrautót az épület elé, mindegyikbe három rendőrt utasított, majd ismét a fiú felé fordult.

– Indulhatunk, uraim. Azt hiszem, nem szükséges önre bilincs, Németh úr, hiszen részletes beismerő vallomást tett. Gondolom, nem fog a helyszínről elmenekülni, értelmetlen lenne.

Viszont gyorsan olvassa el a vallomását, és ha egyetért az olvasottakkal, kérem, írja alá.

Geri végigolvasta a négyoldalas dokumentumot, minden szóról szóra úgy volt leírva, ahogy elmondta.

– Rendben – mondta, és remegő kézzel aláírta. Furcsa érzés kerítette hatalmába, de meg volt győződve róla, hogy az igazság az ő oldalán van, és hogy Pete igazolni fogja, tehát csakis és kizárólag azért ítélik majd el, amit elkövetett.

Liftbe szálltak, majd a ház előtt álló Volkswagen Multivan típusú gépjárműbe ültek, közben Török zászlós utasította a két járőrautó vezetőjét, hogy kövesse az ő autójukat.

– Jöjjön mellém, üljön előre, Gergely, hogy tudja mutatni az utat – szólt Gerinek az alezredes. – Petikém, taposs bele, amerre a navigátor mondja.

– Most hová megyünk először? – kérdezte Geri.

– Azt gondolom, hogy Kenderesi veszélyesebb a társadalomra. Őt fogjuk meg, Kormos úr ráér utána is.

– De Ric elvileg nem képes elmenekülni, ellentétben Pete-tel – jegyezte meg Geri.

– Az elmondottak alapján Kormos Péter nem mer elindulni. Higgye el nekem, hogy ő azt várja, hogy valamelyikük felhívja, mi a teendő. Menjünk csak a Kenderesi gyerekért – zárta le a vitát Szücs.

– Jó, akkor a Malom tóhoz menjünk.

Gyorsan szelték át a várost, használták a megkülönböztető jelzést, hogy minél előbb odaérhessenek.

Geri nagyon aggódott.

– Remélem, nem halt éhen vagy szomjan Ric – gondolta. Azért aggódott a barátjáért, hiába volt az utóbbi időben sok konfliktusa vele, valójában tudta, hogy a fiú áldozat, a szülei áldozata. Ismerte a problémáit, már amibe beavatta őt Ric. Pénzük volt, de nem volt egyszerű az élete, mert valójában nem érezte, hogy bárkinek is fontos lenne, nem érezte, hogy szeretik őt.

– Jó. Itt vagyunk a tó partján. Merre? – kérdezte Török.

– Arra szemben az erdőbe menjünk. Kb. ötszáz métert kell menni, és ott lesz fent balra, elvileg. Remélem, ott lesz, mert nagyon kész leszek, ha nem – aggodalmaskodott Geri.

A délelőtti napsütésben csodálatosan csillogott a víztükör. A körös-körül álló fák lombkoronája teljesen zölddé színezte a tó vizét. A stégeken horgászok ültek, illetve a vadkacsák csipegették az éjszakai horgászok által elpotyogtatott kukoricaszemeket.

– Imádom ezt a helyet – jegyezte meg Geri.

– Valóban szép – mondta Szücs –, csak nem horgászik Gergely is?

– Nem, én nem szeretem az ilyen küzdelmeket, játékokat – válaszolt a fiú.

– Mire gondol?

– Tudja, a halak annyira nem élvezik ezt. Siessünk, remélem, megvan Ric – mondta izgatottan.

– Reméljünk.

Továbbhaladtak, már megkülönböztető jelzés nélkül. Beértek az erdei útra, nagyon szűk volt, az ágak karcolták az autó oldalát. Lassan mentek, Geri figyelte a bokrokat.

– Itt! Itt kell felmenni.

A járművek megálltak. Az egyik járőrautó már az erdő szélén leállt, a második pedig kissé továbbment, hogy adott esetben gyorsan körül lehessen zárni a területet. Kiszálltak az autóból, és elindultak az erdő belsejébe. Rövid idő múlva megtalálták az autót.

– Zárva – szólt Hargitai, miután megpróbálta kinyitni az ajtót.

– A kulcs a jobb első keréken van – szólt oda Geri.

Szücs jelezte Töröknek, hogy ellenőrizze, majd Gerit hátrébb parancsolta. Körbeállták az autót, elővették fegyvereiket, csőre töltöttek és kinyitották a csomagtartót. Az ajtó felemelkedett, és Ric ott didergett, pont abban a pozícióban, ahogy Geri otthagyta.

– Üdvözlöm, Kenderesi úr! Szücs alezredes vagyok. Azt hiszem, velünk kell jönnie, hogy beszélgethessünk.

Levették a fiú szájáról a kötést, kiemelték a csomagtartóból, karját hátrabilincselték, és takarót terítettek rá, mert most, hogy kiment belőle mindent tudatmódosító szer hatása, és nem mozgott órák óta, már nagyon fázott. Geri arra nem is gondolt, hogy barátja akár ki is hűlhet. Összenéztek egy pillanatra, de Ric szemében már nem az a mérhetetlen gyűlölet és undor látszott, ami előző este, hanem a félelem és szégyen. Nem is szólt barátjához semmit, csak lesütötte a szemét és reszketett. Az alezredes utasította embereit, hogy vigyék Ricet a kapitányságra, és Geri felé fordult.

– Gergely, kérem, mutassa meg nekünk, hogy hol süllyesztették el a bizonyítékokat.

– Rendben, jöjjenek utánam.

A fiú odavezette a rendőrség munkatársait a helyszínre, és mindent megmutatott. Speciális csoportot hívtak, hogy felhozzák a felszínre az autót, benne a bizonyítékokkal. Azt azonban Szücsék már nem várták meg, hanem elindultak elfogni Pete-et.

– Hol lakik ez a Kormos Péter? – kérdezték Gerit.

– A Szénási lakótelepen, ő egy getto boy. Panellakó – válaszolt Geri. – Felhívjam?

– Azt javaslom, hogy tegyünk egy próbát – szólt Szücs.

Geri elővette mobiltelefonját, és tárcsázta barátját.

– Hallo – vette fel Pete

– Szia, Pete, itt Geri.

– Hello, haver. Mi a pálya? Fosok, de kigondoltam hogyan lépek le. Te itthon vagy még?

– Persze, hisz' ilyenkor még keresnek. Mindent ellenőriznek, meg ilyesmi. Ilyenkor nem szabad elindulni pénzzel meg ékszerrel. Teljesen cinkes. Gyere le a játékterembe, húsz perc múlva ott várlak.

– Mi? Simán közlekedjek?

– Miért, a homlokodra van írva, hogy rablógyilkos vagy?

– Nem vagyok gyilkos, Geri! Az a hülye Ric a gyilkos, és most mi is szívhatunk miatta. Teljesen szét vagyok, nem bírom ki ezt, Geri – üvöltötte Pete hisztérikusan.

– Nyugi, csak gyere le. Oké? Ott várlak.

– Jó, jövök.

Azzal a telefont letették.

– Hallották uraim önök is, hogy ki a gyilkos, már nemcsak én állítom – fordult a rendőrök felé Geri. Bólintottak. Autóba ültek, és a játékteremhez hajtottak. Geri leült egy gép elé, és játszani kezdett, a három nyomozó pedig kávét rendelt, és egy asztalnál helyezkedett el úgy, hogy mindent lássanak, ami a teremben történik. Kisvártatva megérkezett Pete. Nem tűnt kifejezetten idegesnek, pedig nagyon félt. Egyenesen Gerihez ment.

– Szevasz, Geri! Mit csinálsz? Máris elkezded eljátszani a pénzed? Úristen, 1250-es téten nyomod?

– Dehogy, te fafej. 200-on kezdtem, szabadjátékot adott, felvitt 145 ezerre, feltettem 300-as tétre, ott megint szabad.

– És?

– Hosszabbított háromszor, adott benn öt ászt, meg elég sok mindent. A lényeg, felvitt vagy négyszázezerre. Azt gondoltam, egy kilót lepörgetek ilyen magas téten, hátha ad még valamit. De most, hogy itt vagy, ki is veszem, mert mennünk kell.

– Hogyhogy mennünk? Miről beszélsz?

– Arra, hogy szerintem beismerő vallomást kellene tennünk – mondta Geri.

– Mi van? Te megvesztél, Geri? Nem akarok sittre menni, apám kinyír.

– Azért azt megnézem, hogyan nyír ki egy börtönben. Figyelj, a gyilkosságot csak így tudjuk kimagyarázni, mert nem mi voltunk, és nem is tudtuk előre, hogy Ric begőzöl.

– Jó, és mi lesz így Rickel?

– Róla már gondoskodtam.

– Hogy?

Geri erre már nem is válaszolt, csak elnézett a fiú válla felett, mire Pete megfordult, és a nyomozók már ott álltak a háta mögött. Szerencsétlen gyereknek földbe gyökerezett a lába, alig tudott állni, végigfutott hátán a hideg, majd forróság öntötte el alulról felfelé egész testét és fejét. – Ahogy arról is, ami neked a legjobb – tette még hozzá Geri.

– Üdvözlöm, Kormos úr! Szücs alezredes vagyok, ők a kollégáim, Török és Hargitai nyomozók. Kérem, fáradjon velünk – és a vezető nyomozó elővett egy bilincset, Pete szótlanul felemelte kezét, és már kattant is rajta.

– Most mi ez, Geri? – kérdezte hisztérikusan.

– Semmi, tesó. Nyugodj meg, és mindent úgy mondj el, ahogyan volt. Ne mesélj, és ne beszélj feleslegesen, csak ami volt,

Pete, és akkor nem fogsz másért ülni, csak amiért megérdemled. Érted? – nyugtatta barátját Geri. Szücs szakította félbe.

– Rendben, Gergely, elég a beszédből. Ideje, hogy az ön kezére is bilincs kerüljön. Köszönjük a segítségét, mostantól csendet – mondta, és Török közben Gerit is megbilincselte. Geri a mellette lévő játékosnak adta a nyerőgépben hagyott összeget. Kikísérték őket a játékteremből, beültették az autóba a két fiút, majd a kapitányságra hajtottak. A rendőrségen egymástól teljesen elkülönítették a három gyanúsítottat. Külön vitték őket kihallgatásra is, tehát egyáltalán nem tudtak érintkezni egymással.

Elsőként Pete-et hallgatták ki az elfogottak közül. Nem tett mást, mint amit Geri javasolt: teljesen őszintén bevallotta az egész bűncselekményt, elejétől a végéig. Reszketett a vallomástétel során, és szinte megsemmisült, amikor kérdéseket tettek fel neki. Az amúgy is magas pulzusszáma akkor még jobban felgyorsult, szédült és gombócot érzett a torkában. Többször is italt kért, valamint az ablaknál lélegzett mélyeket. A kirendelt ügyvéd is próbálta nyugtatni, majd a rendőrökhöz fordult:

– Szerintem, most nincs abban az állapotban, hogy tovább kérdezzük.

– Hozassunk neki nyugtatót, főnök! – szólt egyszer csak Hargitai.

– Igen, szerintem is jó ötlet – válaszolt Szücs. – Tartunk most egy kis szünetet, Kormos. Jönni fog egy orvos, meg fogja önt vizsgálni, és orvosságot vagy injekciót fog adni, hogy nyugodtabb legyen. Természetesen nem kötelező elfogadni, ezt majd ön eldönti. Rendben?

A fiú lehajtott fejjel picit biccentett, ezzel jelezte, hogy tudomásul vette a hallottakat. Egy üres helyiségbe kísérték, ahol csak egy rögzített asztal és két szék volt. Bement, rázárták az ajtót, leült az egyik székre, fejét az asztalra hajtotta, és zokogásban tört ki. Folytak a könnyei, és sírt, csak sírt egészen addig, míg az orvos meg nem érkezett. Megvizsgálta, és adott neki egy enyhe nyugtató injekciót. Magára hagyták. Forogtak a fogaskerekek a fejében. Nem tudott megnyugodni még percekig, majd mikor a nyugtató hatni kezdett, abbamaradt belső remegése. Fejét lehajtotta az asztalra, és kisvártatva elaludt. Eltelt vagy három óra is, amíg aludt ott az asztallapon, ez idő alatt a nyomozók jelentéseket gépeltek, az ügyésszel konzultáltak, valamint elöljáróik, illetve a miniszterelnökség felé adták le a legújabb információikat az esetről.

– Rendben, ügyész úr! – egyeztetett Szücs. – Akkor Kecskeméti Andreának küldjük a megbízást a pszichiátriai vélemények elkészítéséről. Ön pedig javasolja az előzetes letartóztatását mindhárom elkövetőnek, ha jól értem.

– Igen, István, így lesz – válaszolt az ügyész. – Legalább első fokú ítéletig mindegyiknek fenn kell tartani ezt a kényszerintézkedést, hisz' rengeteg pénzről is szó van, annyival már el lehet tűnni. Bár nekünk csak addig fáj a fejünk, míg megtesszük az előterjesztést, a többi a bíró felelőssége és döntése. Ebben az esetben viszont azt hiszem, a bíró is egyet fog érteni az előterjesztésben leírt indoklással. Viszont a pszichológusnak egyelőre csak Kenderesi úr esetében indítványozzuk a kóros elmeállapotra irányuló vizsgálatot. A másik két gyanúsított esetében majd a bíró elrendeli, ha gondolja, de szerintem nincs olyan körülmény, ami indokolná.

– Értem. Viszont egy személyiségvizsgálatot mindenképp kérek róluk is.

– Ha meg mégsem fér bele az időbe, akkor a büntetés-végrehajtási intézményben a befogadási eljárás keretében elvégzik a szükséges méréseket. Onnan is el lehet kérni.

– Egyszer kértem, de nem adták ki.

– Igen? Elképzelhető, ha egészségügyi adatnak minősítik.

– Rendben, akkor majd egyeztetünk, ügyész úr. Minden jót!

– Viszonthallásra – köszöntek el egymástól.

Szücs egyből titkárnőjét szólította.

– Gabikám! El kellene készítened a jelentésem, a vázlatot adom hozzá, és kérlek, kérj nekem egy időpontot a thai masszázs szalonba, mert fel kell frissülnöm egy kicsit. Teljesen merev és gyötört vagyok. Valamint egy megbízást faxolni Kecskeméti Andreának, hogy a Kenderesi kóros elméjét megvizsgálhassa, a másik kettőnél meg csak a szokásos személyiségtesztek és vélemények kellenek. Oké?

– Nem aludni kellene inkább, főnök? – kérdezett vissza a titkárnő a masszázsra utalva. – És egyébként is, ebben a korban már meg kellene becsülni minden kis merevséget – viccelt Gabi.

– Nem, kedves Gabi, azaz azt sem ártana, de először egy kicsit fokozzuk az agyi vérellátást egy laza masszázzsal. Ki kellene próbálnia egyszer, csodákra képesek ezek a lányok. Minden merevségre tudják a gyógyírt. – Mindketten nevetni kezdtek.

– Majd ha fiúk is masszíroznak ott, kipróbálom – mosolygott vissza az ajtóból Gabi.

– Ajjaj – sóhajtott fel a férfi. – Gabi! – kiáltott titkárnője után.

– Igen?

– Szólj, kérlek a Petiéknek, hogy Kenderesi urat hozassák fel a kihallgatóba, és tíz perc múlva elkezdhetjük a kihallgatását. Fel kell hívnunk a szüleit, mert gondolom, neki nem lesz jó a kirendelt ügyvéd, hisz' a szülei dúsgazdagok, meg egyébként is, ehhez joga van. Semmi konkrétumot nem szabad mondani a szülőknek, csak annyit, hogy legyenek szívesek befáradni, és engem keressenek.

– De addig, míg be nem érnek, ügyvédet nem hívnak, nem kezdhetjük meg kihallgatást.

– Amíg a szülei jönnek, én egy kicsit diskurálok vele, és elkezdhetjük a kirendelt védővel, majd intézkednek ügyvédről, és onnan folytatjuk, a lényeg, hogy egy ügyvéd legyen ott, aki védi ezt a jómadarat.

– Oké.

Miután Szücs alezredes egyedül maradt az irodában, leült a helyiség egyik, relaxációra kialakított szegletében álló kiszszékre, feltette a fejhallgatóját, és elindította kedvenc relaxációs zenéjét. Itt mandala volt az egyik falon, a másik oldalról pedig tökéletesen besütött a nap. Naponta körülbelül háromszor egy negyedórát szokott itt üldögélni, teljesen kiüríteni gondolatait és szellemileg felfrissülni. A zene futott, a főnyomozó egyre mélyebbre és mélyebbre merült önmagában, de egyszer csak kopogtak az ajtón. Nem jött válasz, ezért a titkárnő résnyire benyitott.

– Most pihen, fiúk – szólt oda Töröknek.

– Jó-jó, pihen, rendben, de szólj neki, Gabi, ez fontos – kérte Török.

– Ok, még öt perc, és bemegyek. Így jó?

– Jó.

Miután letelt az öt perc, Gabriella valóban tapintatosan, de ismét visszahozta a valóságba főnökét, és utána a főhadnagy és kollégája is bemehettek a „szentélybe".

– Főnök, kicsi gond van – kezdte Török.

– Na, mi a baj?

– A Kenderesi gyerek szülei nem veszik fel a telefont. A klinikát is hívtam, azt mondták, a professzor úr még nem ért be, pedig hirtelen, soron kívüli műtét is lenne, valamint a mobiltelefonját sem veszi fel. Kiküldtem egy járőrt, hogy személyesen ki legyenek értesítve – adott helyzetjelentést a nyomozó.

– Rendben, Peti. Hol a legény? Gondolom, már a kihallgatóban vár minket. Hiszen ezt kértem, ha jól emlékszem.

– Természetesen, főnök.

– Induljunk – utasított Szücs.

Elindultak ki az irodából, de Gabi utánuk kiabált, az alezredest keresték.

– Adom, már adom az alezredes urat – adta át a telefont főnökének a titkárnő.

– Tessék, Szücs.

– Itt a 612-es járőr, Gombás főtörzsőrmester, jelentkezem.

– Mondja gyorsan – szakította félbe az alezredes –, épp kihallgatásra igyekszem.

– Jelentem, a Kenderesi villában két holttestet találtunk. Egy nőét és egy férfiét, vélhetően a Kenderesi házaspár az.

– A helyszínelőket már hívták?

– Természetesen, uram.

– A házban más személy nem tartózkodik. Meggyőződtek róla, hogy nincs ott más?

– Nem, alezredes úr, még nem jártuk be az ingatlant, ez elég nagy.

– Helyes. Hagyják el az épületet, és biztosítsák a be- és kijáratokat, míg az erősítés odaér. Mi is indulunk.

A telefont letette a főnyomozó, és ment vissza az irodájába fegyveréért, kabátjáért, s közben elmondta a fejleményeket kollégáinak is.

– Szóval, Gabikám, a Kenderesi gyereket egyelőre visszavihetik a zárkájába, majd később hallgatjuk ki.

– Rendben.

Azzal elindultak. Az autóban különböző teóriákat gyártottak. Kik a halottak, ki az elkövető, esetleg kik lehettek az elkövetők?

– Mikor éjjel arra jártunk. Emlékszel, főnök? Pont onnan jöttek ki annak az Áronnak, aki kurvákat futtat, bárokat üzemeltet, az emberei. Elég zaklatottnak tűntek.

– Ez igaz, mindjárt okosabbak leszünk... egy perc, és ott vagyunk.

Hargitai vezette az autót. Megkülönböztető jelzéssel, száz km/óra alatt szinte nem is volt a jelző, pedig városban közlekedtek. Alig 10 perccel a járőr telefonja után már be is lépett a házba a nyomozócsoport. De még őket is megelőzte az erősítés, illetve a bűnügyi helyszínelők csapata.

– Milyen csodás kert – jegyezte meg Szücs

– Az, valóban, de ez itt ezen a környéken alap. Micsoda házak vannak itt – válaszolt Hargitai.

– Jó napot! – lépett be a nappaliba a három detektív.

– Jó napot! Jelentkezem! – jött minden irányból a válasz.

A házban egy rövid előszobából azonnal a hatalmas nappaliba lehetett belépni. Rendkívül igényesen berendezett nappali volt, tele értékes antik vázákkal, festményekkel, kristályokkal és porcelánokkal. A kanapén egy női holttest hevert, mellkasán két lőtt sérülés volt látható. A barna, nyálkás alvadt vér beszennyezte a finom selyemköntöst, lefolyt a valódi chippendale stílusú kanapéra, valamint az eredeti perzsaszőnyegre. A negyven körüli nő páratlanul szép arcú, formás testű, láthatóan kiegyensúlyozott asszony benyomását keltette. Úgy tűnt, mintha álmában érték volna a gyilkos lövések. Szücs alezredes egy pillanatra megállt, elcsodálkozott a hálóingben fekvő nő alakján és nyugodt arcán.

– Ha letakarnánk a mellkasát, mintha aludna, olyan az egész. Szegény teremtés, micsoda szépség, és nincs tovább – kezd-

74

te a főnyomozó. – Nem tudom, ti megfigyeltétek-e már, hogy a szép embereket mindig jobban sajnáljátok, mint a rút vagy idős embereket. Nem tehetek róla, a gyermekek látványától pedig egyszerűen soha nem tudok szabadulni, annyira felkavarnak. Az éjjel Loang úr már nem nagyon hatott rám, mert szénné égett, azonban ez a nő, kár érte – sóhajtott gondterhelten, majd odafordult az orvoshoz. – Mióta halott szerencsétlen nő, doktor úr?

– Üdv, alezredesem. Legalább tizenkét órája halottak mindketten – válaszolt az orvos szakértő –, de estére pontosítok.

– Köszönöm.

– Azért a szőnyegért is kár, a bútorról már nem is beszélve – jegyezte meg az orvos.

– Mi van, doki? Itt fekszik holtan egy fiatal, gyönyörű nő, és te a szőnyeg miatt jajongsz? Ezt nem hiszem el. Ti, orvosok! Nektek mi, emberek, tényleg olyanok vagyunk csak, mint asztalosnak a fa, vagy péknek a kovász. Anyag és semmi több.

– Ilyenkor már, alezredes úr, tényleg nem több egy ember, mint anyag. Nekem meg főleg. Nézze, egyedül élek, nincs családom, szüleim már meghaltak, és a munkahelyemen is többnyire magányosan harcolok egy laboratóriumban. Egy-egy kolléga időnként bejön, de semmi egyéb. Tudom, ön nem örül egy ilyen helyszínelésnek, de én ilyenkor legalább beszélgetek kicsit. Ne értsen félre, megrázó és nehéz egy gyilkosságot feldolgozni, de nekem ilyenkor kicsit jobb, mint az unalmas hétköznapokon. Hú, ebből már jól nem jövök ki, ugye?

– Nem nagyon. Veszek önnek egy tagságot a golfklubba, vagy befizetem egy amatőr színjátszó körbe, de komolyan, Doki, most nagyot csalódtam – hagyta magára az orvost Szücs.

– Hol a másik holttest? – kérdezte Hargitai a helyszínelőktől.

– Hol és ki a másik holttest? – pontosított Török főhadnagy.

– Miért, azt már tudjuk, hogy ez a nő kicsoda? – kérdezett vissza Hargitai.

– Persze. Ő itt dr. Kenderesiné. Ez egy kicsi kis város, egy ilyen asszonyt mindenki ismer.

– Ismert, és én speciel nem. Felvilágosítanál?

Török elkezdte elemezni a család társadalmi helyzetét, a nő és férje tevékenységét, hivatását, klubtagságaikat.

– A fickónak saját klinikája van? Volt? – kérdezte Török, mert időközben kiderült, hogy a Kenderesi házaspár feküdt holtan két különböző helyiségben.

– Az, de csak olyan dolgokkal foglalkozott, amiben sok pénz van. Plasztikai sebészet, fogorvos, szájsebész, diagnosztika, ilyesmi. Ja, és volt nekik egy szociális intézményük is, egy időseket gondozó szeretetház. Na, állítólag az a nagy lóvé.

– Miért? – kérdezték a rendőr kollégák.

– Mert nem elég, hogy 2 milláért bemehetnek a taták meg a nyanyák, a nyugdíjuk meg csepeg az intézmény számlájára, még állami kvóta is jár, mivel speciális, beteg idősekről van szó. Ki van ez találva, gyerekek.

Ezalatt Szücs átment a nappalin, ki a téli kertbe. Ott feküdt Kenderesi doktor hason, kezében a pisztoly, vére a jobb halántékából befolyt a virágcserepek alá, s ragacsosan dermedt meg.

– Szervusz, Brigi! Csodás virágok. Harmóniát sugároznak, mint a nappali és az egész ház – köszöntötte a parancsnok Dely Brigit. – Csak ez a hulla, és mi adjuk a kontrasztot, illetve más körülmények között a te szépséged ide illene, de jelen körülmények között... – nem folytatta. – Gondolom, Kenderesi úr személyesen, és nem azért fekszik pont itt, mert itt álmosodott el. Kérlek, nézd el nekem a kényszeredett poénjaimat, mert kezdek kicsit depis lenni, annyi halottat láttam az elmúlt 24 órában.

– Hello, főnök! Valóban ő az. Az orvos szerint megközelítőleg egy időpontban halhattak meg, férj és feleség.

– Figyelj rám, Brigi. Tovább nem is maradok, inkább kihallgatom a fiát ennek a két embernek.

– A fiát? Hol van? Üres volt a ház, mikor jöttünk – kérdezett vissza a helyszínelő nő.

– A fiuk már a fogdán van egy ideje. Alapos okunk van feltételezni, hogy ő lőtte le este, éjjel az ékszerészt.

– Na, ne!? Ez komoly?

– Igen. Három dolog érdekel, amit ma estig szeretnék tudni, Brigi. Az első: mikor haltak meg ezek az emberek pontosan. A második: ez a pisztoly oltotta-e ki az életüket, ami a szerencsétlen áldozat kezében van, és harmadszor nyilván érdekelne, hogy kinek a kezében volt, de ezt már nem tőled fogom megtudni.

– Hanem?

– A kis Kenderesi Ricsikétől szerintem, de nem biztos még semmi. Az éjjel erre jöttünk, mikor innen alvilági személyek jöttek ki, most meglátogatom őket.

Azzal az alezredes magára hagyta a helyiségben a zászlósnőt. Még visszafordult egy kérdés erejéig.

– Imi nincs itt? – kérdezte a helyszínelő csoport vezetőjére utalva.

– Ja, nincs. Azt hittem, tudod, hogy szabadságát kezdte ma, ezért mondod nekem az utasításaid, mert én helyettesítem.

– Jó-jó, köszi, és szia. Csodálatos orchideák és az a hatalmas Yucca. Eszem megáll, hogy imádom a virágokat.

– Viszlát!

A nyomozó sietve távozott a házból, közben odaszólt a két kollégájának, hogy indulnak.

– Hova megyünk, főnök?

– Meglátogatjuk azokat az embereket, akik éjjel itt jártak. Emlékszel, Peti?

– Persze, de te nem ismerted őket, vagy igen?

– Nem. Személyesen nem, de te igen, és biztos vagyok abban is, hogy tudod, hol keressük őket. Nem mellékesen valami azt súgja nekem, hogy a kenyéradójukat meg én fogom ismerni. Vezess, kérlek, te úgyis tudod, hová kell menni.

VII. Fejezet

Kimentek a házból, autóba ültek és bekapcsolt megkülönbözte-
tő jelzéssel száguldottak keresztül a városon. Szücs a műszer-
falon kopogtatott ujjaival, és egyfolytában remegett a két lába.

– Látom, már kicsit feszült vagy, főnök – szólt Török.

– Kicsit kezd idegesíteni, hogy három agyonlőtt hulla van
ebben a kis városban, és egyetlen éjszaka alatt történtek az
események. Meg a szálak is összefutnak – válaszolta. – Hová
megyünk?

– Nem biztos, de ilyenkor szoktak a Hectorban edzeni. Ilyen-
kor más be sem mehet a konditerembe, szinte kisajátítják.

– Hát mi, Petikém, most bemegyünk.

Meg sem álltak a város egyik legmenőbb sportcentrumáig.
Leparkoltak a bejárat előtt. A parkolóban ott álltak a felső-közép
kategóriás és felső kategóriás autók. Fejével biccentett Hargitai.

– Itt vannak a fiúk – mondta.

– Menj csak elöl, te ismered a járást, Peti.

Beléptek a tágas fogadótérbe, és elindultak az öltözők felé.

– Jó napot, uraim! – rohant utánuk a recepciós. – Segíthetek? –
A társaság válaszra sem méltatva ment tovább a konditerem
felé. – Kérem, emberek, oda ilyenkor tilos bemenni, kérem ne,
engem ki fognak innen baszni, ne szarozzatok már!

Erre Szücs visszafordult, a szemébe nézett a portásnak és
csak annyit mondott:

– Elég, csendet most már, mert baj lesz. Rendőrök vagyunk,
és nem jelentkeztünk be. Világos? – kérdezett indulattal.

– Persze, bocsánat – hunyászkodott meg az alkalmazott.

Beléptek az edzőterembe. Sokan edzettek. A főnök is itt volt,
és vele vagy egy tucat embere. Meghűlt a levegő, mikor a három
rendőrnyomozóra néztek. Mindenki letette a súlyt, amivel ép-
pen dolgozott, de kimenni nem tudtak, hisz az egyetlen ajtó-

nál ott álltak a nyomozók. Rövid ideig néztek egymásra, majd a gengszterek vezetője törte meg a csendet.

– Nocsak, nocsak. A legnagyobb rendőr, ki valaha élt e retkes városban, sőt országban, személyesen látogat meg minket, fiúk. Itt komoly dologról lehet szó, hisz' egy igazi parancsnok nyomoz az ügyben – viccelődött Áron, a bártulajdonos.

– Hagyjuk a szarakodást, Áron, ha jól tudom, most így hívnak. Bár korábban voltál már Krisztián meg Dini is. Egyáltalán mi a te rendes neved?

– Mintha nem tudnád, hiszen te basztál be a kóterba annak idején – mondta mérgesen a főnök.

– Ja, de a kishalak nevét nem szoktam megjegyezni.

– Ha-ha – mosolygott cinikusan Áron.

– Azok a faszik kellenek nekem, akik éjszaka a Kenderesi villában jártak. Mit csináltak ott olyankor, és miért csinálták, amit csináltak? Nem vagy a régi. Ilyen helyiségben edzel, aminek egyetlen kijárata van csak. Régen ilyet nem csináltál.

– Elvégezték, amire megkértem őket, hisz' ez a dolguk. Ezért fizetem őket. Miért, mi a gond ezzel? – mondta, majd hozzátette – Most már nem kell soha menekülnöm, csupa legális bizniszem van. Mi van a doki házával?

– Csak az, hogy most helyszínelnek ott a munkatársaim. Halottak. Tudod, pechedre este pont akkor jártunk arra, mikor az embereid elhagyták a villát. Szóval?

Közben néhány nehézfiúnak izzadni kezdett a tenyere, a pulzusszámuk megemelkedett, ezt lehetett látni, mert néhányan nagyokat kezdtek nyelni egy légkondicionált teremben. Az alezredes folytatta.

– Kenderesi úr és neje hullák. Ez a helyzet, és ez a helyzet engem zavar. Ki vele, melyik négy buzi járt ott, és elég a játékból! Vagy már nem emlékszel, milyen vagyok, ha felbasszátok az agyam? – Közben Szücs kigombolta a kabátját, és letette egy súlyzórúdra. Szűk pólója úgy feszült testén, hogy kitűnően lehetett látni, milyen remek edzettségi állapotban van még most is.

– De. Emlékszem. Hogyan is felejthetném el? Egymagad agyonverted az egész akkori csapatom – válaszolt rögtön a bű-

nöző. Bevillantak neki az emlékképek, mikor Szücs még nyo-
mozóként néhányszor kicsavarta őt és társait. – Halottak vol-
tak már. Érti? A fiúk jöttek vissza és mondták, hogy a doki meg
az asszony végeztek magukkal.

– Jó. Akkor az a néhány ember, aki éjjel ott járt, most jöjjön
velünk. Leírjuk a vallomásukat, hiszen tanúk egy bűncselek-
mény vonatkozásában, és ennyi. A többi szartól most eltekin-
tek, birtoksértés, magánlaksértés. Ki engedte be őket a házba?
Ezek engem nem is érdekelnek.

– Maradjunk annyiban, hogy egy órán belül ott lesznek a ka-
pitányságon mind, akik éjjel a doki házában voltak. Ez így jó? –
Áron tudta, hogy körözött bűnözők is vannak a csapatban, akik
nem szívesen sétálnak be a rendőrségre. Így nyugodtan kiválo-
gatja azokat az embereket, akiknek nincs saruk, és beküldi őket.

– Nem ejtettek engem a fejemre, öreg – reagált Szücs. – Egyik
eljön velem most, a többit meg megvárjuk odabent az őrsön. Le-
hetőleg olyan jöjjön, aki látta, mi a pálya a házban.

– Rendben. Tibu!

– Igen, főnök? – lépett ki a csoportból egy kigyúrt, sötét bőrű,
harminc év körüli férfi.

– Te mentél be először a házba?

– Igen.

– Elmész a rendőr urakkal, és mindent elmesélsz nekik at-
tól a ponttól, hogy a ház előtt kiszálltatok az autóból. Szerin-
tem ennyi elég lesz, az előzmények egyáltalán nem fontosak az
ügy szempontjából – fordult ismét a rendőr felé –, nemdebár?

– Kiderül majd. Azért érdekelne, egy plasztikai sebészre mi-
ért van szüksége az alvilágnak éjnek idején – tett fel költői kér-
dést Hargitai.

– Ha beidéznek, később ezt is elmondom – zárta a beszél-
getést Áron.

A rendőrök elindultak, ott haladt mellettük az egyik goril-
la, az előtérben az emberek összesúgtak, vajon milyen ügyben
viszik el az egyik kidobó embert.

– Te, főnök! Honnan ismerted ezt a menőt, az Áront? – kér-
dezte Török, amíg mentek az autó felé.

– Régen sokszor összefutottunk. Még a bevetési csoportnál voltam, mikor először jártam a házában.

– Házában?

– Persze, elő kellett állítani. Később, amikor nyomozóként dolgoztam, többször is képbe került, egyszer le is tartóztattuk, de kicsúszott a kezünkből. Tudjátok, az ilyen figurák, mint Neubauer Áron, nagyon rafináltak. Vagy ezúttal a vezetékneve is más? Fogadok, hogy a mostani bárok, amiket üzemeltet, nem az ő nevén futnak. Ha holnap egy razziát tartanánk náluk, ő nem lenne más, csak egy vendég a sok ember között. A bolt valami börtönviselt faszkalap nevén van, akinek nem szorul össze a torka, ha a bíró kiszab rá még 8–10 évet.

– Gondolod? – kérdezte Hargitai

– Biztos vagyok benne. Vagy ön hogy látja? – fordult a foglyuk felé.

– Nekem erről fogalmam sincs. Csak egy kidobó vagyok – mentegetőzött a férfi.

– Igazából ez engem nem is zavar addig, ameddig az ott dolgozó lányokat nem kényszerrel tartják fogva, vagy nem bedrogozva használják őket. Nincs gond addig, ameddig a vendégeket nem teszik taccsra, hogy teljesen kizsebeljék őket. Ez egy olyan iparág, amire van igény. Kurvák mindig is voltak és lesznek. Azok a férfiak, akik ott keresnek boldogságot, szabad akaratukból mennek oda, és nekem ez ellen nincs kifogásom. Ha gond lenne ott, az mindenkinek káros lenne, ezért nincs gubanc.

– Ezt hogy érted?

– Hát, hogy nem érdekük, hogy zaklassuk őket, mert sok ügyfél nem szeretné, ha látnánk őket ott. Jár ám oda mindenféle ember. Üzletember, politikusok stb. Hú, ha egyszer elmesélném, kiket láttam kurváknál életemben. Hagyjuk is, úgyis megjöttünk – zárta mondandóját Szücs alezredes.

A kapitányságra érve jegyzőkönyvet készítettek az ügyről, megérkeztek a kiválogatott emberek is, aláírták a vallomásukat az esettel kapcsolatban, majd mindenkit szabadon engedtek.

– Rövid szünet, és akkor tényleg kihallgathatjuk Richárdot –
szólt kollégáinak Szücs. – Egyetek valamit, fiúk, és igyatok egy
kávét, mert ezt az ügyet ma teljesen fel kell göngyölítenünk.

– Rendben, főnök, igazad van, már közel járunk. Mi a vélemé-
nyed? Hogy történhetett az egész eset? – kérdezte Török zászlós.

– Több lehetséges verzió is jár a fejemben. Szerinted, főhad-
nagy? – fordult Hargitaihoz.

– Véleményem szerint – bár nem vagyok híve a találgatá-
soknak – a gyerek kirabolta az öreget a haverokkal, majd ha-
zaérve elmondta a szülőknek, és ezt nem tudták feldolgozni.
Tehát inkább végeztek magukkal, mint megszégyenüljenek a
város és az ország elitjének szemében. Persze, lehet, hogy tel-
jesen másról van szó.

– Nem hiszem, hogy erről lenne szó – szakította félbe Tö-
rök –, ahhoz elég lett volna elköltözniük. Ezeknek annyi pén-
zük volt, hogy a világ bármely részén új életet kezdhettek vol-
na. Nem, főnök?

– Talán. Nekem fogalmam sincs, csak az az érzésem, hogy
nem tudok mindent, és ez kicsit bosszant. Mi van, ha ez nem az
összes ékszer és pénz, amit sikerült megtalálni? És mi a hely-
zet, ha az egész mögött nem három még szinte gyermek áll,
hanem egy felbujtó a lé kis százalékával épp pucol el? Mind-
egy, gyerekek, most egy óra szünet, és kihallgatjuk Richárdot
is. Most ebédeljetek.

– Nem tartasz velünk, főnök? Kimegyünk ide a sarki presszó-
ba, nagyon finom a menü, és nem is drága – kérdezte Hargitai.

– Hívjatok fel, ha ott vagytok, hogy mi a menü ma. Jó? Kérlek.

– Rendben.

Hármasban elköltötték az ebédet, mert olyan étel volt a presz-
szóban, ami megfelelt a főrendőrnek is. Nem mintha nagyigényű
lett volna, csak nagyon szeretett finom és nem mellékesen egész-
séges táplálékot fogyasztani. Azt vallotta, ha már nem ehet
rendszeresen, akkor élettanilag értékes tápanyagokat vigyen
a szervezetébe. A „B" menü épp fogas filé volt sörtésztában és
hozzá párolt zöldség, amit nagyon szeretett. Az alezredes zöld
teát kért, a beosztottjai pedig kávékülönlegességet.

– Én ma macchiatót iszom. Kihasználom, hogy a főnök fizet – szólt viccesen Török.

– Jó, én akkor egy ír kávét kérek, bár abban van egy kevés whisky is – reagált Hargitai, közben fél szemmel a főnökére pislantott.

– Ihatsz felőlem olyat is, legalább kicsit feldob – nevetett –, hidd el, nem fog senki megszondázni a jelenlétemben.

– Köszi.

VIII. Fejezet

Ebéd után minden összeállt, hogy kihallgassák Ricet. Egy helyiségben volt a jegyzőkönyvvezető, a kirendelt védő, a három nyomozó, mikor bekísérték a fiút. Reszkető lábbal lépett be a kihallgató helyiségbe, most már félt is. Kezdett kitisztulni, és remegett, annyira fázott. Körülnézett. Török kihúzta az egyik széket, jelezve, hogy hol foglaljon helyet. Leült, természetesen Szücs helyezkedett el vele szemben, hogy jól láthassa a fiú arckifejezését a vallomástétel során. Ricsi fejét lehajtotta, szótlan ült, már nyoma sem volt a magabiztos fiúnak, aki lőtt, majd késelt, és bárkinek nekiment volna még 15 órával azelőtt. Mindenkit bemutattak neki.

– Dr. Nagy Ferenc kirendelt ügyvéd van jelen a kihallgatásnál. Megfelel, vagy szeretne egy meghatalmazott ügyvédet?

– Mindegy – válaszolta a fiú halkan.

– Tehát igen, az ügyvéd személyét elfogadom. Ez azt jelenti? – kérdezte meg Hargitai.

– Igen – jött belőle még halkabban.

– Richárd! A szüleit meggyilkolták, vagy öngyilkosságot követtek le. Már nem tudjuk őket értesíteni az ön kihallgatásáról. Részvétem, és nagyon sajnálom – kezdte Szücs. A fiú arcára meglepetés ült. Kiabálni kezdett.

– Mi az, hogy meggyilkolták őket, vagy öngyilkosok lettek? Hazudnak! Este beszéltem velük, és éltek mind a ketten. Biztos valami tévedés történt. Menjenek ki a házunkba személyesen, és meglátják! – Arca vörös volt a dühtől, majd lassan elhalkuló hangon hozzátette még egyszer – Menjenek ki, meglátják.

– Nincs rá szükség, Richárd – szólalt meg Szücs –, onnan jövünk. Az szülei elhunytak, ez biztos.

Látták a rendőrök, hogy a fiatalember meredten néz előre az asztalon heverő papírokra és egyéb tárgyakra, mintha nem is értelmezte volna a szavakat, csak áthaladtak rajta. – Most hívunk egy orvost, Kenderesi úr, megvizsgálja önt, ha szükséges, ad egy nyugtató injekciót, de mindenképp félbeszakítjuk ezt a kihallgatást, ha úgy gondolja – folytatta az alezredes.

Ric felemelte a fejét, és a hallgatóság nagy meglepődésére csak annyit mondott:

– Nem kell.

– Nem kell? Ez meglepő – fordult kollégái felé Szücs, majd arckifejezésével jelezte, hogy némileg gyanússá vált ez a hirtelen váltás, hiszen egy perce még teljesen összetört ember benyomását keltette a fiú –, de természetesen, akkor folytatjuk a kihallgatást. Ügyvéd úr! Szeretne netán előtte négyszemközt beszélni Kenderesi Richárddal?

– Köszönöm, már megtörtént, amíg önökre vártunk, osztályvezető úr – válaszolta az ügyvéd.

Hargitai vette át a szót. A fiúval szemben leült egy székre, és felvázolta neki a Loang házban tapasztaltakat, majd hozzátette:

– Azt tudnia kell, hogy Németh Gergely és Kormos Péter egyöntetűen azt vallották, hogy önök rablási szándékkal mentek abba a házba, és ön váratlanul lelőtte Artur Loangot. Elmondaná, hogyan emlékszik a történtekre?

– Úgy emlékszem én is – mondta halkan, látszólag nyugodt hangon.

– Tehát ön lőtte le Artúr Loangot? – pontosított Hargitai – Csak, hogy érthető legyen.

– Mi van ezen nem érthető? Ezt magyarázom, nem? Úristen, a zsaruk tényleg faszok. Igen, rendőr úr, én nyírtam ki azt a szart. Így jó? Rabolni indultunk, ez igaz.

– Azonban? – kérdezett közbe a rendőr.

– Azonban? – kérdezett vissza ingerülten, már-már hisztérikusan a fiú. – Azonban megtudtam, hogy az a szemét pumpálja anyámat. Értik? Anyámnak egy ilyen szeméttel volt viszonya. Ott térdelt előttem, és felment bennem a pumpa, nem is tudtam, mit cselekszem, egyszerűen lelőttem. Nem is emlékeztem az egészre, csak a többiek szidtak, kiabáltak, és úgy raktam össze a képeket. – Kicsit várt, majd hozzátette – Mit tettem, úristen! – hajtotta le a fejét, mintha sírna.

– Lelőtte tehát Loang urat. Utána mi történt? Hogyan emlékszik az ezt követő órákra?

– Felmarkoltuk a pénzt és az ékszert, fellocsoltunk mindent benzinnel, és felgyújtottuk a kócerájt meg a dagadtat – megállt, és meredt maga elé. Különös undor ült ki az arcára.

– Mi az? Folytassa! – szólt közbe Szücs.

– Semmi, csak eszembe jutott, milyen undorító volt az egész. Büdös az ember húsa, ruhája és haja, ha ég. Na, mindegy. Utána elvittük a kocsit, a ruháinkat, kannákat, meg ilyesmiket a tóhoz, ahol engem összeszedtek. Tudják? És ott elsüllyesztettünk mindent. Jó terv volt – tette hozzá.

– Mi volt? – kérdezte Török.

– A rablás. Szerintem jó terv volt, csak kár, hogy elszállt az agyam. Valójában zseni vagyok – mondta magabiztosan.

– Szerintem ön egy gyilkos, Richárd, de ez nézőpont kérdése – szólalt meg Szücs. – Egy gyilkos, aki kihasználta volna a szülei barátját, azt, hogy megbízott önben.

– Igen, de az nagyobb gyilkos volt. Emberek százait tette tönkre, egy szemét uzsorás. Családokat vágott haza. Számtalanszor hallottam, amint ezeket a tetteket büszkén mesélte az apámnak.

– Nem sajnálja, hogy belekeverte a barátait ebbe az egészbe?

– Nem, mert nem így kellett volna végződnie. Ha Geri nem ilyen fafej! Istenem, egy idióta, aki féltette a buziját! Kinyírom egyszer, az biztos.

– Kit féltett? Pétert?

– Milyen Pétert?

– Hát a harmadik társukat, Kormos Pétert?

– Nem, azt a puhapöcs Steve-et mondom. Aki beszart mindig mindentől. Most meg egy valag pénzzel leléphet. Ez a szemétség. Mindenből kimarad, és övé a lóvé.

– Ez hogy lehet? Hogy hívják? Ki ez a Steve?

– Ő lett volna a negyedik társunk, csak befélt. Vagyis állítólag családi program jött közbe neki. Lehet, hogy igazat mondott, de akkor kurva szerencsés – mondta most már kicsit nyugodtabb hangon Ric. – Mert Geri ragaszkodott hozzá, hogy a részét megkapja, amit el is vitt neki a genya. Kijátszottak engem, átadta neki valahogy.

– Csak hogy tisztán lássunk, Kenderesei úr! Ki ez a Steve? Családi név, utónév, lakcím. Gyerünk!

– Ne sürgessen engem, zsaru! Kovács István, és lakótelepi patkány – válaszolt Ric.

– Rabolt Kovács István?

– Nem.

– Ölt Kovács István?

– Nem.

– Részt vett az ügy előkészületeiben Kovács István?

– Tudott róla, hogy mi készül – mondta Ric.

– De az emberölési szándékról csak ön tudott, ha jól értem – folytatta Szücs.

– Jól – mondta Ric. – Mekkora fasz vagyok én. Istenem! Miért nem rángatom bele őket is ebbe a szarba? – kiabálta.

– Mert semmi értelme nem lenne. Hiszen valószínűleg mind a három barátja mást állítana. Tehát nem állná meg a helyét a hazugsága – mondta Hargitai főhadnagy.

– Akkor is Geri baszta el az egészet! Minek adott fel? Haver az ilyen? – kérdezte választ nem várva.

– Ehhez nekünk nincs közünk, Richárd – mondta az ügyvéd. – Csak a kérdésekre válaszoljon, ha akar. A többit hagyja, kímélje meg a nyomozó urakat az érzelmeitől.

– Magát nem kérdeztem. Azt mondok, amit akarok. Ki van rúgva, köcsög! – ezzel befejezte aznapi vallomástételét Ric.

– Biztos benne, Kenderesi úr, hogy kirúgja az ügyvédet? – kérdezte Szücs alezredes.

– Igen. Szeretném meghatalmazni a családunk egyik ügyvédjét. Tóth Csillának hívják. Akkor folytatom, addig egyetlen szót sem vagyok hajlandó mondani. Ennyi.

– Csak annyit, hogy hol érjük el Kovács István urat.

A fiú makacsul lehajtotta a fejét, nem szólt.

– Jó. Gabi, mindent nyomtass ki, amit most vettünk fel. A végén legyen ott, hogy a kihallgatás ekkor és ekkor megszakítva, mert Kenderesi Richárd az ügyvédet nem kívánja tovább megbízni az ügyben, helyette a család egyik ügyvédjét kívánja meghatalmazni.

– Értettem.

– Rendben, gyerekek. Ha aláírtuk, mindenki mehet haza, kivéve természetesen Kenderesi Richárdot, ő mehet vissza a fogdára. Gabi, kérlek, holnap jöjjön a pszichológus és készítse el a szakvéleményeket. Kérjél nekem egy időpontot holnapra a miniszterelnöki hivatalban a főosztályvezető asszonyhoz, szeretném személyesen tájékoztatni az ügy jelenlegi állásáról. Jó, reggel hétkor folytatjuk – azzal az ügyvédhez fordult. – Köszönjük, ügyvéd úr. A megbízási díj miatt egyeztessen a titkársággal, a papírokat Gabika holnap küldi. Jó éjszakát!

– Mi a helyzet a Kovács Istvánnal? Körözés? – szólt Hargitai.

– Milyen Kovács Istvánról beszélsz? Ezreket hívnak így. Jó, aki itt marad bent, esetleg kérd meg, hogy szűkítsék a kört. Életkor, lakótelep, baráti kör. Meg lehet hallgatni a másik két jómadarat. Ha sikerül pontosan beazonosítani, akkor lehet elfogatózni. Nem igazán bízom benne, mert van egy nap előnye, neki menni kellett, és egy nap alatt akár Ausztráliába is elmehetett. De csináljátok, persze. Meg kell csinálni, de nem sürgős.

– Értettem.

IX. Fejezet

Kiürült a legfelső szint a rendőrkapitányság épületében. Hazament a főosztályvezető, hazament a titkárnő és a beosztott nyomozók is. Mindenki másképp lazít este.

Szücs alezredes általában komolyzene hallgatásával vezette le a feszültséget. Leginkább koncertekre járt, de ezen az estén be kellett érnie egy Vivaldi CD-vel, valamint egy forró fürdővel. Imádta a Négy évszak c. művet, minden tételéért rajongott. Semmi sem tisztítja meg olyan mértékben a lelket, mint a csodálatos zene rezgése és a forró víz. Ezért Szücs alezredes gyakran zárta a húzós munkanapokat ezen elfoglaltsággal. A zene stílusa és hangereje időnként természetesen változik, hiszen az ember hangulata sem állandó. Egyedül élt: a munkája miatt egyszerűen nem mert családot alapítani. Barátnői mindig voltak, de komolyabban senkivel sem merte összekötni az életét. Úgy gondolta, ha valaki sorozatgyilkosok után nyomoz, ha a szervezett bűnözés legádázabb elkövetőit kapja el, nem teheti meg senkivel, hogy az életét és egészségét kockáztassa őmiatta. Igaz, azért testvére és keresztgyermeke van, de ők külföldön élnek, mert húga egy párizsi egyetemen tanít alkalmazott művészetet.

A kellemes muzsika és a kényeztető víz elvitte a főrendőr gondolatait egészen a mesés hangversenyterembe, szinte látta a zenekart, a vonósokat, valamint a karmestert. Kisvártatva elbólintott, és csak a zenemű lejárta után, valamint a hűlő víz hatására riadt meg úgy húsz perc múlva. Ez a rövid relaxáció felért nála több óra alvással is. A tisztálkodás után olvasott keveset, és nyugovóra tért. Szücs alezredes nagyon tudatos ember volt, sohasem evett már este hét után, akármilyen éhes is volt.

Hargitai Péter főhadnagy egy sörözőbe ment először, mert imádta baráti társaságban nézni a labdarúgó mérkőzéseket. Ott mindenki mesteredző, vagy szuper focista volt, de ha esetleg kosárlabdát, kézilabdát néztek, ahhoz is mindenki értett. Állítása szerint semmi sem esik jobban egy ilyen fárasztó nap után, mint egy jó hideg sör és egy vagy két cigaretta. Egyébként nem dohányzott, csak itt, kedvenc sörözőjében, legkedvesebb barátai társaságában. Mikor belépett a kocsmába, azonnal rendelt egy kört a haveroknak, és önmagának egy nagy adag böllérmáját.

Nála nem számított, hogy mennyi az idő, akkor evett, mikor éhes volt. Azt vallotta, hogy ami jólesik, az nem árt. Így a nap zárásaként kellemes cigarettafüstbe burkolózva fogyasztotta el vacsoráját és néhány üveg sörét.

Az alezredes mindig mondta neki, hogy ne igyon, mert bármikor berendelhetik, ha valamilyen rendkívüli helyzet áll elő, de ő mindig azzal érvelt, „csak nem veszitek el a jogosítványomat, főnök". Jót mulattak rajta, de Szücs nem feltétlenül a vezetésre gondol, hanem például egy bevetésre, ahol esetleg fegyvert kell használni, és fontos lehet a reakcióidő. Nem mindegy, ki kit lő le, illetve, hogy jó személyre célzunk-e, vagy egy ártatlan járókelőre. Mindig mondta, hogy szerinte a vadászbalesetek is döntően az elfogyasztott reggeli italok miatt, illetve a nem rendszeres fegyverhasználat miatt történnek. Szücs szerint nem is szabadna hagyni, hogy nem rendvédelmi szervnél dolgozó személyek otthon fegyverek tartsanak. Szerinte egy vadászat előtt minden vadásznak be kellene menni fegyveréért a helyi rendőrség fegyverszobájába, amit egy alkoholszonda megfújása után átvehetnek, a rendőrség biztosítaná a vadászatra kijelölt területet, és a fegyvereket pedig a vadászat után egy ismételt szondázást követően le kellene adni a rendőrségen.

A kollégái szerint ezek azért kicsit szigorú szabályai lennének egy évezredes hagyomány ápolásának, de Szücs kitartott az álláspontja mellett. Miután Hargitai elfogyasztotta vacsoráját, megitta napi söreit és elszívta az esti cigarettáit, megvitatta a napi aktuális sport és politikai témákat barátaival, majd hazament. Fürdés után gyorsan elaludt, mert tudta, hogy nemsokára csörög az óra, és indul egy újabb eseménydús munkanap.

A főhadnagy sem volt még házas, nem is tervezte, nem olyan rég szakított vele barátnője, mert nem bírta elviselni, hogy vele szinte nem is foglalkozik, annyira leköti a nyomozati munka és a baráti kör. Néha úgy érezte, jobb is neki egyedül, máskor viszont nagyon hiányzott neki Ágnes, mert így hívták a lányt.

Miután a rendőrség előtt elköszöntek a kollégák, Török autóba ült, és hazament családjához. Ilona mindig nagyon finom vacsorával várta őt haza. Sietett, hogy még ébren érje Zsófia nevű kislányát, akivel nagyon szeretett este egy keveset játszani. Rendszeres volt náluk, hogy az esti mesét apa olvassa. Negyedóra alatt otthon volt.

A felesége már megterített, hiszen előtte telefonon egyeztettek, mikor ér haza Péter. Padlizsánt készített, amibe pulykahús volt beletöltve, friss paradicsommal és mozzarellával tálalta. Miután megvacsoráztak, a kőkemény Török főtörzszászlós leült Zsófika ágyának sarkára, és az Ezüst hegedű című meséskönyvből elmesélte 6 éves kislányának a Büszke tölgyfa című mesét.

A mese végére a kislány elaludt. Török adott egy csókot gyermeke homlokára, majd leoltotta a lámpát, és lement feleségéhez a nappaliba. Kiegyensúlyozott pár voltak. Kapcsolatuk elején még zavarta az asszonyt, hogy férje veszélyes munkát végez, de mára már megszokta.

A sorsszerűségben hisz, és érzi, hogy párjának nem eshet baja, mert jó célt szolgál. Megbeszélték a nap eseményeit. A feleség elmondta, hogy mi történt a nap során. Zsófika milyen ügyes volt táncórán, hogy az asszony édesanyja a hétvégén eljön hozzájuk, mert szeretné végre felköszönteni Pétert, akinek két hete volt a 29. születésnapja.

Péter is elmondott bizonyos részleteket a napi eseményekből, de megkímélte feleségét a véres részletektől. Körülbelül egy órát beszélgettek, amikor Török fogta sporttáskáját, amit Ilona már előkészített. Tudta jól, ha férje időben ér haza, nem mulasztja el, hogy lemenjen a közeli uszodába, levezetni a napi feszültséget. Úgy negyven hosszt kell leúsznia ahhoz, hogy gondolatait teljesen kimossa a víz.

Nem történt ez másként ezen az estén sem. Mire hazaért, felesége gyertyákat gyújtott hálószobájukban, szexi fehérneműbe bújt és kellemes zenét kapcsolt. Péternek ez a nap fénypontját jelentette, átölelte élete párját, hosszan csókolta, majd lágyan szeretkeztek, és összeölelkezve aludtak el, megtartva az orgazmus pillanatát.

A három fiú a zárkákban egymástól elkülönítve töltötte az éjszakát. Pete egész éjjel nem tudott aludni. Hallgatta a tomboló Ricet. Reszketett, az ájulás határán táncolt, időnként hányt, és folyamatos hasmenése volt. Félt, de megmagyarázni sem tudta volna, hogy mitől, egyszerűen csak félt. Még nem is sejtette, hogy mivel fogják meggyanúsítani vagy megvádolni. Ő máris azt vizionálta, hogy biztosan életfogytig tartó börtönbüntetésre ítélik. Időnként elbólintott ugyan, de ezek percek voltak, esetleg félórák, és máris felriadt, sírógörcsökben tört ki. Bámult meredten a koromsötét helyiségben, és belső remegése nem múlt el reggelig.

Geri is töprengett, de teljesen másképp reagálta le első zárkában töltött éjszakáját. Biztos volt benne, hogy jól döntött, mikor eljött a kapitányságra, és kitálalt a rendőröknek. Bízott barátjában, hogy eljuttatja a pénzt a biztonságos svájci számlára, s hogy teljesen új életet tud kezdeni, ha egyszer kiszabadult. Egyáltalán nem félt nagyobb mértékű szabadságvesztéstől, hisz az ő szándéka rablás volt, nem pedig emberölés. Feladta magát és az egész társaságot, viszont nem szólt a negyedik társról meg a fele zsákmány sorsáról. Úgy számolt, az enyhítő és súlyosbító körülmények körülbelül egyenlő mértékben állnak fenn, tehát egy „szimpla" rablásért fogják elítélni. Abban biztos volt, hogy Ric már feladta Steve-et, de tudta azt is, hogy ha úgy járt el barátja, ahogy meghagyta neki, akkor mostanra már a világ másik oldalán van, és nagy rakás pénz segíti boldogulását.

Viszont félt is. Nem attól tartott, hogy barátja majd megrészegül az óriási pénz és ékszer mennyiségétől, és őt majd teljesen ki akarja zárni az osztozkodásból, hanem attól tartott, hogy veszélybe keverte Steve-et ezzel a rengeteg pénzzel. Ha kiderül róla ott a Távol-Keleten, hogy mekkora vagyon lapul a táskájában, biztosan az életére törnek. Gerinek sem volt könnyű az elalvás, azonban ő egy meditációs gyakorlatba fogott, amivel teljesen le tudta kapcsolni elméjét és érzéseit is. Sokat foglalkozott a távol-keleti filozófiai irányzatokkal, taoizmussal vagy zen buddhizmussal. A taoista testgyakorlatok és meditációs módszerek álltak legközelebb hozzá, ezért egy köldöklégzés meditációba kezdett bevezetésként, utána pedig egy belső mosoly meditációt végzett el. Teljesen lecsendesítette gondolatait, és hamarosan el is aludt. Bár nem volt egyszerű, hisz Ric három zárkával odébb folyamatosan hangoskodott.

Richárd egész este tombolt. Már amikor kísérték vissza a kihallgatása után a fogdára, akkor üvöltözött.

– Nem tudom, melyik zárkában vagy, Geri, de tudnod kell, hogy felnyomtam a haverod! Te hülye pöcs! Azt hitted, nem fogom beköpni azután, hogy feladtál engem? Egyszer ezért még véged! Érted?! – fenyegetőzött és őrjöngött egész este. Pete-nek is kiabált. – Te, Pete! Vigyázz, mit mondasz a zsaruknak, mert kinyírlak! Érted? Meg fogsz dögleni! Tudod, hogy megteszem? Én sem szarozok, ismersz engem! – közben verte ököllel a falat és a nehéz lemezajtót. A felügyelők időnként benéztek hozzá és figyelmeztették, hogy fejezze be, mert következményei lesznek, de Ric nem igazán hallotta meg a felhívásokat, ezért folytatta egészen addig, amíg az őrség meg nem unta. Amikor már rúgta az ajtót és a berendezési tárgyakat, tovább nem várhattak, és orvost hívtak hozzá. Az orvos egy nyugtató injekcióval lecsendesítette és meghagyta, hogy innentől egészen reggelig folyamatosan figyelje valaki Ricet, mert előfordulhat, hogy önmaga ellen fordul a fiú.

A felügyelők természetesen tudomásul vették az orvos kérését, mivel azonban ők sem tegnap kezdték munkájukat, pontosan tudták, milyen hátrabilincseléssel tudják biztosítani, hogy a fogoly semmiképpen se tudjon kárt tenni magában. Már hatott a nyugtató, mikor Ric csuklóit az ágyvashoz rögzítették, de még mindig háborgott a lelke, és az őröket provokálta elhaló hangon.

– Kurva anyátok, gecik – morogta halkan maga elé, majd sírni kezdett, fájdalmasan. – Ne bántsatok! Ne bántsatok ti is! – szólította fel kesergően az őröket.

Néhány órát tudott csak aludni, majd jöttek ismét a felügyelők, hogy megszüntessék a szabálytalan állapotokat a zárkában.

Kezéről lepattintották a bilincset, mire Ric megébredt, de még a gyógyszer hatása alatt volt, és visszaaludt.

Ezt követően viszont egy felügyelő már végig ott maradt az ajtó előtt, és figyelte, nehogy a felébredés után valami tragikus cselekményt kövessen el Ric. A fogdaőrség is szunyókált keveset, de egy váltás előtti telefoncsörgésre felriadt a fogda parancsnoka.

– Igen. Halló! Tenkes zászlós, jelentkezem!

– Itt Szigethy százados. Szücs utasítása, hogy reggel hét órakor kapják meg a reggelit az őrizetesek, és fél nyolckor Németh Gergely legyen az I. emeleti kihallgató helyiségben, nyolc órakor Kormos legyen a II. emeleti kihallgatóban, fél kilencre Kenderesit kísérjétek fel a legfelső szinten lévő kihallgatóba.

– Értettem, százados úr. Kiírom a váltásnak, és indulunk a reggeliért. Kérek engedélyt.

– Viszhall – jött a válasz, meg sem várva, míg a zászlós befejezi.

– Neked is jó pihenést, barom arcú – mondta, miután ő is lerakta a telefont. Már kiabált is ki beosztottjának. – Pisti, menjetek el a reggeliért azonnal, és ébreszd fel a három új fiút. Most!

– Rendben – érkezett a válasz a folyosó túlsó végéről. – Minek ilyen korán kapkodni velük?

– Ez a parancs. Az emeletről. Tudod?

– Remélem, a következő szolgálatkor már nem itt lesznek, hanem előzetesben, a sitten.

– Ez egészen biztos, Pistikém. Egyszerű matematika. Az őrizetbevétel maximum 72 óráig terjed, onnan vagy előzetes letartóztatás, vagy irány haza. Na, most mi lelépünk, és kettő szabadnap jön, tehát bizti, hogy már nem itt lesznek.

– Az jó, a tököm kivan, annyit rohangáltunk éjjel e miatt a félőrült miatt – reagált a beosztott.

– Lehet, nem is csak fél, hiszen úgy néz ki, hogy ő itt az egyedüli gyilkos az ügyben – mondta Tenkes.

– Nem mondod? Az nem gyenge. Megyek, szólok a többieknek, hogy csipkedjük magunkat. Bár valami melót hagyhatunk a nappalosoknak is. Nem?

– Persze. Munkára!

X. fejezet

Steve mindössze másfél óra alatt érkezett meg Sopronba, a határ melletti városba. Megkereste a legnagyobb bevásárlóközpontot, és egy eldugott sarokban leparkolt motorjával. Lezárta a motort, hátizsákját magához vette és taxit fogott. Telefonját nem kapcsolta be, mióta elindult otthonról, mert félt, hogy máris kereshetik, pedig ekkor még a rendőrség azt sem tudta, merre induljon a nyomozással. A névre és a címre emlékezett, ezért jelenleg még nem volt szükséges, hogy meghallgassa a barátja által elmondottakat. Kiszállt a Bécsi út legelején, és gyalog indult el, hogy megkeresse a 116-os házszámot. Tíz percet sétált a ködös éjszakában, mikor a megfelelő épület elé ért. Kikereste a kaputelefonon a Kapitány nevet, és becsengetett.

– Tessék – szólt bele egy férfihang a kaputelefonba.

– Jó estét. Nem tudom, jó helyen járok-e, engem Németh Gergely küldött, és Kapitány Gergőt keresem.

– Nyitom, az első emeleten jobbra az első ajtó lesz a lakás. Gyere csak!

– Köszi – Steve belépett a lépcsőházba, és felment a lakásba.

Kétemeletes társasházak voltak ennek a régi utcának a végén. Hat nagy alapterületű lakásból álló sorházak. A lakásokhoz óriási teraszok tartoztak. Egy déli és egy északi fekvésű. Ezeket a lakásokat azon fiatalok számára építették, akik ugyan elegendő vagyonnal rendelkeznek, hogy nagy otthonuk legyen, azonban kerti munkát nem szeretnek végezni. A társasházhoz egy közös kert tartozik, amit egy gondnok tart rendben. A kertben játszósarok és egy parkosított pihenő rész van, kicsi medencével és napozóterasszal. Steve felért, és bekopogott az első lakásba, Gergő rögtön ajtót nyitott, már várta.

– Helló, Kapitány Gergő vagyok – mutatkozott be a házigazda.

– Szevasz! Kovács István, alias Steve – köszöntötte Steve a házigazdát. – Van egy cigid? Szétvet az ideg.

– Persze – megkínálta Gergő Steve-et, mindketten rágyújtottak egy Marlboróra. Gergő nagyot szívott cigarettájába, és egy sóhaj kíséretében küldte útjára az illatos füstöt.

– Van egy kis gond – kezdte.

– Mi az? Ne szarass be, haver, így is totál kész vagyok. Belecseppentem ebbe a baszott balhéba rendesen.

– Nyugi, nem olyan nagy gáz, egyszerűen csak nem ér rá a srác most rögtön.

– Milyen srác?

– Aki az irataidat elkészíti. Megcsináljuk a képet, és elküldjük neki, aztán várunk. Ő fogja elhozni a cuccot, és már indulhatsz is.

– Na, jó, de mégis mikor? Nekem nincs sok időm, érted? Vagy nem mondta Geri? – kérdezte Steve nagyon ingerülten, s közben remegő kézzel szájához emelte a cigarettát.

– Tudok annyit, amennyit tudnom kell. Van időd – válaszolt nyugodt hangon Gergő. – Gyere, lenyírom a hajadat kopaszra.

– Mi?

– Most jobbat hirtelen nem tudok kitalálni. Hajas vagy, ezért kopasz leszel. Meg teszünk fel rád egy kamu szemüveget – folytatta mosolyogva.

Bementek a fürdőszobába és Gergő elkezdte nyírni Steve haját egy hajnyírógéppel.

– Lenyírtalak, fürödjél le, majd adok tiszta fehérneműt. Van a táskádban valami másik ruha? – kérdezte.

– Nem, nincs. Miért?

– Szarul néznél ki turistaként ebben a motoros szerkóban, de semmi vész. Megmondod a méreted, és hozok én neked fasza cuccokat. Akkor mit hoztál abban a bazi hátizsákban?

– Geri holmiját, amit el kell tüntetnem. Azt hittem, tudod.

– Valamit tudtam róla, de minden nem érdekelt. Szóval az mind zsákmány? Lóvé meg egyéb?

– Nagyjából igen – válaszolt Steve. – Nem értek az ilyesmihez, fogalmam sincs, hogy vigyem ezeket el a világ végére.

– Mik azok az ezek? – kérdezte Gergő.

Steve kicsit bizonytalan volt, hogy mit mondhat el ideiglenes vendéglátójának. Kivárt és azon gondolkodott, hogy nem kerül-e bajba, ha mindent elmond Gergőnek.

– Na, miket viszel? Ne foss tőlem! Engem nem hülyít meg mások sok pénze, van nekem éppen elég. Főleg, ha a pénzhez vér is tapad, akkor egyáltalán nem érdekel.

– Azt tudom, hogy piszok sok pénz és rengeteg ékszer – mondta ki végül Steve. Az jutott eszébe, hogy Geri maradéktalanul megbízott ebben az emberben, akkor ő miért kételkedjen. – Honnan ismeritek egymást Gerivel? Sosem mesélt rólad.

– Mikor kicsi volt, és a szülei meghaltak, hozzánk került be az intézetbe. Én közel tíz évvel idősebb vagyok, sokszor bízták rám, és nagyon megszerettem őt. Tudod, mintha tesók lettünk volna. Neki gyorsan találtak nevelőszülőket, mert kicsi volt, úgyhogy csak pár hónapig tartott a kapcsolat, de a szívünkben ottmaradt az érzés. Később én is „elkeltem". Ilyen lakásotthonba kerültem, voltunk hatan tesók.

Elgondolkodott, egy ideig csendben maradt.

– A lényeg – folytatta –, amikor bejöttek ezek a különböző közösségi portálok, akkor gondoltam egyet, és elkezdtem keresni. Nem volt könnyű, mert Németh Gergelyből sok van. Illetve hazudok most, mert ha hiszed, ha nem, az ő életkorát és a lakóhelyét megadva mindössze három embert kínált fel a gép. A szemeiről azonnal felismertem, hogy melyik ő, írtam neki egy üzenetet, és válaszolt, aztán sokat chateltünk, mígnem meglátogatott. Na, a hajad kész. Fürödj le, majd folytatjuk. Nem vagy kajás?

– Nem. Nem tudnék enni egy falatot sem – válaszolta Steve.

– Akkor egy sör vagy valami tömény inkább?

– Egy sört elfogadok. Köszi.

– Oké. Akkor majd gyere a nappaliba, ha készen vagy. Törölköző ott az alsó szekrényben van – azzal Gergő magára hagyta Steve-et a fürdőszobában.

Steve gyorsan letusolt, de visszavette a saját fehérneműjét, mert képtelen volt másét hordani, hiába volt az teljesen tiszta. Körülnézett kicsit a szekrényekben és a fürdőszobában. Nagyon stílusos volt a helyiség. Nem egy szokványos méretű fürdőszoba volt, hanem egy huszonöt négyzetméteres mini wellness. Az egyik sarokban szauna, a másikban egy masszázságy, a helyiség közepén volt elhelyezve egy nagy jakuzzi, a falon lapos televízió, és körben gyönyörű növények. Steve kiment a nappaliba és leült egy fotelre.

– Nem gyenge ez a lakás – jegyezte meg –, gondolom, nem fillérekért dobálják itt ezeket.

– Nem, ezeket kemény milliókért, pontosabban tízmilliókért dobálják. – Gergő ránézett Steve-re és átadta neki a sört és a poharat, Steve fejével jelezte, hogy poharat nem kér hozzá. – Remélem, azért nem sértődsz meg, ha most nem osztom meg veled, miből is vettem ezt a lakást – tette hozzá nevetve.

– Nem, persze, pedig érdekelne.

– Miért?

– Csak azért, hogy nekem is minél hamarabb lehessen ilyen gyönyörű otthonom – válaszolta Steve.

– Látod? Ez itt a kulcsszó.

– Mi?

– A hamarabb – mondta Gergő. – A legtöbben itt szarják el a dolgaikat, hogy minél gyorsabban keressenek sok pénzt. Aki siet és kapkod, az hibázik, és sok-sok nyomot hagy – mondta, és ivott egy kortyot. – Ami még nem is olyan nagy baj, amíg a kopóknál képbe nem került. Ugye?

– Ja.

– Sok haverom van, akik szarul csinálják a dolgaikat, csak még nem keveredtek gyanúba, de amint egyszer valaki feljelenti, bejelenti őket, vagy csak véletlenül kerülnek képbe, azonnal végük lesz.

– Te mit csinálsz másképp? – kérdezte Steve.

– Lassan és körültekintőn végzem a dolgom, ennyi az egész. Százszor végiggondolom a dolgokat, majd minden lehetséges problémára keresek egy megoldást, és a végén kikristályosodik a tuti terv. Ami persze még akkor sem tuti, de legalább 99%-os.

– Értem.

– Megittuk a sört, elmegyünk és lefotózlak. Vegyél fel egy inget! – és kinyitott egy szekrényajtót a gardróbban Gergő. – Itt választhatsz.

Kimentek a garázsba, majd autóba ültek és mentek a város-
határig. Gergő bekapcsolt egy kamerás okostelefont, és lekat-
tintotta vele néhányszor Steve-et, majd rögtön e-mailként to-
vábbította egy címre.

– Pl. itt ez a telefon – kezdte Gergő, és a kezében lévő tele-
fonra mutatott.

– Mi van vele?

– Ezen sok okosságot intézek, de közöm sincs hozzá.

– Hogyan?

– Elmentem egyszer egy innen negyven kilométerre fekvő
kis faluba, ahol bementem a kocsmába, és megkérdeztem az ott
ülő savállóktól, hogy ki akar egy óra munkával keresni egy „va-
diúj" telefont és ötvenezer forintot.

– Gondolom, mindenki akart – jegyezte meg Steve.

– Azért nem. Volt egy-két okosabb gyerek, akik megkérdez-
ték, hogy mi a pálya. De természetesen volt jelentkező is bőven.
Kiválasztottam egyet, és vittem a legközelebbi városba, ahol igé-
nyelt kártyás telefont magának, két készüléket, és ennyi. Volt
egy tiszta telefonom.

– Nem is félt a faszi?

– De, egy kicsit aggodalmaskodott, de megnyugtattam. Mond-
tam neki, hogy csak embercsempészek felvezető autójába kell,
hogy leadhassák vele az infót, ha kint van valahol a járőr.

– Ja, nem rossz. Akkor, ha valami van, őt viszik.

– Legalább tízen tanúsítják, hogy ez megtörtént vele. És itt
jön, amiről az előbb beszéltem neked.

– Mi?

– Oda sem saját kocsival mentem, hanem béreltem egy autót,
és az autót sem itt béreltem, hanem elvonatoztam a fővárosba,
ahol hamis papírral béreltem kocsit. Így biztos, hogy a telefon
sohasem vezet el hozzám senkit. Most használtam, majd kikap-
csolom, akksi, kártya kivesz, és jegelem, amíg nem kell újra. Mit
írjak hozzá? – kérdezte.

– Hogyhogy mit? – értetlenkedett Steve.

– Mi legyen a hamis neved?

– Ja? Mit tudom én. Szerinted? – kérdezett vissza.

– Valami gyakori név kell, mint a Kiss vagy Nagy. Szerintem. A keresztnevedet ne is basztasd, jó az.

– Jó, akkor legyen Nagy István.

– Születési adatok?

– Phúú, mit tudom én. 1993. 12. 19., mondjuk, és hívják anyámat Keresztény Ágotának. Oké így? – kérdezte bizonytalan hangon Steve.

– Persze. A lényeg, hogy te megjegyezd. Ezek úgyis az utazáshoz kellenek csak. – Kivárt egy kicsit, és nyomkodta a telefont. – Rendben, elment. Most várunk, és kikészítjük a három kilót.

Gergő kikapcsolta a készüléket, szétszedte és eltette a kesztyűtartóba. Majd visszamentek a lakásba. Steve törte meg a csendet, mikor felértek a lépcsőn és bementek az előszobába.

– Annyiba lesz? – kérdezte, utalva a háromszázezer forintra.

– Nem, neked kétezer euro lesz, csak én fizetek érte annyit. Ez üzlet, és Gerinek is pont ennyi lett volna. Nem dolgozhatok ingyen még a tesómnak sem, érted.

– Persze, vágom. Mikor lesz kész?– kérdezte izgatottan Steve.

– Holnap délelőttre meglesz. Felmegyek a netre, és foglalok neked repülőjegyet. Hová is mész?

– Bangkok, Thaiföld. Fú, belegondolni is furcsa. Geri tudta, hogy ezzel foglalkozol?

– Tudta – várt egy rövid ideig és folytatta –, azt is tudta, mivel foglalkoztam előtte.

– Mivel?

– Látom, nem hagyod a kérdést elmerülni – nevetett Gergő. – A lényeg, hogy csempészet. Mindent. Lényegében egy transzport cég voltunk. Ausztriába és Németországba toltuk a cigit, hazafelé meg jött a kávé és a parfüm stb. Belekóstoltam az embercsempészetbe is, de nekem az túl rizikósnak tűnt, bár kétség kívül nagy pénz van benne. Meg annyira gáz volt az egész. Erről nem szeretnék beszélni inkább – elhallgatott.

– Jó, megértelek. Most meg ez a fő boltod? – érdeklődött újból Steve. Gergő épp egy füves cigit sodort meg, a keze megállt, lassan felnézett.

– Mármint, hogy a cucc? – kérdezte kimérten.

– Nem, dehogy. Az iratokra gondoltam. Ilyen hamisításokkal foglalkozol? – pontosított a vendég.

– Nem egészen ilyenekkel. Kereskedő vagyok, mint a mosópor ügynök vagy a pék. Van egy termékköröm, amit árulok. Jönnek az igények. Két érettségi bizonyítványból feladom az összes rezsim. Egy jogi diploma és már nyaralok is egyet, vagy rokkantsági igazolvány. A nyelvvizsgát most megfúrták kicsit, de már jelezték, hogy hamarosan újra pálya. Az jó pénz.

– Mi a faszomtól olyan jó pénz egy nyelvvizsga?

– Rengeteg időt lehet megspórolni. Tudod, csak akkor adják a diplomát, ha van nyelvvizsga.

Steve bólintott.

– Az állami alkalmazottaknak meg pótlék jár érte. Nem is kevés. Ismerek olyan rendőrtisztet, akinek három középfokú nyelvvizsgát intéztem én. Nem mellesleg a diplomáját is én rendeztem, most ő súg, ha egy kicsit meg kell húzni magam.

– Ilyen egyszerű lenne?

– Mi?

– Hát jól élni. Kicsit csempészkedünk, aztán hamisíttatunk, és élünk, mint Marci Hevesen?

– Nem, azért ennyire nem egyszerű. Kicsit azért komplikáltabb volt, hogy sok pénzem legyen, de az alapokat a szállítással fektettem le.

– Mit csináltál?

– Volt egy ismerősöm, aki ilyen üzleti biztosítónál dolgozott. Mindig járt a nyakamra, hogy kössek ilyen meg olyan életbiztosítást. Mekkora lehetőség, és X év alatt ennyi meg annyi hozam. Biztos hallottál róla te is.

– Nem igazán. Őszintén szólva engem még jobban érdekelt a tanulás és a számítógépes játékok. PS, Xbox, ilyenek. Miért, hogy ment ez a biztosítás bolt? – érdeklődött Steve. Szinte itta Gergő szavait, annyira érdekesnek és izgalmasnak tartotta a mindössze 10 évvel idősebb fiú történetét.

– A lényeg, hogy igent mondtam. Ez ilyen multi-level marketing üzlet. Hálózatépítés lett volna a lényeg, de én pénzmosásra használtam.

– Hogyan?

– Voltak olyan kötvénytípusok a kínálatban, amik tíz éves futamidő esetén megduplázták a befektetett pénzt. Kötöttem anyámra, tudod a nevelőanyámra, apámra, a nagyszülőkre, a tesóimra és jó néhány barátomra is, akiket rábeszéltem arra is, hogy kezdjenek el kicsit foglalkozni az üzlettel is. Minden általam megkötött kötvényre én adtam a pénzt, s mivel az üzletet én csináltam, a jó nagy jutalékot mindjárt lehúztam, a lejárat után pedig még a megduplázódott összeget is átvehettem. Most járnak le. Évente olyan 5–6 kötvény, szinte folyamatosan jön belőle a nem kevés pénz – hátradőlt és beleszívott a cigarettába, majd átadta Steve-nek –, röviden ennyi.

– Nem semmi. Azért nem lehetett egyszerű ezt a pörgést bírni.

– Áá, ez semmi. Figyelj, egy nap kb. egy órát szerveztem a fuvart, egy órát a biztosítós bizniszt. Jó, néha kettőt-kettőt, de az még mindig csak négy óra. Nem? Mások nyolc órát güriznek az egy tizedéért – hallgatott.

– Ja, például anyámék – reagált Steve.

– Félre ne érts, nincs bajom a becsülettel dolgozó emberekkel, csak én, köszi, nem kérek belőle. Hogy az én munkámból más gazdagodjon, azt már nem. Inkább nem csinálok semmit, és kész – Gergő felállt és az ablakhoz ment, hogy kinézzen.

– Értelek. Mit javasolsz? Hogyan juttassam el ezt a pénzt Thaiföldre? – szólt utána Steve.

– Majd reggel megbeszéljük. Van egy-két tippem, de a repülőre nem lehet felvinni annyi pénzt, mert a bankjegyeknek is van tömegük. Ékszerről már nem is beszélve. Pihenj le, és aludj egyet. Reggel hozok ruhát, meg elkészülnek a papírok, és kiviszlek a reptérre. Útközben megbeszélünk mindent, minden rendben lesz, nyugi – zárta mondanivalóját Gergő, és átment a hálószobába.

Steve még egy darabig követte a filmet, amit együtt kezdtek el nézni, majd a sör és a fű hatására elaludt. Reggel, amikor felébredt, Gergő nem volt otthon. Steve keresett magának kávét és valami harapnivalót. Nem volt nehéz dolga, hiszem a hűtőszekrény tele volt finomabbnál finomabb ételekkel. Steve tőkehalmájat reggelizett pirítóssal, és gyümölcslevet ivott utána. Rendbe hozta magát a fürdőben és leült a nappaliba, várta, hogy hazaérkezzen a házigazda. Két órát nézte a televíziót, amikor nyílt az ajtó, és belépett rajta Gergő.

– Na, szeva! – szólt be a nappaliba.

– Helló! – köszönt Steve is. – Minden rendben?

– Persze, Herr Nagy – nevetett Gergő –, marha fasza papírjaid lettek.

– Tényleg? Hadd nézzem! – kérte Steve, és kiment Gerőhöz a tágas előtérbe. Gyorsan átnézte az iratokat. Személyi igazolvány, útlevél, vezetői engedély és még születési anyakönyvi kivonat is volt közte. – Nem semmi. Egy új ember lettem – jegyezte meg.

– Dehogy lettél új ember. Hoztam ruhákat.

Steve felpróbálta ruhákat. Ami jó volt rá, azt mindet megtartotta. Egy garnitúrát magán hagyott, a többit elpakolta úti poggyászába, amit szintén most hozott Gergő.

– El kell indulnunk a reptérre, de segítek neked szétválogatni a szajrét – mondta Gergő.

– Jó.

Bementek a nappaliba, és Steve kiöntötte a zsákjából a rengeteg pénzt és ékszert a szőnyegre. Mindkét fiatalember szája tátva maradt egy rövid időre.

– Na, jó. Szerintem minden zsebedben rejts el egy darab kétszáz eurós bankjegyet, és a tárcádba tegyél úgy ezret. Azt apróban. Zokniba majd a reptéren megint egy-egy kétszázast. Az ékszert most mind tegyük külön táskába – kezdte Gergő.

– Értem, rendben – Steve így tett, majd odaadott háromezer eurót Gergőnek. – Ez a fizetség az iratokért meg a segítségért.

– Köszi szépen – azzal Gergő zsebre vágta a pénzt.

Kimentek a házból és autóba ültek. Egy régi felspécizett Jaguár XJ típusú autót hajtott Gergő.

– Nem rossz a verdád – mondta Steve.

– Köszi, nem szeretem az új autókat, ezért használok egy közel húsz éves autót – nevetett, majd folytatta a beszédet. Vezetés közben szépen megbeszélt mindent Steve-vel.

– Este fél tizenegykor indul a géped. Majd eltöltöd valahogy a napot Schwechaton. Most először Bécsbe megyünk. A bécsi nagypostán bérlünk két fiókot, amiben elhelyezzük az összes ékszert és a maradék pénzt. A pénz felét az ékszerrel együtt ezért válogattuk szét otthon, a másik felét pedig a másikba rakjuk. Az ékszeres postafiók kulcsát elviszed magaddal, a másik itt marad nálam, így csak egyre kell vigyáznod.

– Nem értem. Miért? – szakította félbe Steve.

– Nem tudsz annyi pénzt most kivinni magaddal, amennyire szükséged lehet odakint a Távol-Keleten – magyarázta Gergő. – Kimész, és pár hónap múlva érkezni fog a pénz utánad. Este megbeszéltük, hogy a Nothamburiban levő Hotel Tiwanonban szállsz meg. Oda fogom majd küldeni a pénzedet egy csomagküldő szolgálattal. Van ilyen nyomkövetős szolgáltatás egy WGT nevű cégnél, és a világ bármely pontjára szállítanak. A küldemény típusára megadok ilyen meg olyan nyelvlecke, kezdő, haladó szint meg ilyen rizsákat, és akkor nem lesz gond, hogy miért van tele kis, kártya méretű papírokkal. Valahol biztos átvilágítják ezeket is. Nagy István névre megy majd. Hogyan és mikor jössz el a többi pénzért Bécsbe, és viszed biztos helyre, az már a te dolgod.

– Én azt hiszem, hogy jobb ötlet lenne, ha most elvinnék annyi pénzt, ami elég lehet, és néhány hónap múlva mindent átcuccolok Svájcba – reagált az elhangzottakra Steve, majd hozzátette –, akkor most elég lesz, ha magammal viszem a csomagmegőrző kulcsait.

– Jó, ez is egy járható út – egyezett bele Gergő. Csendben autóztak tovább, majd ismét Gergő törte meg a csendet. – Még egy jó tanács.

– Igen, mondjak csak.

– Ott kint a pénzedet mindig egyszerre több helyen tartsd. Bérelj széfet, de csak egy részét helyezd el ott a pénznek. Mindig csak kevés pénzt válts át helyi valutára, és ne ugyanazon a helyen.

– Értem. Más?

– Ne nagyon barátkozz. Persze tudom, hogy marha szar egyedül, de inkább kurvázz, mint magyar turistákkal parádézz.

– Miért?

– Sok ott a cinkes pali. Meg éppen a múltkor beszéltem egy haverral, aki mondta, hogy magyar magánnyomozókat küldenek ki az itteni nyomozóhatóságok, hogy szaglásszanak. Még csak nem is konkrét személyeket kerestetnek, hanem, ha valaki képbe kerül, akkor kiküldik a rendes kopókat. Szóval vigyázz a magányos harcosokkal, ha nő, ha férfi.

– Baszod, annyit idegesítesz, hogy azt sem tudom, mi a faszom legyen. Teljesen be vagyok szarva – aggódott Steve.

– Nincs mitől félned, csak légy óvatos – nyugtatott Gergő.

Kiautóztak Bécsbe, és kibérelték a postafiókokat. Gergőnek valamiért van bejelentett lakóhelye Bécsben, Steve nem akarta tudni, hogy miért volt erre szüksége segítőjének. – Biztosan a biznisz miatt – gondolta. Kora délután megebédeltek a belvárosban, majd egy csendes kávézóban süteményt ettek és kávéztak. Mindenféle dologról beszélgettek az autóversenytől a nőkig. Nagyon sok dolgot árultak el magukról egymásnak, de Steve már nem érdeklődött többet Gergő üzleti ügyeiről. Délután még jöttek-mentek a városban, majd Gergő kivitte Steve-et a repülőtérre. A terminálban elköszöntek egymástól.

– Akkor, öregem, mindent bele! – biztatta újdonsült barátját Gergő. – Beszélsz valami idegen nyelvet?

– Az angol elég jól megy.

– Az fasza. Azt használd.

– Jó. Köszönök mindent. Jó, hogy ilyen rendes gyerek a haverom haverja.

– Nagyon szívesen, öreg. Légy résen – kezet fogtak, és Gergő innentől magára hagyta Steve-et.

Steve a repülőjárat indulásáig legurított egy sört és vásárolt magának egy angol nyelvű autós magazint. Azt olvasta a becsekkolásig. A terminálban minden ment a maga útján. Steve megnézte az információs táblán a München – Abu Dhabi – Bangkok járat indulási idejét. Elfoglalta a helyét a gépen, és pontosan 22 óra 30 perckor elhagyta Közép-Európát.

XI. fejezet

– Jó reggelt! – köszöntötte Szücs alezredes a titkárnőjét.

– Neked is jó reggelt, alezredes úr! Kipihentnek tűnsz.

– Az is vagyok, kedves Gabriella.

– Ne, főnök! Tudod, hogy nem szeretem, ha így hívnak.

– Tudom, persze. Kérlek, ne haragudj! Milyen volt az estéd?

– Az estém? – kérdezett vissza Gabi, és egy pillanatra elmerengett, csillogott a szeme, és kaján mosoly jelent meg az arcán.

– Azt kérdeztem, igen. De ha nem mondasz semmit is, látom rajtad, hogy varázslatos – jegyezte meg a főnyomozó.

– Jól látod. Este értem jött Miki. Elvitt moziba, megnéztünk egy szuper filmet. Vigyél el, ez a címe.

– Mi ez, valami sci-fi? – szakította félbe a főnöke Gabit.

– Nem, nem, ez romantikus. Gondolom, nem láttad.

– Nem romantikázom. Csak ritkán, de nem moziban.

– Mindegy, ezt akkor ugorjuk. Szóval mozi után elvitt egy olasz étterembe, ahol raviolit ettünk, és hozzá isteni édes vörösborokat ittunk. A többit nem mesélem el, mert titok – nevetett.

– A többit valahogy sejtem, Gabikám – mindketten nevettek. – A napirendemet majd, kérlek, ismertesd, de előtte kérek szépen egy zöld teát.

– Jó, a teát megcsinálom gyorsan, mert még a napirend úgysem végleges, nem jeleztek vissza a miniszterelnökségről. És valószínűleg az ügyész is jön, meg a bíróságra is át kell vinni a három betyárt az előzetesről dönteni. Szóval mozgalmas lesz. Ami biztos, hogy a reggeli vezetői értekezlet után a megyei kapitányság sajtófőnöke megkeres a délutáni sajtóértekezlet miatt, hogy mit hogyan mondjon majd.

– Irénnek most nem sok mondandója lesz, mert nekem kell tartani – mondta Szücs. – Reggel már hívott a főkapitány

– A megyei?

– Nem, az országos, hogy délután kettőre hívott össze sajtóértekezletet, és bár tudja, hogy én nem szeretek szerepelni, ezúttal engem jelölt ki erre a nemes feladatra, és hozzátette, hogy eszembe se jusson továbbpasszolni a labdát. Érted? Még ha cigánygyerekek potyognak az égből, akkor is sajtótájékoztatót tartok ma tizennégy órakor. Ezt be is írhatod a napirendbe.

– Rendi. Azért jöjjön a sajtós?

– Persze, megbeszélünk valami bevezető szöveget neki. Meg annyira kedves és dekoratív, hogy nem szeretném elhalasztani a személyes előkészületet.

– De főnök! Te nem is vagy olyan!

– Néha egy kicsit bizony olyan vagyok. A két Peti intézze a dolgokat, amíg értekezleten leszek. Most már minden nyomozati nyilvántartásba vételi feladat legyen kész. Jelentések, társszervek felé, minden. Tudod? Ők is tudják. Most bemegyek telefonálni, meg felkészülök az értekezletre, öt perc múlva jöhet a tea.

– Értem – válaszolt Gabi, és kezdte készíteni a teát, de kihangosítva már tárcsázta is a sajtóosztályt, Szücs pedig elvonult tágas irodájába. Tárcsázta az igazságügyi orvos szakértőt, dr. Nagy Ernőt.

– Halló, Doki! – szólt Szücs, miután az orvos felvette a telefont. – Mi újság, mit tudsz mondani nekem Kenderesiékről?

– Üdv, nagyfőnök! Ugyanazt, amit a szakvéleménybe beírtam – válaszolt –, olvassa el, már el is küldtem.

– Óh, hát az még nem ért ide. Valamit elöljáróban, kérlek.

– A nő halt meg először, utána a férj. A férfi ujjain lőpornyomok. Úgy tűnik, de nem szeretnék veled szakterületet cserélni, hogy a doktor úr valamiért elvesztette a kontrollt, és végzett az asszonnyal, majd később önmagával is.

– Mennyivel előbb halhatott meg a feleség? – kérdezte Szücs.

– Azt nem tudom megmondani, mert a sorrendre a külső ballisztikai adatokból jöttek rá. A lövedékek szennyezettségéből megállapították a sorrendet, de megy majd minden. Igazából gépre vittünk mindent, és továbbítottuk is, nem értem, ki nem továbbította feléd, majd intézkedem – mondta az orvos.

– Jó, majd kikeresem, ne fáradj! Köszönöm szépen a munkád.

– Igazán nincs mit, főnök. Minden jót, visz' hall'.

– Viszont hallásra – köszönt el Szücs is, és kiszólt titkárnőjének. – Gabi! Értesítsétek a Kenderesi gyanúsított meghatalmazott védőjét, hogy két óra múlva kihallgatjuk az emberét. Legyen itt valaki az irodából. És gondoskodj, kérlek, hogy a gyanúsított is itt legyen két óra múlva a kihallgatóban.

– Meglesz, főnök – mondta Gabi, de már nem telefonon, mert épp a teát hozta be főnökének. – Egészségedre! – tette hozzá.

– Köszönöm.

– Mondhatom a napirendet, legalábbis, ameddig tudjuk? – kérdezte a titkárnő.

– Persze.

– Most akkor értekezlet. Főkapitány lesz az elöljáró. Utána ezek szerint kihallgatást tartanak Kenderesi Richárd ügyében. Délre beszéltem meg a főosztályvezető asszonnyal egy találkozást, mert gondoltam, a sajtótájékoztató után már nem sok értelme lenne egy tájékoztatásnak a Miniszterelnöki Hivatalban. Meg nem is lenne illendő, hogy a televízióból előbb tudja meg, mi történt a nagybátyjával.

– Igen, ez igaz, köszönöm.

– Utána akkor 14 órakor sajtótájékoztató. Ma egyelőre eddig tudjuk, mert a délután teljesen nyitott. Itt hagyom a lapot az asztalon, amire felírtam. Jó?

– Köszönöm, Gabi, kedves vagy.

Az osztályvezető összeszedte iratait, amiket Gabi az értekezletre készített össze, lassan megitta reggeli zöld teáját és ment értekezletre. Megvitatták a legszükségesebb tennivalókat.

A főkapitány ellenőrizte, hogy az éves munkatervet mennyire tartják a különböző osztályok. Ez a bűnügyi osztályt annyira nem érinti, illetve ott is vannak munkatervben meghatározott tevékenységek, de elsősorban az élet írja a munkatervet az itt dolgozó nyomozók és technikusok részére. Olyan tevékenységeket rögzítenek ilyen típusú munkatervekben, mint a drogprevenciós iskolai tájékoztatások vagy a felszerelések, eszközök beszerzése stb.

Az értekezlet gyorsan véget ért. Szücsnek kellett ugyan még négyszemközt tárgyalni az elöljárójával, de így is maradt ideje, hogy egy szendvicset elfogyasszon a kihallgatás előtt. Mire visszaért az osztályra, már a kihallgatóban várták őt. A gyanúsított, a nyomozó kollégák, Gabika és az elengedhetetlen ügyvéd. Szücs belépett a helyiségbe, Kenderesei Richárd kivételével mindenki felállt a székből.

– Óh, kérem, üljenek csak vissza. Üdvözlöm, Szücs alezredes – nyújtott kezet az ügyvédnőnek mosolyogva.

Egy pillanat erejéig végigmérték egymást, mielőtt kezet fogtak. Magas, kosztümös hölgy volt. Szőke, kifogástalanul kezelt, rövidre vágott frizurája volt, zöld szemei és enyhén szeplős arca. Még csak 30 éves volt, csak nagyon könnyű sminket viselt, kivétel volt ez alól az erősen vörösre festett száj, ami határozott jellemet sugárzott.

– Jó napot kívánok. Tóth Csilla – köszöntötte az ügyvédnő a főrendőrt.

– Remélem, volt ideje tájékozódni, és elnézést kérek, hogy ilyen kevés időt biztosítottunk, hogy felkészüljenek a kihallgatásra, de délután lesz az ügyben egy sajtótájékoztató. Ott már szeretnénk pontos képet adni a közvélemény számára.

– Semmi probléma, alezredes úr. Mindent megbeszéltem Ricsivel. Tulajdonképpen nekem csak formalitásból kell itt lenni. Kérem, kezdjük is el.

– Rendben, foglaljon helyet. Gabikám, olvasd fel, hogy hol hagytuk abba Kenderesi úrral – kérte asszisztensét Szücs.

– Máris. Bizonyos Kovács Istvánt nevezett meg Kenderesi úr, akiről többet nem volt hajlandó elmondani, mint hogy egy lakótelepen él.

– Köszönöm. Peti, mit tudunk azóta erről a Kovács Istvánról? – fordult Hargitaihoz.

– Jelentem, beazonosítottuk és keressük. Az anyja is jelezte, hogy eltűnt. Állítása szerint az elkövetés estéjén fia legjobb barátja kérésére, aki Németh Gergely, eltávozott otthonukból, és azóta nem jelentkezett.

– Értem és köszönöm, szép munka volt, fiúk – fordult mondandója közben Richez. – Na, fiú, akkor ezt a Kovács részt ugorjuk, és folytassa, legyen szíves.

– Mivel is? – kérdezett vissza Ric.

– Mondjuk, hová ment azután, hogy elköszönt társaitól az erdőben? – vette át a kérdezést Hargitai nyomozó.

– Hazamentem. Megpucoltam apám fegyverét, hogy visszacsempésszem a lemezszekrénybe. – Kicsit elgondolkodott, majd folytatta. – Pont bejött a dolgozószobába. Mindig ráérzett. Egész gyerekkoromban le se szart, csak akkor nyitott rám, ha a kocsi kulcsát loptam el, vagy lóvét akartam nyúlni, meg ilyenek. Most is.

– Igen, és ezt követően?

– Ezután veszekedtünk. Anyám is átjött. Szokás szerint ketten estek nekem – a fiú abbahagyta a beszédet, gondolkodott, de feltűnően nyugodt maradt. – Olyan szinten felhúztak. Apám egyfolytában tolta. – Minek kellett neked a pisztoly? Minek kellett neked az a pisztoly? Mint egy papagáj. Anyám meg ott rikácsolt körülöttünk, hogy így meg úgy. Annyira felhúztam magam, hogy nem bírtam tovább és odakiabáltam anyámnak, hogy „Lelőttem a faszid!" Teljesen lemerevedett, mint akit nyakon öntöttek egy kanna hideg vízzel, de kb. apám is pont úgy állt mellettünk. – Megállt és lehunyta a szemét, kicsit visszagondolt az eseményekre. – Ekkor nagy káosz alakult, szó szót követett. Mindent elmondtam nekik. Üvöltöttek velem és én is velük. Minden sérelmemet a fejükhöz vágtam. Apám teljesen megsemmisült. Egyszerűen nem akart hinni a fülének, hogy az ő gyönyörű felesége pont a legjobb barátjával kefélt, aki ráadásul kövér, ronda és sánta is. Igazából én sem értettem ezt.

– Értem – mondta Hargitai –, és utána?

– Utána otthagytam őket. Már egymással vitatkoztak, szinte észre sem vették, hogy kimentem a szobából. Kocsiba ültem és megnéztem a Steve-et, hogy tényleg vendégeik vannak-e, vagy megint csak befosott, és nem jött el, mert mindig kihúzta magát a balhékból.

– Talán neki volt igaza. Nem? – kérdezte Török.

– Nem, mert mindig a végsőkig velünk volt. Megterveztük a dolgokat, és az utolsó pillanatban ő lepattant.

– Milyen balhékról van szó? – kérdezte Szücs alezredes.

– Semmi komoly. Kevés drogvásárlás és szívás. Vagy verekedések, nem kemény dolgok, de ő még ezektől is parázott.

– Igen, értjük. Tehát látta, hogy Kovács otthon van, és ment is tovább.

– Nem. Nem láttam, hogy otthon van, de láttam a vendégeik autóit. Következésképpen nem kamuzott. Ezek után mentem a bárba, csak szereztem egy kis cuccost. Ott keféltem egy kurvával. Berúgtam és bekóláztam.

– Azaz kokain hatása alatt volt? – pontosított Hargitai.

– Igen. Indultam haza. Útközben Geri elém állt a motorral, leütött és kivitt az erdőbe. Innentől már ismerik a történetet, hisz' maguk ébresztettek. – Miután befejezte történetét Ric, hátradőlt a széken és karba fonta kezeit, jelezve, hogy más mondani valója nincs az üggyel kapcsolatban.

– Valakinek kérdése? – törte meg a csendet Szücs. – Ügyvédnő, zászlós úr, főhadnagy úr – fordult oda a többiekhez. – Rendben, tehát senki. Gabi, kérlek, olvasd vissza Kenderesi úrnak a vallomást, mielőtt kinyomtatod. Ha valakinek kérdése lenne közben, az tegye fel. Ha önnek van még kiegészíteni valója, akkor tegye meg – mondta Ricnek.

– Értem. Nem hiszem, hogy lesz – mondta Ric, majd kis idő elteltével folytatta. – Kérdezhetek valamit?

– Persze – válaszolt Szücs

– Mi van a szüleimmel? Mi történt?

– Valószínűleg az édesapja nem tudott megbirkózni a fájdalommal és a szégyennel – tájékoztatta őt Hargitai.

– Tudja, az édesanyja ujjlenyomatait nem találták meg a fegyveren, sem lőpornyom nem volt a kezén, így valószínűsítjük, hogy mindkétszer az édesapja lőtt – tette hozzá Szücs, és a titkárnő felé fordult.

Gabi felolvasta Ric vallomását, de a fiú, ahogy előtte jelezte, már nem kívánt hozzászólni. A titkárnő kinyomtatta a vallomást és a kihallgatási jegyzőkönyvet, amit minden jelenlévő aláírt, és mindenki ment, folytatta napi teendőit. Az ügyvéd még kért néhány percet, hogy négyszemközt beszélhessen védencével, aztán Ricet is visszakísérték a fogdára, de mondták neki, hogy nagyon ne pihenjen le, mert hamarosan viszik a bíróságra, ahol döntenek előzetes letartóztatásáról.

Szücs is elindult irodájába, hogy mielőtt az ékszerész unokahúgát tájékoztatja, igyon egy teát és átnézze az addigi anyagot és eredményeket. Bekérette az összes addig feldolgozott eredményt, és rövid időre belevetette magát az iratok, jelentések és fotók tanulmányozásába. Feltűnt neki, hogy a télikertben, ahol Kenderesi professzor holttestét megtalálták, a technikusok homokot találtak, „elszóródott homok, amit a házban és a kertben nem lehet másutt fellelni". Többször átolvasta a mondatokat, majd felhívta Hargitait.

– Szervusz, Péter! – köszöntötte beosztottját.

– Jelentkezem, alezredes úr! Miben segíthetek? – kérdezte a nyomozó.

– Ki kellene mennetek Petivel a Kenderesi villába, mert van itt valami, ami nem stimmel.

– Mi lenne az, főnök?

– A nyomrögzítők itt valamilyen homokot írnak, amit a téli kertben elszórtan találtak.

– Télikertben előfordulhat homok.

– Ez igaz, de egy ilyen tip-top lakásban vagy házban azért szerintem ritkán fordul elő szétszóródva olyan homok, ami egyébként sehol a környéken nincs.

– Mit keressünk?

– Nem is tudom. Bármit, amihez homok kell egy háztartásban. Terráriumot vagy olyan virágcserepet, amiben az van. Csak nézzetek körül. Lehet, hogy macskaalom, tényleg nincs ötletem nekem sem – ezután Szücs elköszönt.

Letette a telefont, lehörpintette maradék teáját, és indult a Miniszterelnöki Hivatalba. Vezetés közben azon gondolkodott, hogy miért van olyan érzése, hogy ez az ügy nem egészen kerek. Megérzése szerint nincs ez így felgöngyölítve, bár minden jel arra utal, hogy a fiatalok rablási szándékkal érkeztek az ékszerészhez, de ott a Kenderesi gyerek elvesztette az önkontrollt, és lelőtte az embert. Szülei megtudták, és az apa nem tudta elviselni, hogy felesége egy lotyó, a fia pedig egy gyilkos, és lelőtte az asszonyt, majd utána öngyilkos lett. Miért? Szégyenében elköltözhetett volna akárhová ezen a Földön. Bárhol tudott volna vásárolni magának házat, és elegendő pénzzel rendelkeztek ahhoz, hogy megéljenek vagy céget alapítsanak. Jó, mondjuk, egy hűtlen feleséggel kezdeni új életet, az kicsit nehezebb, de aki szeret, az néha megbocsát, gondolta Szücs. A válás macerás, és ahhoz itt kellett volna maradni egy időre még, vagy időnként hazajönni. Azzal zárta magában elmélkedését, hogy egyelőre marad a tényeknél, amiket eddig rögzítettek.

A hivatalban gyorsan fogadta az főosztályvezető asszony. Szücs tájékoztatta őt nagybátyja halálának eddig ismert körülményeiről. A nő próbálta ebédre invitálni egy helyi kis étterembe, de az alezredesnek sajnos vissza kellett utasítani a meghívást, mivel délután kettőkor sajtótájékoztatót kellett tartania a kapitányság fogadóterében.

Visszafelé az úton vezetés közben tárcsázta Hargitait.

– Szia, Péter! Na, mi újság? – kérdezte.

– Szervusz, főnök! – köszönt Hargitai, majd folytatta egyből. – Nem sok, illetve nem is tudom, talán van valami. Szóval a homok ott van, és elmondhatjuk, hogy nem kevés. Ez ilyen kvarchomok szerű, nagyon apró szemcsés homok, amit térkövek hézagolására használnak. Nem találtunk belőle sehol egy szemet sem máshol, mint a télikertben.

– Meg kell vizsgálni ezt a homokot. Valamit mondjanak róla a laborban. Honnan származik, meg ilyeneket ki kell deríteni. Délután majd megkérdezem Kenderesi Richárdot is, hátha ő tud valamit mondani, hogy honnan származik az a nyavalyás homok. Ezen agyalok egyfolytában, ezt nem hiszed el, Péter. Na, jó. A sajtótájékoztatón találkozunk. Előtte negyed órával ott lenni. Rendben? – kérdezte az elöljáró.

– Természetesen, főnök, mi nem szoktunk elkésni. Hisz' tudod? – nevetett Hargitai.

– Tudom, azért szóltam előre – tette le a telefont Szücs.

13 óra is elmúlt, mire visszaérkezett a kapitányságra. Útközben felhívta Gabit, hogy egy szendvicset szerezzen be neki a sarki bisztróból, és tálalja fel az irodában, mire felér. Ezúttal

kávét kért hozzá, mert érezte, hogy egy kicsit éberebbnek kell lennie, olyan bágyadtnak és levertnek érezte magát. Keveset pihent az elmúlt 36 órában.

Felszaladt a lépcsőn, gondolta, nem a liftet használja, azzal is kicsit élénkebb lesz, ha felkocog az emeletre. Bevonult az irodába és zenét kapcsolt. A Gladiátor című film betétdalát hallgatta, volt neki róla egy „végtelenített" lemeze. Szerette a dallamát, mert mindig ellazította és megnyugtatta őt. Lassan elfogyasztotta lazacos szendvicsét és a kávét, és behozta reggeli lemaradását, munka közben pedig megivott 6 dl szénsavmentes ásványvizet is. Még öt perc erejéig lehunyt szemmel élvezte a muzsikát, aztán fogta az iratokat, amiket Gabi összekészített, és indult sajtótájékoztatóra.

Sokat nem kellett a papírral foglalkoznia, hiszen amit eddig tudnia kellett az ügyről, azt fejből is tudta. Azért a biztonság kedvéért minden jelentést összekészíttetett, hátha lesz egy szakértő újságíró is, aki részletes ismertetést kér, mondjuk, a ballisztikai vizsgálat eredményeiből.

Lefelé sétált a lépcsőn, s közben benézett a „fiai" irodájába is. Már nem voltak bent, elindult a fogadóterembe. Az ajtó előtt csatlakoztak Törökék is, így a három nyomozó és a sajtóreferens együtt léptek a terembe. A helyszínen volt szinte az összes országos és regionális televízió kamerája, a napilapok és hetilapok tudósítói. A sajtóreferens rövid bevezető szövege után Szücs vette át a szót.

– Tisztelt hölgyeim és uraim! Röviden szeretném önöket tájékoztatni arról, illetve az önök közreműködésével a közvéleményt, hogy milyen eredményre jutott nyomozócsoportunk a tegnapelőtt este bekövetkezett halálesetek vonatkozásában. Bizonyára hallották, hogy az áldozatok, akik teljesen eltérő helyszínen, szinte egy időben vesztették életüket, baráti kapcsolatban voltak. Pontosítok: Artúr Loang baráti kapcsolatban volt a Kenderesi házaspárral. A vizsgálatokból kiderült, hogy Kenderesi János professzor felesége, született Tábori Izabella szerelmi viszonyt folytatott Artúr Loanggal. E viszony tudomására jutott a házaspár fiának, K. Richárdnak, aki barátaival egy jó rablási tippet osztott meg. Rablásnak indult tehát a gyilkosság, legalábbis a vallomások szerint ezt tudom jelenleg állítani. Tehát K. Richárd, N. Gergely és K. Péter fiatalkorúak együtt indultak kirabolni az ékszerész üzletember Loang urat. A tervezés fázisában volt egy negyedik bűntársuk is a fiataloknak, bizonyos Kovács István helyi lakos, aki jelenleg szökésben van, és elfogatóparancs van érvényben ellene. Vélhetően a vagyonérték legalább felét magával vitte, de erre jelenleg nincs bizonyíték.

A jelenleg rendelkezésre álló adatok szerint K. Richárd a helyszínen elvesztette önuralmát, és hátulról agyonlőtte az ékszerészt. A pénzt és az ékszereket zsákokba tették, és kivitték a kint parkoló autóba. Ezt követően a fiatalok fellocsolták a helyszínt benzinnel, és felgyújtották az üzlethelyiséget és a lakást, majd a helyi kiserdőben lévő bányatóhoz hajtottak.

A zsákmányt elosztották, és az autót a bizonyítékokkal együtt elsüllyesztették. Mindenki ment haza vagy egyéb helyre, ez most nem lényeges, de megbeszélték, hogy éjszaka még találkoznak, és megtervezik a jövő teendőit.

K. Richárd hazamanet, és éppen az édesapja hangtompítóval felszerelt P9 Parabellum típusú lőfegyverét próbálta visszacsempészni a helyére, mikor a szülők észrevették őt. Vitatkozni kezdtek, és a fiatalember elmondta szüleinek, hogy tud a viszonyról, és hogy megölte Artúr Loangot, majd magára hagyta szüleit. A ballisztika és a vizsgálatok egyéb adataiból arra következtetünk, hogy Kenderesi János először végzett feleségével, majd rövid idővel utána magát is agyonlőtte. Most, amennyiben kérdésük van, állok rendelkezésükre.

Az újságírók kezük feltartásával jelezték, hogy volnának kérdéseik. Szücs egyesével felszólította őket.

– Tessék.

– Szabó Vilmos vagyok a Napi Sztori című laptól. Arra lennék kíváncsi, hogyan sikerült ilyen gyorsan elfogni az elkövetőket.

– N. Gergely feladta magát, miután ártalmatlanná tette K. Richárdot, és ezt követően még K. Pétert is az ő segítségével sikerült elfognunk. Következő, tessék – szólította fel az egyik újságírót Szücs.

– Takács István, Hírmagazin. A kérdésem pedig, hogy milyen vagyonról van szó. Mennyi zsákmányt raboltak a fiatalok, és ebből mennyivel van szökésben negyedik társuk?

– Pontos adatot mi erről nem tudunk, és vélhetően nem is fogunk tudni soha. Rendkívül gazdag emberről és üzletről van szó. Vélhetően több százmilliós zsákmány mintegy felével szökött meg a negyedik egyén, de még egyszer jelezném, hogy sem a rabláskor, sem pedig a bizonyítékok elrejtésénél nem volt jelen K. István. Még egy kérdés, parancsoljon.

– Köszönöm. Poór Marianna vagyok a Helyi Hírektől. Meg szeretném kérdezni, hogy nyomoznak-e még az ügyben, vagy ezzel lezártnak tekinthetjük a nyomozást.

– Nem, még nem tekintjük lezártnak. Véleményünk szerint vannak elvarratlan szálak, melyeket tisztázni szeretnénk. Ezekről azonban az ügyben folytatott vizsgálatra tekintettel nem mondhatok semmit.

A sajtóreferens visszavette a szót a parancsnoktól, megköszönte a részvételt, és jelezte, hogy az ügyben minden rendelkezésre álló adatot, amit már nyilvánosságra lehet hozni, közleményben fognak tudatni. Elköszöntek, a terem kiürült. Szücs a munkatársaihoz fordult.

– Rendben, fiúk. Most megyek, jelentést teszek a főkapitány úrnál, aztán lelépek. Elmegyek egyet úszni, meg végre lemegyek masszázsra is. Ti is pihenjetek délután, este. Vigyétek el a családot, barátnőt valahová, majd holnap beszélünk.

– Oké, ez jó ötlet – reagált Török Peti.

– Szerintem is – helyeselt Hargitai.

– Azért, ha valami van, hívjatok! – szólt utánuk Szücs.

– Naná – válaszoltak a fiúk a liftajtóból visszafordulva.

Szücs telefonált Gabinak, hogy aznap már nem megy vissza az irodába, elköszönt tőle.

Felment a főkapitányhoz, akit mindenről tájékoztatott, elmondta neki az aggályait a homokról, és hogy valamiért nem tiszta neki ez a Kenderesi gyerek.

– Túlságosan gépszerűen adta elő a történetet, mint aki begyakorolta, vagy fejben százszor előadta. Érted, Tamás? – mondta

elöljárójának. – És nyugodt maradt. Úgy éreztem, hogy a hisz-
tik és cirkuszok is mesterkéltek voltak.

– Értem, de lehet, hogy csak azért, mert a csomagtartóban
egyfolytában ezen agyalt. Meglátjuk. Ne ezzel foglalkozz, most
pihenj keveset, hisz' alig két nap alatt megoldottatok egy ilyen
horderejű ügyet. Holnap beszélünk még.

Elköszöntek, és Szücs ment az uszodába, hogy lazítson ki-
csit az eseménydús napok után.

Délután a három fiút előállították a megyei bíróságra, hogy a
bíró döntsön az előzetes letartóztatásukról. Nagy meglepetés
nem történt, hisz' Wild Katalin bírónő mindhárom elkövető-
nek elrendelte az előzetes letartóztatását 30 nap időtartamra,
s egyben elrendelte, hogy a három fiút egymástól elkülönítve
kell elhelyezni. Ez annyit tesz, hogy semmilyen körülmények
között sem érintkezhetnek egymással. Sem étkezésnél, sem sé-
taudvaron és egyéb helyen sem. A rövid tárgyalás után a fiata-
lokat visszakísérték a rendőrkapitányságra, ahol összeszedet-
ték velük személyes tárgyaikat, valamint összeállították azon
tárgyakat is, melyeket elkoboztak tőlük elfogásukkor, és három
különböző kihallgató helyiségbe zárták be őket.

Az adminisztrációs feladatok elvégzése alatt érkezett a ka-
pitányságra dr. Kecskeméti Andrea klinikai szakpszichológus
és pszichiáter, hogy a nyomozó hatóság által elrendelt, a kóros
elmeállapot kivizsgálására irányuló feladatát elvégezze. Ezt a
vizsgálatot kizárólag Ric esetében rendelték el, mert ő lőtt, il-
letve az egész eljárás alatt zavart és agresszív volt a viselkedése.

Köszöntötte a portást, aki útba igazította őt. Felment a bű-
nügyi osztályra, ami a második emeleten volt, és bekopogott
Hargitai főhadnagy irodájába.

– Tessék – jött a válasz bentről, és Andrea belépett a helyiségbe.

Nem volt ismeretlen számára a terep, hiszen elég gyakran
kérik fel hasonló munkára, a városban egyedül ő foglalkozik
ilyen jellegű tevékenységgel, hisz egyedül ő rendelkezik szak-
értői szakvizsgával, és ő szerepel az országos névjegyzékben.
Igazságügyi pszichológus szakértőként is dolgozhat.

– Jó napot! – köszönt, majd folytatta. – Korábban tegeződtünk? Bocsánat, nem emlékszem rá – zavarában elpirult.

– Igen, a legutóbb még tegeződtünk – jegyezte meg Hargitai. – Miben segíthetünk? Kérlek, foglalj helyet – kihúzott egy széket és kezével jelezte, hogy üljön le Andi.

– Megcsinálnám a teszteket a három rablótokkal – válaszolta.

– Pont időben vagy. Ha egy-két órával később jössz, akkor a fegyintézetben kellett volna keresned őket. Most készítik össze az iratcsomagjaikat, és viszik át őket. Hívok valakit, aki segít. Jó? – tárcsázott, s közben folytatta. – Amúgy abban is szerencséd volt, hogy még itt értél engem, mert a főnök elvileg hazaengedett már minket.

– Úgy látszik, ez ilyen szerencsés nap számomra – mondta nevetve Andrea.

Hargitai telefonált egy munkatársának, és megkérte, hogy Andreát kísérje el Richez, Gerihez és Pete-hez, hogy elvégezhesse a vizsgálatok egy részét.

A pszichologus két tesztet töltetett ki a fiúkkal, illetve röviden elbeszélgetett velük. Miután végzett, visszatért Hargitai irodájába, hogy megköszönje a segítségét.

– Mik a benyomásaid? – kérdezte Anditól.

– Ki kell értékelnem a teszteket, így nem mondhatok semmit. A harmadik fiú, az a Kenderesi Richárd lesz érdekes, akinél több vizsgálatra lesz szükség, majd utánamegyek a börtönbe. Szerintem Richárdot be fogják utalni az Igazságügyi Megfigyelő és Elmegyógyintézetbe, hogy egy időre megfigyeljék viselkedését és ott is elvégezzék a kóros elmeállapotra irányuló vizsgálatokat, mert azt két különböző, egymástól független szakértő végzi. Az ilyen tesztek és rövid beszélgetések legfeljebb arra jók, hogy javasoljuk az elkövetől további vizsgálatát. Ha kiértékelem a teszteket, majd jelzek, ha valami kirívó dolgot észlelek. Felvettem mindegyik fiúval a Remény-skála nevű tesztet, hogy a szuicid magatartásra való hajlamot megnézhessem.

– Tényleg, ki kérte ezeket?

– Nem kérte senki, csak nekem ez most kapóra jött, hogy úgy mondjam, mert pont a tudományos fokozatomhoz készültem vizsgálati személyeket keresni, amit a fiatalkorú és fiatal felnőtt bűnelkövetőkről készítek. Úgymond, tálcán kínálta az élet nekem ezt a három fiatalt, s én rögtön le is csaptam rájuk.

– Hogyan?

– Ha már felkértek Kenderesi elmevizsgálatára, akkor én is kértem az ügyészt és a bírót, hogy hadd végezzek velük tudományos munkát.

– Értem – mondta a nyomozó. – Köszönjük, hogy befáradtál. Ezek szerint megengedték?

– Egyelőre csak szóban, de igen. Megegyeztünk, hogy hamarosan papíron is rendezzük, de utána még a fiúktól is kell kérnem engedélyt. Akkor köszönöm a segítséged, Péter. Viszlát!

– Mi köszi, és szia!

XII. fejezet

Másnap a kora délelőtti órákban landolt Steve gépe a bangkoki Suvarnabhuri Inti repülőtéren. A fiú izgult nagyon, hisz' a nadrágszíj alatti részben, a zoknijában, a zsebeiben és a fehérneműjében összesen mintegy harmincezer euro volt elrejtve. Beállt a vízum nélkülieknek fenntartott sorba, és várt a sorára. A repülőgépen kitalált egy történetet, hogy miért is jött hirtelen Thaiföldre. A várakozás közben újból és újból átfutotta fejben a dolgot, de ügyelt rá, hogy túlságosan ne legyen bonyolult a sztori, nehogy összezavarodjon.

Nagyjából harminc percet várt, mire sorra került. Szépen beszélte az angol nyelvet, ezért nem okozott gondot számára a kommunikáció.

– Jó napot kívánok, uram – köszöntötte őt a reptéri személyzet egy csinos hölgy tagja, majd végigmérte tekintetével a fiatalembert. Ugyanazt tette a hölgy mögött álló két férfi is, akik a határrendészeti, illetve a belügyi hatóságoktól voltak kirendelve.

– Jó napot – köszönt Steve.

– Milyen okból érkezett az országunkba? – kérdezte a nő, miközben nyújtotta kezét a fiatalember úti okmányáért. Steve átadta az iratot.

– A barátnőmet keresem. Sajnos néhány hete eltűnt otthonról, és azt az információt kaptam közös ismerősöktől, hogy itt, az önök országában fogom megtalálni.

A nő, miközben hallgatta Steve kitalált történetét, adatait átpörgette a számítógép szoftverén. Természetesen nincs a körözési listákon, ezért elvileg nem volt technikai akadálya, hogy turista vízummal belépjen Thaiföldre.

– Gondolom, most szeretne turista vízumot igényelni – faggatta tovább a lány.

– Igen, három hónapra, ha lehet.

– Jogilag lehet, csak még itt a rendészeti szakembereknek a poggyászvizsgálatot, illetve a személyazonosságot igazoló iratok vizsgálatát követően igent kell, hogy mondjanak.

Közben Steve átment egy kapukeretes fémkeresőn, illetve egy kézi fémkereső készülékkel is átvizsgálták. Később még a kábítószer kereső kutyával is körbejáratták őt és csomagjait is.

– Nagyon fontos lehet önnek ez a lány – mosolygott rá az ügyintéző. – Hogy történhetett meg, hogy szó nélkül eljött otthonról?

– Nem tudom, ezt szeretném vele tisztázni. Ami azt illeti, fontos számomra igen, hisz' a menyasszonyom – majd elmerengett Steve, mintha nagyon megviselné az eset. – Nem lehet, hogy megnézi ebben a csodás számítógépben, hogy valóban belépett-e az önök országába? – kérdezte Steve a hitelesség kedvéért, de fogalma sem volt, hogy milyen nevet mondjon, ha igenlő választ kap.

– Nem, sajnos azt nem tehetem meg.

– Á, értem. – Steve a rendvédelmi emberek felé nézett.

– Sajnálom – mondta még egyszer a nő.– Egy perc, és végeztünk is. Kellemes időtöltést és sok sikert kívánok önnek uram, Thaiföldön – mosolygott Steve arcába a lány.

– Nagyon szépen köszönöm – azzal Steve átvette az iratait, és poggyászaival elindult a reptéren át, ki a nyüzsgő város felé. A hölgy még utána szólt:

– Csak még annyit szeretnék mondani önnek, hogy Thaiföld egy nagy ország, eltarthat egy darabig a keresés.

– Igen, tudom. Viszlát – szólt vissza még Steve.

Az utcán azonnal fogott egy taxit, és kérte a sofőrt, hogy vigye őt egy bankba, ahol valutát tud váltani. Csendesen haladt a fehér Toyota Corolla Verso típusú autó, Steve szótlanul, elgondolkodva ült a hátsó ülésen, még sohasem járt külföldön, most meg ilyen távol került otthonától.

Anyjára gondolt, és a testvérére meg a barátaira, köztük Zsanira, akit annyira szeretett volna megkapni, és pont most, amikor elkezdtek egymással randevúzni, ő szó nélkül elhagyta. Ahogy nézte a bangkoki forgatagot, eszébe jutottak Geriék is. Vajon mi lehet most velük? Elmondták-e már, hogy ő lelépett egy nagy adag pénzzel? Keresik-e már? Ilyen kérdések futottak át az agyán, amikor a sofőr, aki egy magas növésű távol-keleti ember volt, megkérdezte, hogy a Bank Of America jó lesz-e.

– Persze, igen. Mindegyik jó, ahol tudok pénzt beváltani – válaszolt Steve.

Még néhány percet autóztak, amikor az autó egy csodás homlokzatú épület előtt leparkolt. Steve kiszállt az autóból, és visszaszólt a sofőrnek, hogy várja meg, csak néhány perc, és jön vissza.

Besétált a fiú az épületbe. A bankfiók kicsit eltért az otthon megszokott bankoktól, hisz' itt a kuncsaftok szinte teljesen el voltak választva a kiszolgáló személyzettől, illetve minden oldalon volt két fegyveres biztonsági őr. Steve egyenest az illemhelyiségbe sietett. Beért, és bezárkózott az egyik fülkébe. Gyors mozdulatokkal levetkőzött, majd szépen előszedte a bankjegyeket, amiket magával hozott. Különválogatta őket címletek szerint, és két különböző pénztárcába helyezte őket. Az egyikbe csupán azt az ötezer eurót rakta, amit most készült beváltani.

Miután végzett, kiment, és a hűs vízzel felfrissítette kicsit az arcát, aztán elindult, hogy beváltsa a pénzt. A pénzváltás rendkívül simán ment. Átadta az útlevelét és az ötezer eurót, és kisvártatva már meg is kapta a 207625 bahtot, valamint az átvételi bizonylatot. Steve úgy tervezte, hogy ezzel az összeggel ellesz majd néhány hónapig, mert tervei szerint a szállásért és az ellátásért majd euróval fog fizetni.

Kiment a bankból, és visszaült a taxiba. A sofőrt kérte, hogy vigye őt a Nothaburiban lévő Hotel Tiwangnonba. Még megközelítőleg negyven perc autózás után megérkeztek a szállodához. A thai sofőr közben szeretett volna beszélgetni, de Steve jelezte neki, hogy nincs közlékeny kedvében, inkább csak nézné az élénk várost, amit az udvarias férfi tudomásul vett. Miután leparkoltak a hotel előtt, a sofőr kipakolta Steve két táskáját, majd egy névkártyát nyújtott át a fiúnak, ami a taxitársaság logóját, a sofőr nevét és telefonszámát tartalmazta. Steve kifizette a 400 baht a fuvarért, majd elköszöntek egymástól.

Bement a szállodába, és egyenest a recepcióhoz igyekezett, ahol szívélyesen fogadták.

– Jó napot kívánok, uram! Miben segíthetek? – kezdte a recepciós.

– Jó napot! Szeretnék egy egyágyas szobát kivenni – válaszolta Steve.

– Van foglalása?

– Az sajnos nincs, mert nem tervezett utazás volt, csak hirtelen jött a lehetőség.

– Attól tartok, uram, hogy ebben az estben nem tudok önnek szobát biztosítani. Illetve mennyi napról lenne szó?

– Pontosan nem tudom, de megközelítőleg 90 nap.

Egy pillanatig habozott a recepciós, hiszen három hónapig csak ritkán tartózkodik náluk egy vendég, ezért érezte, hogy valamilyen megoldást kellene találnia, de rögtön elvetette a gondolatot, elvégre egy vendéget nem lehet kéthetente másik szobába költöztetni, márpedig nekik csak egy-egy napra van üres szobájuk a közeljövőben.

– Sajnálom, uram, de jelenleg nem tudunk önnek megfelelő ajánlatot adni, azt hiszem, meg kellene próbálni másik hotelben. – A recepciósnak mintha dárdát szúrtak volna a hátába, maga sem hitte el, hogy ő egy másik hotelt ajánl egy európai vendégnek. Azonban jelenleg tényleg nem tudott más megoldást, hisz főszezon volt, és teltházzal működtek.

– Rendben és köszönöm, majd keresek valamit. Ahogy taxival jöttem, rengeteg hotelt láttam. Viszontlátásra.

– Viszontlátásra – köszönt el a portás.

Steve sietve ment ki az épületből, hogy elcsípje még a taxist, akivel a reptérről jött. Ő már elhajtott, de akadt még az épület előtt várakozó autó éppen elég. Az egyikbe bepattant Steve, majd kérte a sofőrt, hogy vigye őt egy jó hotelbe, ahol még hely is van. A taxis telefonált néhányat, és elindultak. Rövidesen megérkeztek a Richmond Stylist Convention Hotel parkolójába. Steve fizetett, majd sietve ment a recepcióhoz: attól félt, hogy az egész napját keresgéléssel kell eltöltenie. Szerencséje volt, mert itt volt egy csodálatosan szép szabad szoba, és amikor megtudta a recepciós, hogy Steve ugyan nem tudja pontosan, hogy meddig, de előre láthatóan legalább három hónapot marad a városban, akkor felajánlotta neki, hogy első héten a cég vendége a vacsorára, valamint a wellness használatára.

Steve örömmel fogadta az ajánlatot. Szobát és széfet bérelt az újdonsült személyazonossága számára, átvette a szobakártyát, és felment, hogy pihenjen kicsit. A szobába gyönyörűen sugárzott be a koraesti napfény. Tiszta, gondozott lakrész volt, szép fürdőszobával és terasszal. Steve adott borravalót a hordárnak, ahogy a filmekben látta, majd elköszönt. Vett egy mély lélegzetet, miután magára maradt, lehunyta a szemét, és elgondolkodott, hogy min is ment keresztül az elmúlt negyvennyolc órában. Levetkőzött és beállt a zuhanyzóba, megnyitotta a vizet, és folyatta magára. Ahogy tusolt, érezte, hogy a vízsugár mossa ki belőle a felgyűlt feszültséget. Időnként anyjára gondolt, néha Zsanira, de legbelül érezte, hogy jól jár ő ezzel a ki tudja, meddig tartó utazással.

XIII. fejezet

A befogadási eljárás után a három fiatalt a zárkaépületbe kísérték, ahol egy nevelőtiszt külön-külön elbeszélgetett velük és kijelölte a zárkáikat, ahol elhelyezték őket. A bíróság rendelkezett arról, hogy az elkövetőket továbbra is egymástól elkülönítve kell elhelyezni. A nevelő, Poór százados adott mindegyik fogva tartottnak egy példányt a házirendből, és felhívta a figyelmet arra, hogy a benne foglaltak megszegéséért bizony fegyelmi eljárást kezdeményeznek, aminek később komoly következményei lehetnek.

A fiúk különbözőképpen reagáltak a burkolt fenyegetésre. Pete, mintha meg sem hallotta volna a nevelő szavait, csak állt az ajtó előtt, meredten bámult maga elé a padlóra, és gépiesen válaszolt a kérdésekre. Hallotta az elhangzottakat, de azokat nem értelmezte, csak átfolytak rajta a szavak. Geri figyelmesen hallgatta a nevelőt, illemtudón válaszolt a kérdésekre, készségével és jó megjelenésével kellemes benyomást tett a tisztre. Ric pedig a maga arrogáns stílusában, káromkodva és nagyképűen kezelve a helyzetet válaszolt, ha éppen úgy tartotta kedve. A pszichológusi meghallgatás a következő napra tolódott át, mivel a befogadás az elkülönítés miatt kicsit hosszabbra sikerült a megszokottnál.

Pete egy ötven év körüli, gyenge testalkatú emberrel került egy lakóhelyiségbe, Szabó Istvánnak hívták. A férfi elmondta, hogy hajléktalanként élte életét, mióta elvált. A felesége hozta a lakást a házasságba, a többi ingóságot és vagyont ugyan együtt teremtették meg, de mivel lakása nem volt, ezért nem tudta, hová is vigye, ami őt illetné, ezért a személyes ruháin és használati tárgyain kívül nem vitt magával semmit. Szülei már nem éltek, gyermekei pedig haragudtak rá, amiért többször bántalmazta feleségét, ivott és csavargott, csak keveset dolgozott.

Miután az utcára került, és éppen nem volt munkája, hajléktalanszállókon élt, de ott gyakran megverték és kifosztották társai, ezért inkább a tényleges és teljes utcai életet választotta.

– Nem volt mit ennem, nem volt munkám, így elkezdtem lopni – mondta Pista, mert csak így hívták társai. Rövid ideig gondolkodott, összeszedte mondanivalóját. – Most harmadszor vagyok bent. A családom felém sem néz, talán nem is tudják, hogy mi van velem. Sőt, ebben biztos vagyok – mondta egykedvűen.

Pete nem reagált semmit, csak meredten bámult maga elé, amióta bement a zárkába. Lepakolta a személyes tárgyait az „ágyára", leült az asztal melletti székre, és csendben nézett. A bemutatkozás is így zajlott, nem is emlékezett arra, hogy hogyan hívják újdonsült lakótársát. Pistának viszont jól jött, hogy hoztak valakit lakótársul, mert már kezdett megzavarodni az egyedülléttől, ezért csak mondta és mondta az élettörténetét, és fel sem tűnt neki, hogy a fiú egyetlen alkalommal sem néz rá, s nincs egyetlen kérdése sem.

– Villanyszerelő a szakmám, ezért azzal kezdtem el foglalkozni, amihez kicsit értek – folytatta történetét. – Válás után volt a táskámban csavarhúzó meg szike és fáziskereső ceruza is. Jöttem-mentem a külvárosban... Ja, egyébként dunaújvárosi vagyok. Egyszer csak feltűnt, hogy a régi gyárak milyen üresek. Az egyik hajléktalan társam mondta, hogy ő színesfémeket gyűjt, mert az jó pénz. Eszembe jutott, hogy a régi gyárakban a falban mennyi vezeték van befűzve, ezért fogtam, a dobozoknál kikötöttem a vezetékeket, és kihúztam őket a csövekből és csatornákból. Ezt követően szépen nyugodtan lecsupaszítottam őket, nem égettem, mert akkor ronda meg szennyezett lesz a rézvezeték – figyelmeztetett, mintha ez érdekelné Pete-et –, nyugodtan lehúztam egyenként a szigeteléseket. Mindennap annyit, amennyi a hátizsákomban elfért. Vittem egy helyre, ahol gyűjtöttem, mert nem akartam naponta a kereskedésbe vinni. Gondoltam, akkor kiszúrnak, és követni kezdenek, és nekem meg a lelőhelyemnek annyi. Érted?

A zárkatárs azonban nem válaszolt, továbbra is magába roskadva ült, és meredt előre, de Pistának nem tűnt fel, hogy Pete nem is figyel rá, így tovább mesélte történetét. Közben a remegő fiú a szüleire gondolt, és arra, hogy nem tud a szemükbe nézni. Apja, aki Pete legapróbb csínytevéseit is veréssel „jutalmazta", most mit tenne vele? – gondolta. – Talán nem is kíváncsi rám, meg anyám sem. Folyamatosan hányingere volt, de hányni nem ment ki, csak nyelte vissza a nyálát, mert mióta letartóztatták, nem bírt enni egy falatot sem. Fájt a hasa, és hasmenése is volt. Egyszerűen nem akarta elhinni, hogy ilyen szégyent hozott magára és a családjára. Legszívesebben elsüllyedt volna szégyenében. Gyenge idegrendszere volt, most ráadásul egyedül is maradt. Nem volt ott vele Ric vagy Geri, hogy megmondják, mi is következik, mi a teendő. Félt a szüleitől, a bizonytalanságtól, szédült, és legszívesebben meghalt volna. Az öreg meg csak mesélte a történetét egészen kora estig. Pete a székről csak időnként a vécéig ment el.

– Lesz ma még séta – mondta Pista –, gyere majd ki! Egy óra csupán kint az udvaron, de sokat jelent. Az ember kicsit mozoghat és beszélgethet másokkal. Még kb. húsz perc.

Pete egy grimasszal jelezte, hogy talán kimegy sétálni, viszont attól is félt. Félt, hogy belekötnek mások és megverik. Pista folytatta sztoriját, pedig senki sem kérte. A sok egyedüllét után most végre megoszthatta valakivel életeseményeit.

– Az a szemét haver, akivel együtt jártam az utcát, ő húzott be először a csőbe. Kifigyelt, hogy mit csinálok napközben, követett a rejtekhelyig, és másnap lenyúlta az alumíniumot és rezet. Volt már vagy háromszáz kiló is, kaptam volna érte félmilliót. Abból ruhákat akartam venni meg munkahelyet és albérletet keresni, de az a rohadt Pipás, így hívták ugyanis a férget, lenyúlta a szajrét, majd az én nevemet mondta be, amikor leadta. Fogalmam sem volt, hogy azok a gyárak még valakié, meg hogy a vezetékek kellettek volna később. Összeszedtek a zsaruk és bevittek. Tele volt az ujjlenyomatommal minden elektromos doboz meg elosztó. Nem akartam húzni az idejüket, ezért elmondtam mindent.

– Séta – kiáltotta el magát a szolgálatos felügyelő a folyosón, majd lehetett hallani, ahogy a zárkaajtókat sorban nyitják ki.

Kipattant Pete-ék zárkájának ajtaja is.

– Séta, Szabó – szól Németh őrmester.

– Értettem – válaszolt Pista. – Gyere – szólt oda Pete-nek.

– Ő nem jöhet – szólt az őr.

– Miért? – kérdezett vissza a zárkatárs.

– Mert most a bűntársa jön. Azért nem hinném, hogy magyarázattal tartozom magának, Szabó István fogva tartott – jegyezte meg a felügyelő.

– Nem, persze. Bocsánat – mentegetőzött Pista. Kilépett a folyosóra és visszafordult. – Mindjárt jövök, és folytatjuk a beszélgetést.

Pete-hez nem jutottak el a sorstárs szavai. Mélyen magába roskadva ült megközelítőleg öt percig, majd felállt, és a rövid helyiségben fel-alá kezdett sétálni. Öt lépés előre a faltól az ajtóig, majd megint a falig, mint a megzavarodott, fogságban tartott állatok. Ezután megváltozott tudatállapotban, teljesen automatikusan kezdett tevékenykedni. Lepedőjét, ami még össze volt hajtva, középen hosszában eltépte és mindkét felét összesodorta. Az egyikből hurkot készített és a felső ágymerevítő vashoz erősítette. A másikból is hurkot készített. Felmászott az emeletes vaságyra és a hátára feküdt. A másodikként elkészített hurkot a derekára erősítette, majd a fejét a rögzített hurokba belehúzta, a kezét a derekához rögzített lepedőhurokba belerántotta, egy pillanatra kivárt, mint aki elköszönt az életétől, és lefordult az ágyról. A mennyezet alatti rögzítővashoz erősített kötél egy pillanat alatt megfeszült, egy roppanást érzett a fiú a nyakánál, és mozdulatlan függött az ágy mellett, amíg kilehelte lelkét.

Harminc perc telt el, amikor a sétaudvarról visszatértek a fogva tartottak. Mikor Pista belépett a zárkában, felüvöltött.

– Őrmester úr! Gyorsan!

Visszalépett az őrmester és kiabált a társának, hogy hívja az egészségügyi személyzetet. Bement a zárkába, és a másik fogva tartottal levágták a lepedőhurokban függő Pete-et. A helyszínre érkező körlet-főfelügyelő bezárta az összes fogva tartottat a lakózárkába, de Ric még a folyosón volt, mikor a testet kihozták.

– Ez is a te hibád, te fasz Geri! – üvöltötte. – Nézz ki! Melyikben vagy? Nézd, most Pete felkötötte magát. Egyszer még kicsinállak ezért! – tombolt, de a felügyelő utasítására azonnal bement a zárkába.

– Csendben maradni, vagy visszajövök. Most szóltam először és utoljára – szólt a főfegyőr Ricnek, aki ezt követően elhallgatott.

Geri a zárkában a padlón ült, hátát az ajtónak támasztotta, és hallgatta, amint próbálják barátjukat visszahozni az élők világába. Az egészségügyi személyzet néhány perc alatt odaért és átvette az újraélesztést a szolgálatos felügyelőtől. Húsz percig küzdöttek az életéért, majd feladták, mert Pete már nem reagált a próbálkozásokra.

– Vége – mondta az ápoló. Ezek a szavak úgy hatoltak be Geri testébe, mintha dárdát szúrtak volna a hátán keresztül a szívébe. Pedig csak a nagy vasajtó volt, ami hidegen feszült neki.

– Lehet, hogy elrontottam? Nem kellett volna feladni magunkat? Vagy csak Ricet kellett volna? Zárkatársa nem szólt hozzá. Érezte, hogy itt most nincs helye semmilyen biztató szónak.

Végighallgatta, amint barátjáért már nem küzdenek tovább. Kihívták a mentőket és a rendőrséget. A hatóságok elvégezték az ilyenkor szokásos eljárásokat, Pistát áthelyezték másik zárkába, és lezárták a lakóhelyiséget, hogy a további vizsgálatokig, amennyiben szükséges lenne, oda ne tudjon bemenni senki sem. Geri pedig a koromsötét zárkában ült végig, egészen reggelig.

XIV. Fejezet

Miután Pete öngyilkos lett, Geri napokig nem ment ki a zárkájából, kizárólag akkor, amikor kihallgatták vagy a nevelőjéhez hívatták. Nem evett, és csak annyit ivott, hogy életben maradjon. Folyamatosan azon gondolkodott, hogy mennyiben felelős ő barátja haláláért. Egyfolytában küzdöttek benne az érzések, hol egyik, hol pedig a másik kerekedett felül. Egyszer úgy érezte, hogy ő és kizárólag ő a felelős, mert csak önmagára gondolt, mikor feladta a csapatot. Önmagát akarta tisztázni a gyilkosság vádja alól, illetve a saját pénzét akarta kimenekíteni az országból Steve segítségével. Máskor arra jutott, hogy ha Ric nem lövi fejbe Loang urat, akkor nyugodtan el tudtak volna szökni az országból, s most Pete is élne, és olyan vidáman élne, mint még soha korábban.

Zárkatársa, Lali kezdetben nem szólt hozzá, hagyta, hogy megpróbálja túltenni magát a haláleseten. Három nap után azonban, mikor a vacsoraosztás után Geri még mindig nem evett, nem tudta tovább szó nélkül nézni a fiú szenvedését, és megpróbálta meggyőzni, hogy egyen egy keveset.

– Attól, hogy kinyírod magadat, még nem jön vissza a haverod – kezdte mondanivalóját. Geri nem reagált semmit. Erre Lali felvágott két zsemlét és készített két szendvicset, amit odatett Geri elé.

– Jó étvágyat! – mondta.

– Nem vagyok éhes – válaszolta Geri.

– Figyelj! Ne szórakozzál már! Ez egy faszság! – kelt ki magából a zárkatárs. – Mielőtt megtörtént ez a tragédia, nem pont a sorsszerűségről beszélgettünk itt ebben a kurva zárkában? – Az összetört Geri csak bólintott. – Akkor? – folytatta Lali.

– Akkor mi?

– Nem gondolod, hogy te vagy a hibás? Sőt, elmondom neked, hogy még Ric sem hibás, ha jól értelmeztem, amiket erről

gondolsz. A haverodnak, bármilyen fasza srác is volt, pont eny-
nyi jutott. Kész.

– Ezt szerinted annyira könnyű elfogadni? – mondta inge-
rülten Geri.

– Biztos nem könnyű. A halált elfogadni sohasem könnyű,
főleg, ha egy ismerősöd vagy családtagod megy el – Lali kicsit
kivárt, míg újra megszólalt. – Azt a legnehezebb elfogadni.

– Tudod, nem tudom, mi lett volna, ha nem döntök úgy, hogy
feladom magunkat. Ha csak Ricet meg magamat tolom fel, le-
het, hogy Pete még mindig otthon kuporog a szobájában és vár-
ja a fejleményeket.

– Ezt én kizártnak tartom, haver, mert nincs ha, legfeljebb
haha – és gúnyosan nevetett Lali.

– Nem vagyok vicces kedvemben – jegyezte meg Geri.

– Figyelj rám! Azt mesélted, hogy gettós voltál, hogy meg-
haltak a szüleid, te még kicsi gyermek voltál. Nem?

– De. És?

– Ha azon túltetted magad, akkor nehogy már egy ember saját
döntését ne tudd elfogadni. Így határozott a barátod, ezzel nem
tudsz mit kezdeni. De gyötörheted magadat, amíg éhen nem pusz-
tulsz. Csak én azt nem várom meg – jegyezte meg sejtelmesen.

– Miért, mit csinálsz? Megetetsz?

– Szólok reggel a nevelőnek, hogy napok óta nem eszel –
mondta Lali.

– És? Szerintem pont leszarja a nevelő, hogy eszek, vagy sem.

– Ebben tévedsz, mert itt nem lehet éhségsztrájkolni, fegyel-
mi vétség – füllentett kicsit az aggódó zárkatárs. – Jönnek a fe-
gyelmi lapok meg a fegyelmi tárgyalások, és lőttek a feltételes
szabadságra bocsátásnak.

– Ne baszogass! Nem bírok enni.

– Ezt a két szendót reggelig eltüntesd innen, mert reggel
nyolckor jelenteni fogom a nevelőnek, hogy napok óta nem ve-
szed fel az ételt.

– Ne kamuzz, mert felveszem!

– Leszarom, de meg nem eszed. Akkor meg mire mész az-
zal, ha felveszed? Befejeztem – zárta le a mondanivalóját Lali.

Hajnalig beszélgettek még, de már nem hozták szóba az éhezést. Geri hangulata percről percre jobb lett, mert Lali rengeteg történetet mesélt neki, amiket korábbi fogva tartott társai mondtak neki. Különböző vicces eseteket mesélt, például, mikor egy fogva tartott elmesélte, hogy az ablakon bemászva elvitt egy tepsi sült húst a gyermekeinek.

– Képzeld, azt mondta „mind a tíz körmöm odaégett, de a gyerekeket egyszer láttam vidáman ebédelni, ez mindent megért nekem".

– Ez azért szomorú valahol.

– Sajnos az. Te, de volt olyan faszi, aki azt mesélte, hogy mentek a füstölőből kilopni a sonkákat.

– És?

– Nem volt gond, de mikor kirámolták a füstölőt, kicsi zajt csaptak, erre kijött a gazda, és muszáj volt a fasziknak lekapcsolni az elemlámpát, úgy lopóztak tovább. Baszd meg, egyszer csak beleestek a meszesgödörbe.

– Hová?

– Meszesgödör. Tudod, régen, mikor építkezés volt valahol, ott egy gödörben tárolták az oltott meszet, amit az építéshez felhasználtak.

– Ja, értem.

– Ott álltak bent a gödörben, hónaljig ért az oltott mész, és tartották fel a fejük fölé a sonkákat – nevettek mind a ketten. – A következő percekben jött a rendőr, és még ő is röhögőgörcsöt kapott, mikor feltartott kézzel ott álltak a mészben – mutatta a kéztartást Lali.

Folytatták egész hajnalig a beszélgetést, még az őr is beszólt egyszer, hogy halkabban nevessenek, majd egyszer csak Geri megevett egy szendvicset, majd kisvártatva a másikat is elfogyasztotta, aztán elaludtak.

Ric folyamatosan azon gondolkodott, hogyan tegye tönkre Gerit bent a börtönben. A zárkatársától megkérdezte, hogy tud-e valakit, aki pénzért segítene neki elintézni bűntársát. Hamar össze is hozták a találkozót a sétán egy másik előzetes letartóztatottal, akit Pettyesnek neveztek, az arcán lévő tetoválás miatt.

– Mi a pálya? – kérdezte Pettyes.

– Valahogy el kellene rendezni egy csávót, aki a büntim, és itt van a 102-esben.

– Melyik, az a nyugis jó fiú?

– Ja, Geri – mondta Ric, mintha a másik rabnak tudnia kellene, hogy ki az a Geri.

– Mit szeretnél, mi legyen vele?

– Fogalmam sincs. Most vagyok bent először. Hogyan lehet valakit kikészíteni itt?

– Lehet sok mindent tenni. Mondjuk, mennyit szánsz rá?

– A pénz nem gond. Elmegy valakid kint az ügyvédemhez, és az kifizet neki bármennyit, ha szólok. Majd ő utána leemeli az örökségemből.

– Miért, örökölsz?

– Ja – mondta Ric, kicsit hanyagul.

– Szóval – kezdte Pettyes –, szimplán ki lehet picsázni, de akkor nem biztos, hogy sokat tanul a leckéből, mert legfeljebb nem jön ki sétára legközelebb, vagy jobban fognak rá figyelni a felügyelők, és másodszor már nem lehet lecsavarni.

– Mit javasolsz?

– Csinálj belőle kávést!

– Mit?

– Kávés. Ezek a négyes biztonsági fokozatúak, akik zűrös faszik. Egész nap zárva vannak egyedül, meg állandóan magánzárkák, ilyesmi, ott meg lehet kattanni. Szerintem nagyobb szopás, mintha szimplán meg lenne verve a majom.

– Azt hogyan csináljuk?

– Te csak tejelj le odakint a csajomnak két kilót, a többit bízd rám – mosolygott a menő, és közben kilátszott a romlott fogsora. – Ki az ügyvéd?

– Tóth Csilla. Ismered?

– Megtaláljuk.

A következő napokban Pettyes előkészítette a tervet. Az egyik helyi műhelyben szúró, vágó fegyvert készíttetett, és a karbantartókkal a javítóvakoláshoz készíttetett habarcsban becsempésztette a zárkaépületbe. Ott az egyik takarító fogva tartott postázta neki az árut.

Egy másik útvonalon egy mobiltelefont csempésztetett be magának, hogy majd azt valahogy Geri holmija közé rejtsék el. A terv az volt, hogy egy zsebes jó barát séta során valahogy Geri zsebébe csempészi a telefont, illetve a műhelyben gyártott kést egy zárkatakarítás és ellenőrzés alatt egy takarító rejti el a fiú párnája alatt. Azonban Gerit nem tudták a sétán meglepni és zsebébe tenni a telefont, ezért megkeresték Lalit, hogy lefizessék, és ő tegye oda a tiltott tárgyakat. Pettyes előtte egyeztetett Rickel, hogy kell majd még pénz, mert a tervhez egy harmadik felet is jól meg kell fizetnie. Ric gondolkodás nélkül adta ki az utasítást ügyvédjének, hogy fizesse ki a további ötszázezer forintot. Pettyes megkereste Lalit egy alkalommal, mikor Geri nem volt vele. Lali készségesnek tűnt és elhitette, hogy százezer forintért vállalja a futár szerepet. Az nem volt kérdéses, hogy a zárkából történő ki- és beléptetéskor esedékes motozás a nemi szerv tájékára nem terjed ki, ezért a fogva tartottak egy séta során mindent oda rejtettek el, amit nem szerettek volna a felügyelet tudomására hozni.

Lali este mindent elmondott Gerinek.

– Nem mondod komolyan! Ilyen egy köcsög lett Ric? – tette fel Geri a költői kérdést. – Te meg nem árulsz el engem, mikor alig két hónapja ismersz?

– Viccelsz? Sohasem árulnám el a barátaimat – mondta Lali. – Ez a nagydarab barom azt hitte, ha egy kilót elhúz az orrom előtt, majd eladlak. Nem tudja ez a fasztarisznya, hogy nekem mennyi pénzem van, szarok a szájbakúrt pénzére.

– Köszi. Nagyon meg tudnának így szopatni engem, mi?

– Simán, haver, és végérvényesen.

– Leköteleztél – mondta meghatottan Geri. – Szerinted most mit csináljak?

– Semmit, majd én elintézem.

– Hogyan?

– A fagyi visszanyal.

Másnap a sétán Lali átvette a szajrét, majd eljátszotta, hogy rosszul van, és kérte, hogy bemehessen a sétaudvarról korábban.

– Ügyes – jegyezte meg Pettyes a többieknek, mikor látta, hogy milyen trükkel marad magára a zárkában Lali, valamint személymotozás elkerülésével tér vissza az udvarról.

Konkrét terve nem volt Lalinak arra vonatkozólag, hogyan is juttathatná el a tárgyakat Pettyes zárkájába, csak azt tudta, hogy ilyenkor a zárkaajtókat nem zárják vissza kulccsal, csak ráfordítják a reteszt. Ha sikerül a szintre bejutni egyedül, akkor egy pillanat alatt becsempészheti azokat Pettyeshez.

Először a körlet-főfelügyelőhöz kísérték, aki megkérdezte, mennyire érzi Lali rosszul magát, kibírja-e még negyedórát a várakozást, vagy most rögtön kísérjék át az egészségügyre, hogy az orvos megvizsgálhassa. Lali biztosította a fő fegyőrt, hogy ki fogja bírni azt a negyedórát, ami általában háromnegyed szokott lenni. Odakísérték tehát Lalit az előzetes letartóztatottak elhelyezésére szolgáló folyosórész elé, de egy elválasztó rács még akadályozta őt, hogy végrehajtsa tervét. Ahogy ott állt és várt, egyszer csak felvillant elméjében, hogy az eredeti elképzelését meg sem tudná valósítani, hiszem a folyosó két végén elhelyezett kamera rögzíti, ahogy be- és kisurran a zárkából.

Tanácstalanul állt, és kezdett aggódni, mert ha így találják őt, zsebében az eszkábált tőrrel meg a mobiltelefonnal, akkor nagy bajba kerülhet. Elkezdett fel s alá járkálni a rács előtt, amikor arra jött egy felügyelő, akinek feltűnt, hogy Lali milyen feszült. Messziről szólt oda:

– Mi van magával? Miért jön-megy, mint aki tiszta ideg?

– Á, semmi felügyelő úr, csak nagyon kell vécére mennem. Nem tudna beengedni engem a zárkákhoz?

– Nem én, a második emeleten van, nekem ide nincs kulcsom. Sajnálom, de meg kell várnia, amíg a séta bejön. Vagy szóljak a főfelügyelő úrnak? Ő be tudja engedni.

– Nem, ezzel ne zavarjuk a főtörzszászlós urat, vissza tudom tartani.

Ebben a percben érkezett a folyosóra a nevelőtiszt, aki bekapcsolódott a beszélgetésbe.

– Mi a gond, Vezér? – mert ez volt Lali vezetékneve. Vezér Alajos névvel anyakönyvezték.

– Beengedne engem, százados úr?

– Miért, mi a gond? – kérdezte a tiszt. – Miért áll itt kint egyáltalán? Ha nincs sétán, akkor a zárkájában a helye.

– Rosszul lettem kint az udvaron. Most várom, hogy felkísérjenek orvoshoz – mentegetőzött Lali. – Viszont nagyon kell vécére mennem – tette hozzá még.

– Na, jöjjön, beengedem.

– Köszönöm, százados úr, megmentett.

Közben a felügyelő, akivel Lali beszélgetett, már továbbment, így a fogva tartott kettesben maradt a nevelővel. Egy pillanat alatt felmérte, hogy ő már a Pettyesnek nem fogja tudni becsempészni a tiltott tárgyakat, ezért mindent elmondott a nevelőnek.

– Miről beszél nekem, Vezér? Hol vannak ezek a tárgyak?

– Itt, a zsebemben.

– Jöjjön be az irodámba! – azzal bementek a nevelői irodába.

– Na, pakolja le ide az asztalra, és meséljen el mindent újra.

Lali kitette az asztalra a tőrt és a mobiltelefont, és elmondta, hogy feltehetően Ric utasítására vagy kérésére megkereste őt Pettyes, akinek a nevét nem tudja, de nem is volt lényeges, hiszen a nevelő pontosan tudta, hogy kiről van szó, hogy ezeket a tárgyakat százezer forint fizetség fejében helyezze el Geri, azaz Németh Gergő személyes tárgyai között.

– Miért vállalta el ezt, Vezér?

– Mert úgy gondoltam, hogy csak így tudom megmenteni a srácot. Előbb-utóbb megoldották volna másképp. Ismeri a százados úr is, hogy mi a pálya, ezek a Pettyes félék mindig elérik, amit akarnak – mondta Lali.

– Jó nagy bajt hoz ezzel a saját fejére, Vezér. Azt, ugye, tudja?

– Igen, de azt reméltem, hogy a nevelő úr majd segít nekem annyiban, hogy azt mondja, mielőtt beléptetett a zárkámba, hogy vécére mehessek, előtte megmotozott és megtalálta ezeket –mutatott az asztalon fekvő tárgyakra.

– Akkor biztos mindenki azt fogja hinni, hogy csak kitalálta ezt a mesét.

– Nem hiszem, mert én már este elmondtam Gergőnek – mondta Lali. – Így pontosan tudta, hogy ma itt a nevelőnek kitálalok. Ezért is játszottam el a rosszullétet és a vécézést is, hogy ide, a szintre bejuthassak.

– Értem. Akkor gondolom, mikor bejön a séta, a Mezei be fog ide jönni, hogy felkerázza Németh urat – mondta a százados.

– Vagy küld valakit. Ismeri, hogy milyen rafinált a Pettyes? Nem ma kezdte.

– Hát nem, ez tény. Tizennegyedszer van bent. Most maga is nagy szarban van. Ugye, tudja?

– Tudom, persze. De nyugodtabb vagyok, hogy őszintén elmondtam mindent, mert az ilyeneknek elkülönítve van a helyük.

– Ez nem gond, meg lehet oldani a dolgot – nyugtatta meg Lalit a nevelő. – Most menjen ki és álljon meg a zárkája előtt, mert mindjárt jön be a séta, ezeket meg hagyja itt nálam – azzal a nevelőtiszt elrakta egyik fiókjába a tárgyakat.

Nagyjából nyolc-tíz percet várt az ajtó előtt Lali, mire bejöttek a többiek a sétaudvarról. Amint a szintre értek, Pettyes kereste a szemkontaktust Lalival, aki jelezte neki, hogy minden rendben van. A sokat látott, minden hájjal megkent fogva tartott ettől úgy belelkesedett, hogy szinte berontott a nevelőhöz az információval. A nevelő közben már a főfelügyelőtől kért egy felügyelőt, hogy ott várakozzon a nevelői irodában. Pettyes kopogott és belépett.

– Jó napot, százados úr! Tatai fogva tartott, jelentkezem – kezdte.

– Mi a pálya, Tatai?

– Nevelőnek jelentem, hogy információm van.

– Információ? Miféle információ? – kérdezett vissza Poór százados.

– Bizalmas – és egy fejmozdulattal jelezte Pettyes, hogy négyszemközt szeretné közölni a mondanivalóját.

– Nekünk semmi olyan bizalmas megbeszélni valónk nincs és nem is lehet, amit a felügyelő úr ne hallhatna – mondta határozottan a nevelő. – Kezdje el, vagy viszontlátásra.

– Ahogy gondolja.

A nevelő bólintott.

– Szóval azt hallottam, hogy egy előzetes szökni készül.

– Azt hallotta? – Kicsit kivárt a tiszt. – Ez hogy lehet? Valaki szökni készül, és telekürtöli az egész intézetet?

– Nem. Csak az mondta, aki segítette őt.

– Miben kellett segíteni?

– Hát beszerezni a szükséges dolgokat. Telefont és kést – mondta Pettyes határozottan.

– Ki az? – kérdezte a nevelő.

– Az újak közül a Németh.

– Pont a Németh? – kérdezett vissza Poór százados. – Tudja maga, Tatai, hogy ő adta fel az egész bandát?

– Nem tudom, de nem is érdekel, csak azt tudom, hogy túszt akar ejteni, és ki akar menni innen. Ha nem hiszi, akkor kérdezze meg a zárkatársát meg Nyakast, ő szerzett be neki mindent.

– Mi mindent?

– Telefont, hogy kocsit intézzen, meg mindent, ami kellhet, meg egy kést.

– Hagyjon engem a Nyakassal, Tatai, maga is tudja, hogy a Nyakas mekkora simlis. Nem?

– Egy zárkaellenőrzést azért megér az információ, nem, százados?

– Alapvetően meg – válaszolt a százados, majd a fiókjába nyúlt, és kivett egy átlátszó tasakot, amiben jól láthatóan bent voltak az említett tárgyak. – Gondolom, ezeket kellett volna ott megtalálni – mutatott a tárgyakra Poór.

– Én nem tudom – mentegetőzött a fogva tartott, de kicsit vörös lett az arca, és szapora a pulzusa. – Lehet.

– Nem volt szerencséje a futárnak, mert megmotoztam, mielőtt beengedtem volna, hogy lepihenjen. Tehát aki küldte, az is bajban van most.

– És ki az? – kérdezett vissza Pettyes.

– Ő azt mondta, hogy ön, Tatai fogva tartott – vetette közbe a felügyelő, aki eddig csak hallgatta a párbeszédet.

– Azt hiába mondja, én ezeket most látom először – mondta fennhangon Tatai.

– Na, ez remek – mondta a nevelő. – Akkor bizonyára az ujjlenyomata sem lesz rajta semmin.

– Nem is – mondta elcsukló hangon Tatai, mert rájött közben, hogy mindkét tárgyat jól összefogdosta korábban.

– Jó, akkor mondom, hogy mire utasított engem az osztályvezető. Lefoglaljuk a tárgyakat, ez nem kérdés. Önt most elkülönítjük, Tatai.

– Miért engem? – kérdezett vissza ingerülten a rab.

– Ez a parancs – Kicsit várt a nevelő, majd folytatta. – Megírom a fegyelmi lapot önnek és Vezérnek, aztán majd a fegyelmi tiszt kivizsgálja az ügyet. Ha szükséges, akkor majd megtesszük a feljelentéseket.

– Milyen feljelentéseket? – kérdezte Tatai.

– Vagy a szökés miatt, vagy a hamis vád miatt.

– Hamis vád?

– Hát nem azzal jött ide be, hogy egy fogva tartott túszt akar ejteni, sőt megnevezte konkrétan, hogy Németh Gergő fogva tartott túszejtéssel fogolyszökés bűncselekményét készíti elő.

– Igen.

– Na, ha kiderül, hogy ön hazudott, akkor hamisan vádolt meg bűncselekmény elkövetésével egy másik embert – mondta a nevelő, de valójában fogalma sem volt róla, hogy a fogolyszökés előkészületét a törvény büntetni rendeli-e, vagy sem.

Ezt követően a vallomásokat jegyzőkönyvbe foglalták, és Pettyest magánzárkába helyezték el. A fegyelmi eljárás alatt a vizsgálatot végző tisztnek sikerült teljesen pontosan felderíteni az esetet, de azt, hogy hogyan kerültek be a tiltott eszközök, magát az útvonalat nem sikerült tisztázni. Pettyest közben másik büntetés-végrehajtási intézetbe szállították biztonsági okokból, és ugyanezt kezdeményezték Ric esetében is, de a bíróság nem járult hozzá az ügy jogerős lezárásáig. Így Geri folyamatos inzultációknak volt kitéve a sétaudvaron és a közösségi foglalkozásokon, mert Ric mindig talált valakit Pettyes baráti köréből, aki vállalta a feladatot, hogy a fiút zaklassa, ezért többnyire a zárkájában maradt inkább, hogy a kedvenc meditációit végezhesse el, amíg egyedül volt. Geri arra kérte a nevelőjét egy ízben, hogy inkább szállítsák el őt, mert nem akar bajt, és érzi, hogy előbb-utóbb valakinek kitekeri a nyakát. Geri nem félt senkitől, csak attól, hogy egyszer elveszíti a türelmét, és valakin példát statuál. Természetesen a bíróság nem engedélyezte az ő átszállítását sem azzal az indokkal, hogy elvileg az egymástól elkülönítéssel biztosítva van, hogy nem lehet fizikai konfliktus a bűntársak között. Így teltek a napok és hetek egymás után.

XV. Fejezet

– Jó reggelt, Mr. Nagy – köszöntötte szívélyesen a recepciós Steve-et, majd meglepetten emelte fel a fejét, mert látta, hogy ezen a reggelen a férfi a poggyászaival együtt érkezett a fogadóhelyiségbe. – Máris eltelt három hónap?

– Jó reggelt, Feng! Még pontosan 26 órám van, hogy elhagyjam az országot vagy további vízumigényt nyújtsak be.

– Miért nem marad? Nem szeret itt nálunk? – mosolygott Steve-re a recepciós.

– De, nagyon jól éreztem magam önöknél, de feladatom van. Kérem, számoljon ki nekem minden költséget, és állítsa ki a számlát. Jó, Feng?

– Természetesen, uram. Mivel óhajt fizetni?

– Készpénzzel és euróban – válaszolta a fiatalember.

– Értem, meglesz rögtön.

Steve elsétált addig abba a helyiségbe, ahol fegyveres őr vigyázza az üdülők és egyéb szállóvendégek által bérelt széfeket. Kinyitotta a trezort, és kivette a pénzét. Elégedetten nyugtázta, hogy nagyon jól gazdálkodott, hisz' a három hónap alatt összesen tízezer eurót költött el, illetve a második ötezres váltásból még mindig volt a tárcájában egy kevés. Valójában nem is sokszor mozdult ki a hotelból. Reggel és este minden nap tanulta a spanyol nyelvet, ahogy Gerivel megbeszélték. Napközben időnként elment a partra úszni és koktélt fogyasztani, de legtöbbször a hotel wellness részlegében pihent. Televíziót nézett, többnyire angol nyelvű sportcsatornákat, majd a második hónaptól elkezdte a spanyol nyelven sugárzott adásokat is figyelni, hogy kicsit jobban meg tudja tanulni a választott országban beszélt nyelvet.

Persze akármilyen szorgalmas és elkötelezett is volt, időnként azért kicsit beitalozott, és mivel fiatal férfiról van szó, megkívánta a csodás ázsiai lányokat. A recepciósok viszont nagyon tiszteletben tartották azon szándékát, hogy végig inkognitóban maradhasson, ezért szobára rendeltek neki csinos lányokat, hogy minden szempontból „kielégíthessék" a vendég igényeit. Ez a tevékenység a portaszolgálat kiegészítő jövedelmét is szolgálja, sőt, többnyire ebből kerestek több pénzt. Steve-nek nagyon nehéz volt uralkodni magán és szorgalmasan tanulni, nem hivalkodni, hisz' fiatal volt, még nem volt húszéves sem, a zsebe telis-tele volt pénzzel, és a legcsodálatosabb lányok közül választhatott időről időre.

Ő ezt is egyfajta tanulásnak fogta fel, a szerelem, a szexualitás iskolájának. S bizony jó tanulónak számított. Az egyik prostituált elég sokszor járt Steve-nél, mert a fiú nem tudott betelni szépségével, csodálatos alakjával és páratlanul finom masszázstechnikájával. Liu olyan magasságokba repítette Steve-et, amilyeneket a fiatal fiú korábban el sem tudott képzelni, hogy léteznek.

Miután a pénzt elhelyezte az „eurós" tárcájába, visszatért a recepcióhoz, hogy kifizesse a szoba, illetve a fogyasztás ellenértékét.

– Á, Mr. Nagy. Parancsoljon, már ki is állítottam a számlát – húzta elő a nyomtatóból a papírt Feng. – Kérem, nézze át, legyen szíves!

– Gondolja, hogy minden italra, ételre, masszázsra és egyebekre emlékszem, Feng? Nekem a végösszeget mondja! – reagált Steve.

– A végösszeg, ó, hát nem is sok – állapította meg a szállodaportás. – Csupán 9345 euró. –nyújtotta át a számlát Stev-nek.

Steve ránézett a lapra és elővette tárcáját. Kiszámolt belőle tizenkilenc darab ötszázas címletet, majd átadta a férfinek és megköszönte.

Miután aláírták az átvételi bizonylatot, elköszöntek egymástól. Steve még egyszer dzsekije belső zsebeihez nyúlt, hogy ellenőrizze, megvan-e a korábban megrendelt repülőjegy, hogy előkészítette-e a Nagy István részére kiállított hamis útlevelét, a pénztárcákat, amikben a bécsi csomagmegőrző kulcsai is voltak stb. Miután mindent rendben talált, kért egy taxit Fengtől, majd elköszönt a jelen lévő személyzettől is.

A taxiban ülve értékelte az elmúlt hónapokat, és kicsit izgult a folytatás miatt. Nem tudhatta, hogy nyomoznak-e utána, vagy sem. Kizárólag a pénz után a nyomozó hatóság nem kutatott, de valamennyire részt vett a bűncselekmény előkészületeiben és fogalma sem volt róla, hogy ezért őt megbüntethetik, vagy sem. Ideges és ingerült volt, mert hamis iratokkal készült utazni vissza Európába, majd a rabolt vagyont egy biztos helyre kellene szállítani, amiben nagyon eltökélt volt. Három hónap alatt sokszor jutott eszébe édesanyja meg bimbózó szerelme, de megannyiszor elhessegette a zavaró gondolatokat, és elszántan készült rá, hogy végrehajtsa a feladatait.

Élénk volt a reggeli bangkoki forgalom, ezért mintegy 45 perc alatt a reptérre ért. Fizetett és indult, hogy becsekkoljon. A csomagokat leadta a megfelelő ellenőrzőponton, és ment a biztonsági ellenőrzéshez. Itt annyira nem izgult, valójában az európai földet érés aggasztotta egy kicsit. Arról például fogalma sem volt, hogy az öreg Loang családja is kerestetheti a vagyon miatt.

– Istenem, ezek a csodás ázsiai szemek fognak nekem hiányozni odahaza Európában – viccelődött a reptéri személyzet egyik hölgy tagjával, miközben átadta neki az útiokmányt.

– Majd visszatér hozzánk, Mr. – nevetett rá a lány.

– Talán egyszer igen, de nem mostanában, az biztos – válaszolta Steve.

– Miért, nem érezte jól magát itt?

– Óh, dehogyisnem. Nagyon jól éreztem magam, de tudja, most pénzt kell keresnem, hogy aztán itt, ebben a csodás országban újra elkölthessem – mindketten nevettek, majd Steve folytatta a beszállást. A repülőgépen reggelit rendelt, és egy pezsgőt. Korábban sohasem pezsgőzött, de a hotelben nagyon megkedvelte a jó minőségű pezsgőket. Felszállás után megreggelizett és ivott keveset, ezt követően átaludta az egész repülést.

Kora este érkezett meg a repülő a schwechati repülőtérre. Steve kicsit izgult ugyan, de az országba történő belépésnél nem volt semmi probléma. A reptéri transzferrel azonnal a központi postahivatal csomagmegőrzőjébe vitette magát. Bement a tágas terembe, és többször körbe sétálta az egész helyiséget. Figyelt, hogy figyelik-e. Aztán az a gondolata támadt, hogy talán pont ettől lesz gyanús, hogy nem nyit ki semmit, csak jön és megy fel s alá. Ezért bátran odament a két csomagmegőrző fiókhoz, kinyitotta őket és magához vette a két táskát. Visszazárta a fiókokat, a vállára vette a táskákat és sietve távozott.

Az épület előtt azonnal egy taxit fogott és kérte a sofőrt, hogy vigye őt egy olyan helyre, ahol autót tud bérelni. A taxis elvitte őt az ALAM nevű céghez, ahol Steve bérelt egy Peugeot 206-ost, majd megkérdezte, hogy van-e sofőrszolgálat is. Közölték vele, hogy van, ezért Steve kért egy sofőrt is az autóhoz. Nem szeretett volna sokat az osztrák fővárosban időzni, ezért a hamis irataival gyorsan nyélbe ütötte a szerződést, és félóra múlva már haladtak is az autóval délnyugat felé.

Az izgatott fiú megkérte a sofőrt, hogy megállás nélkül haladjon, de minden közlekedési szabályt tartson be maradéktalanul, illetve, hogy a legrövidebb útvonalat válassza. Steve aludni nem mert útközben, mert nagyon féltette a csomagokat, de nem volt ez számára probléma, hiszen a repülőgépen kialudta magát. Hajnalra értek Zürichbe. Szerencsére nem volt egyetlen baleset sem, mely miatt időzniük kellett volna, illetve nem estek át közúti ellenőrzésen. Steve úgy gondolta, hogy ez az egész tervnek az egyetlen olyan része, ahol lebukhatna, ha már a rendőrség a reptéren nem tartóztatta le őt. Sokat tépelődött, hogy csomagküldő szolgálattal küldje-e magának a csomagokat Svájcba, vagy személyesen vigye el, s végül úgy határozott, hogy nem engedi ki őket a kezéből, hanem vállalja a kockázatot abban a nyolc vagy tíz órában, ameddig leautóznak Zürichbe. A bankfiók még zárva volt, de ezt Steve nem bánta, mert úgyis azt tervezte, hogy egy keveset időzni fog Svájcban.

Mikor odaértek a városhatárhoz, Steve megkérte a sofőrt, hogy írja be a GPS keresőjébe az ABB Privat Bank nevét, majd vezessen oda. Egy órán belül a megadott címen voltak. Csak szerette volna látni a banktól az útvonalat a hotelig. Ezt követően kérte a sofőrt, hogy hajtsanak a Hotel Rothusba, amit már korábban interneten megnézett, és szobát is foglalt magának erre a napra. A „taxis" odavezetett néhány perc alatt a csendes svájci utcákon. A fiú kérte, hogy számoljanak el, és megköszönte a férfi szolgálatait, miután kifizette neki a 175 euró viteldíjat. Adott a férfinek még 40 euró borravalót is. Elköszöntek egymástól.

Steve bement a hotel aulájába, és csengetett a recepciósnak. Kérte a szobakulcsot, és azonnal felment a szobájába pihenni. A pénzt és az ékszert az ágyban a takaró alatt tárolta, úgy aludtak, együtt. Még bele sem nézett a táskákba, egyszerűen nem mert szembesülni akkora vagyonnal. Azonban a táskák tömegén érezte a mérhetetlen gazdagság súlyát, ami hamarosan a vállát fogja nyomni.

Néhány órácskát bírt csak aludni, majd a reggeli forgatag beszűrődő zajaitól felébredt. Gyorsan tisztálkodott, majd felöltözött. A pénzt és az ékszereket biztos helyre tette az ágyneműtartóba, kiakasztotta a „Ne zavarjanak!" táblát az ajtóra, és elment a városba vásárolni.

A környékbeli prémium üzleteket járta. Vásárolt magának három Samsonite bőröndöt, valamint két jó minőségű Hugo Boss öltönyt a megfelelő ingekkel és cipőkkel, egyéb kiegészítőkkel. Sok pénzt hozott magával, ezért még egy eredeti Rolex órát is megengedett magának, de azzal végleg kimerítette az a harmincezer eurót, amit még Thaiföldi utazása előtt vett magához.

Visszament a hotelbe, és az étteremben megebédelt. Egyszerű levest rendelt, és spagettit. Miután eltöltötte ebédjét, felment a szobába, elővette a táskákat, és egyikbe belepakolta a pénzt, a másodikba az ékszereket, illetve a harmadik táskába megint tett saját részére ötvenezer euróot. Megfürdött, és felöltözött a vadonatúj öltönyébe. Egy halványkék inget vett fel a fekete öltönyhöz, illetve sötétkék nyakkendőhöz. Felpattintotta csuklójára az órát, eltette zsebébe az eredeti, Kovács István névre kiállított okmányait, magához vette a táskákat, és elindult a mindössze nyolcszázötven méterre lévő bankfiókhoz.

A bankba érkezés után nagyon határozottan lépett az előtérben elhelyezett íróasztal mögött álló hölgyhöz. Angolul szólította meg.

– Jó napot, hölgyem! – közben levette a napszemüvegét, és a nő szemébe nézett.

A kosztümös hölgy végigmérte Steve-et, nyugtázta megnyerő öltözékét, a zakó alól kivillanó órát, igényes illatát, majd viszont üdvözölte.

– Jó napot, uram! Miben segíthetek? Mivel lehet fiókunk az ön szolgálatára? – kérdezte kedvesen.

– Kovács István vagyok. Magyarországról érkeztem, és egy trezort szeretnék hosszútávra bérelni önöknél – válaszolt a nagyon elegáns fiú. Magas fiatalember volt, de elegáns ruhában szinte sohasem látta senki. A hotelben a tükör előtt egy pillanatra végig is futott fejében a gondolat, hogy mit szólna hozzá édesanyja, ha ott, akkor, abban a ruhában látta volna. Az utcán szembejövő hölgyek és most a banki alkalmazott nő is egyértelmű visszajelzést adott számára, hogy igen jól áll neki az üzleti öltözet. Ettől a tudattól Steve egyre magabiztosabb lett.

– Igen, értem. Kérem, foglaljon helyet. Egy perc, és hívom az illetékes vezetőt – mondta a nő, és egy karmozdulatával jelezte, hogy melyik asztalnál várakozzon Steve. A fiatalember leült és körülnézett. Körben ajtók és kamerák voltak, minden zárt volt. Az egész helyiségben csak a recepciós hölgy volt elérhető. Rövid ideig várt ülve, és az egyik kinyíló ajtó mögül egy alacsony, kopaszodó, kicsit telt, középkorú férfi lépett ki. Sietve lépkedett Steve felé, aki közben felállt, hogy fogadja a férfit. A bankár jó minőségű cipőjének kopogása visszhangzott a teremben. Odaért és kezet nyújtott Steve-nek.

– Jó napot kívánok, uram. A nevem Eduard Zimmerman, én vagyok a befektetési osztály vezetője – kezdte. – A kolléganő mondta, hogy fiókot szeretne nyitni nálunk.

Steve értetlenül nézett a férfira, mert német nyelven szólította meg őt. A recepciós hölgy szólt a vezetőnek, hogy a magyar fiatalember angolul kommunikál.

– Á, Englisch – mondta, majd megismételte angol nyelven a korábbi bemutatkozását.

– Igen, köszönöm, így már kicsit értem is – nevetett Steve. – Kovács István vagyok Magyarországról. – Steve annyira azért nem tudott angolul, hogy a férfi pozícióját is megértse angolul, de ez nem is volt számára lényeges, épp elég volt, hogy ő az illetékes a fióknyitások ügyében. – Szeretnék két nagyobb csomagot elhelyezni önöknél néhány évre.

– Semmi probléma, uram. Diszkréten kezeljük a bérlőink adatait, és semmi kötelezettsége nincs felénk, a bérleti díj kifizetésén kívül, természetesen – tette hozzá. – Akkor jön be és távozik a fiókból, amikor akar, a hivatali időn belül. Nem kell leltárt készíteni, ha nem akarja, de azért én azt javaslom, hogy mindenképpen készítsük el, hogy egy biztosítási összeget meghatározhassunk. Tudja, fő a biztonság – tette hozzá mosolyogva. – Amennyiben nem történik előzetes leltár, úgy sajnos mi határozunk meg egy biztosítási összeget, melyre, mondjuk rablás vagy tűzvész esetén ön jogosult lehet.

– Rendben – vágta rá Steve –, de nem szükséges a leltár, elég egy alapbiztosítás, ha önöknek megfelel. Mikor volt utoljára itt rablás vagy tűz? – érdeklődött Steve.

– Még sohasem volt egyik sem – jegyezte meg Zimmerman úr. – Tehát nem lesz leltár?

A fiú jelezte fejével a nemleges választ.

– Kérem, ahogy a kuncsaft gondolja. A két fiók bérlése évente 70000 euró lenne, természetesen havi lebontásban lehet fizetni.

– Az első évet inkább kifizetném most készpénzben, ha nem bánják.

– Természetesen nem, és a továbbiakban is lehet személyesen fizetni. Ez a szerződés teljes időtartama alatt lehetséges. – Kicsit kivárt a bankár, majd rátért a továbbiakra. – Akkor javaslom, hogy itt adjuk le az ön iratait, hogy a kollégák a szerződést megírhassák, mi pedig menjünk be a páncélterembe, hogy elhelyezhesse az értékeit.

Steve-nek az álla is majdnem leesett, mikor meglátta a páncéltermet és az ujjlenyomat-olvasóval vagy két kulccsal nyíló trezorokat. Kivette az első éves bérleti díjat a pénzes táskából, majd a többit elhelyezte a trezorban, az ékszereket pedig a másikban. A szerződésben a kedvezményezettnek Gerit jelölte meg, illetve részben édesanyját, hisz' úgy értékelte a helyzetet, hogy innentől már neki is nem kevés jár a zsákmányból. Hosszú procedúra volt, a biztonsági előírások ismertetése, az ujjlenyomat olvasás, a szerződéskötés, illetve a fizetés stb. Steve fáradtan ért vissza este a hotelbe. Megkérte a recepcióst, hogy foglaljon neki egy repülőjegyet a másnapi első Buenos Aires-i járatra, majd szobájában vacsorázott, tisztálkodott és nyugovóra tért. Nagyon elégedett volt a napjával, és izgatottan várta a jövőt.

XVI. Fejezet

– Parancsol valamit inni, uram? – kérdezte a stewardess Steve-től.

– Nem, köszönöm. Meg tudná mondani nekem, hogy pontosan mikor érünk Buenos Airesbe?

– Pontosan sajnos nem, de megközelítőleg negyven perc múlva.

Steve elgondolkodott kicsit, hogy kétezer eurót kifizetett a repülőjegyért, és még alig evett és ivott valamit. Ezt a fajta gondolkodást még nem sikerült elvetnie, még nem volt annyi ideje „gazdag", hogy ne a magyar lakótelepi fiú eszével gondolkozzon.

– Köszönöm, akkor viszont mégis innék valamit. Hozzon, kérem, egy kevés whiskyt sok kólával.

– Rendben – mosolygott rá a légikisasszony.

Steve már Thaiföldön tartózkodása alatt interneten lefoglalta repülőjegyét és hotelszobáját Argentínában. Még sofőrszolgálatot és autót is rendelt a reptérre. Tudta, hogy mennyi időre lesz szüksége Svájcban, s mint egy svájci óra, olyan pontossággal végre is hajtotta feladatait. Most, hogy a pénz és az ékszerek is biztonságban vannak, már egy kicsit megnyugodott, azonban a magánytól félt. Már viszonylag jól haladt a spanyol nyelvvel, angolul pedig eddig is magabiztosan boldogult, mégis félt, hogy üres és sivár lesz vállalt száműzetése. Hiányoztak a szülei, most még az aloholista apjára is jó szívvel gondolt, hiányoztak a barátok és a bimbózó szerelem. Viszont telis-tele volt tervekkel. Nem feltétlenül akarta betartani Geri utasításait, mert úgy érezte, hogy saját elképzeléseit hitelesebben és pontosabban végre tudja majd hajtani. Mindjárt a hotel választásánál felülírta Geri elképzelését. Ami az ékszereket illeti, arra nem tudott jobb elképzelést, hogy hogyan lehetne másképp, illetve jobban tisztára mosni és eladni, ezért megfogadta, hogy az ékszerüzletet Geri elképzelése szerint megvalósítja. Viszont a sok-sok készpénzzel neki voltak még tervei.

Megkapta italát, és lassan kortyolta el. Nem beszélgetett senkivel sem a repülőgépen, pedig nagyon vonzó és jól szituált fiatalember hatását keltette vadonatúj Hugo Boss öltönyében és bőrcipőjében. A 175 cm magas, izmos, szőkésbarna hajú Steve korábban még sohasem tapasztalt ilyesmit, történetesen, hogy akárhová lép be, vagy bármilyen járműre száll fel, azonnal odavonzza a hölgytekinteteket, szinte kiégetik bőrét a pillantások. Ennyit tesz, ha egy férfiről sugárzik a hatalom, ami semmi másban nem nyilvánul meg, mint a méregdrága ruhákban, cipőkben és ékszerekben. Amikor Steve erre gondolt, mindig mosolyognia kellett magában, hiszen alig több mint száz nappal ezelőtt egy magyar kisvárosi lakótelepi senkinek tartották volna olyan nők, akik most például a Zürich–Buenos Aires-i járaton flörtölnek vele. Korábban még a Thaiföldi hotelben belement kisebb kalandokba, de itt, ezen a járaton nem volt hozzá kedve. Túlságosan pörögtek a gondolatok a fejében a jövőre vonatkozólag.

Éppen hogy elfogyott az ital, mikor a hangosbemondón közölte a kapitány, hogy csatolják be az utasok a biztonsági öveket, ugyanis hamarosan megkezdik a leszállást. Mivel Steve a thaiföldi utazás előtt korábban még nem repült, és a Bécs-Bangkok járat kapitánya az erős oldalszélnek köszönhetően meglehetősen keményen tette le a Boeing 747-est, most kicsit aggódott, hogy épségben földet érjenek. Félelme alaptalan volt, hiszen Müller kapitány olyan puhán tette le a hatalmas gépet, mint amikor egy hattyú leszáll egy csendes tó vizén.

Miután elhagyták a repülőgépet, és az ellenőrzési ponton Steve kérte és meg is kapta a turista vízumot három hónapra, kisétált a Buenos Aires-i Ministro Pistarini repülőtér tágas fogadóterébe. Sok ember nyüzsgött ott, de Steve egy olyan férfit keresett, aki egy Mr. vagy Señor Kovács táblát tart a kezében. Steve nem egy nagy sofőrszolgálatot teljesítő céget keresett az interneten, hanem szándékosan egy magánvállalkozót. Körülnézett, és nem találta emberét, ezért egy hatalmas datolyapálma díszes tartóládájának szélére lépett fel, ahonnan hamar megtalálta a taxist.

Odasietett hozzá és lerakta poggyászait, hogy bemutatkozzon. A férfi angolul szólította meg:

– Isten hozta, Señor. A nevem Raul, Raul-Carlos Mendez, a sofőr – azzal kezet nyújtott Steve-nek.

– Jó napot kívánok – köszönt Steve is angolul, majd megkérte a férfit, hogy váltsanak át a spanyol nyelvre, ugyanis ő gyakorolni szeretné.

– Rendben – válaszolta Raul. Felkapta a poggyászokat, és kifelé menet kérdezte meg Steve-től, hogy hová is kell őt vinni.

– A Hotel Maderóban foglaltam szobát – válaszolt Steve –, de Raul, kérem, nekem kicsit lassabban mondja, hiszen csak nagyon nehezen értem, amit mond.

– Értem, uram, rendben.

Kiértek a parkolóhoz. Steve meglepődött, amikor meglátta, hogy milyen autóval kell a hotel elé gurulnia.

– Nem rossz –jegyezte meg. – Jól megy a cég – és ujjával a szinte vadonatúj BMW 750 hibridre mutatott.

– Igen, hála Istennek, nem panaszkodhatom, Señor. Ez hatalmas város, és rengeteg az idelátogató üzletember. Korábban egy 600-as SEL Mercedest hajtottam, de már 14 éves volt, és tavaly úgy döntöttem, hogy lecserélem. A családdal egyeztettem, és áldásukat adták rá.

– Értem.

Több mint másfél óra alatt érkeztek meg a hotel elé. Bár útközben Steve gyakran érezte úgy, hogy megérkeztek, hiszen annyi szálloda mellett haladtak el, mikor végigautóztak a Rio de la Plata öböl mentén. Igaz, hogy Steve a szobafoglalás előtti kutatáskor sok-sok képet megnézett az interneten a kiválasztott szállodáról, de ott a helyszínen teljesen elbizonytalanodott, annyi patinás hotel állt egymás közelében. Azonban mikor az autó begördült a hatszintes, csodálatosan modern épület elé, Steve nyugtázta magában, hogy jól választott. Megerősíést várva kérdezte Raultól is:

– Jó döntés volt, Raul barátom, hogy ezt a hotelt választottam?

– Természetesen, Señor, bár Buenos Airesben nem nehéz jó hotelt választani, mert egymást érik a pompás szállodák, hisz' a Señor is látta. Eljöttünk a Palace, a Hilton meg mindenféle gyönyörűség előtt – válaszolta a taxis, miközben Steve poggyászait pakolta a szállodai személyzettel a poggyászkocsira.

– Volna számomra egy névjegykártyája, Raul? – kérdezte Steve.

– Természetesen, uram – és a belső zsebéből átnyújtott egy kártyát Steve-nek. – Arra kérem, uram, hogy előtte legalább huszonnégy órával szíveskedjen szólni, ha egész napos programunk lesz, mert akkor lemondok minden egyéb fuvart, és napi díjat számolok fel, nem pedig km pénzt.

– Értem, Raul. Annyit már most tudok, hogy a következő néhány napon nem mozdulok ki a hotelből, de utána rengeteg dolgunk lesz, amiben szívesen venném, ha segítene engem.

– Rendben, Señor.

– És kérem, hogy ne urazzon engem folyton, inkább szólítson a keresztnevemen. Tudja? István.

– Izsvan – ismételte meg Raul.

– István – mondta újból Steve nevetve.

– Isztván – próbálta újból és szebben mondani a sofőr, amin jóízűen nevettek mindhárman, mert a londiner is szemtanúja volt a jelenetnek.

– Mivel tartozom mára, kedves Raul? – kérdezte Steve.

– Háromszáz peso, Señor, illetve Isztván.

Steve átadta a három darab százas címletű bankjegyet a sofőrnek, és elköszöntek egymástól. Nem volt olcsó, hisz' megközelítőleg tizenötezer forintot kért Raul, de luxus környezetbe érkezni egy luxusautóval és profi sofőrrel ennyit bőven megért Steve-nek. Még Svájcban váltott be az európai valutából kétszázezer peso értékben, ami nagyjából tízmillió forintnak felelt meg, továbbá nyitott egy folyószámlát is egy olyan bankban, aminek Európában is van fiókja. A bankszámlán is elhelyezett további kétszázezer pesónak megfelelő eurót. Így anyagilag teljesen biztonságban érezte magát, ami nagyon fontos volt, hogy megvalósítsa barátja és önmaga elképzeléseit. Az egyetlen probléma az volt csupán, hogy saját nevére nyitott Európában egy bankszámlát, de bízott a bankok méltán híres diszkréciójában, illetve kicsit abban is, hogy annyira azért nem fogják keresni, hogy az összes európai ország szinte minden bankjában kutassanak utána. Ebben egyébként nem tévedett, hiszen a bürokrácia rengetegében a nullával egyenlő az esélye annak, hogy egy kis svájci székhelyű bankban keressék őt és adatait.

Steve méltóságteljesen sétált be a Madero Hotel tágas aulájába. A recepció vele szemben középen helyezkedett el, tőle balra a csodálatos bár, jobbra pedig az étterem és wellness részleg. Steve megrökönyödött a gyönyörű belsőépítészeti hatásoktól. A színektől, tágas helyiségektől, csodálatos fa- és márványburkolatoktól és a szebbnél szebb növényektől. Az egész olyan harmóniát sugárzott az ideérkező vendégek felé, hogy egy percre mindenkit rabul ejtett a hatása. Steve, aki életében először látott ilyen csodát, percekig csak állt és nézett körbe-körbe. Aztán észrevette, hogy a recepciót vezető szállodai alkalmazott kicsit furcsán néz rá, ezért határozott léptekkel elindult a szállodaportások felé. Spanyolul szólította meg a fő recepcióst:

– Jó napot kívánok! István Kovács névre foglaltattam szobát.

– Üdvözlöm, Señor! A nevem Miguel. Egy pillanat, kérem, és nézzük is – csettintett ujjaival egy alkalmazottnak, aki azonnal elkezdte keresni Steve foglalását a számítógépben. – Addig, kérem, keresse elő az iratait! – kérte Steve-től a főnök. Steve elővette útlevelét, amelyben bent volt a három hónapra szóló vízum is, aminek láttán kicsit kikerekedett a vezető recepciós tekintete.

– Meddig kíván a szállodánkban tartózkodni, Señor?

– Egyelőre nem tudom még. Ha jól érzem itt magam, akkor nem hiszem, hogy másik szállás után nézek majd.

– Értem. A 612-es lakosztályt készítettük elő az úrnak – a londiner már indult is a poggyászokkal, amint kimondta a szobaszámot a vezető. – Kíván esetleg valami frissítőt a szobába, vagy a szoba mini bárjából választ?

– Nem, köszönöm. Azt hiszem, hogy inkább meginnék egy finom kávét itt a bár teraszán. De a csomagjaimat, kérem, vigyék fel.

– Ó, Señor, ha nem sértem meg vele, én azokat már felvitettem – válaszolta Miguel.

– Nem, nem sértett meg vele, Miguel – és Steve egy határozott mozdulattal egy száz pesós bankjegyet csúsztatott a férfi elé a pulton, ahogy korábban a filmeken látta. – Azt hiszem, hogy jól kijövünk majd egymással, kedves Miguel.

A férfi ránézett a pénzre, majd Steve szemébe nézett.

– Óh, ebben biztos vagyok, Señor.

– Köszönöm – mondta Steve, és elsétált a bárba. A csodálatos barna kőrisfa és vajszínű bőr bárszékekkel díszített hosszú pulthoz lépett, és egy dupla espressót rendelt az egyik pincérnőtől, majd kiült a teraszra.

Hosszú ideig kortyolta a kávét, közben több argentin napilapba beleolvasott, többnyire a sporthíreket, azokon belül is leginkább a labdarúgásról szóló híreket olvasta el. Közben nézte az öböl előtti csodás környezetet és a délutáni forgatagot. Miután elfogyasztotta a kávét, felment a szobájába. A nappaliból csodálatos kilátás tárult elé a Rio de la Plata öbölre. Elfoglalta szálláshelyét, lezuhanyozott és átöltözött. Kibontott a mini bárból egy sört, és kiült az erkélyre, hogy a végtelen óceánban gyönyörködjön. Lassan megitta a finom kukoricasört, s közben folyamatosan pergette fejében a jövő filmjét. Végtelen sok lehetséges verziót képzelt el, de valami rossz érzés mindig a hatalmába kerítette, és elvetette elképzeléseit. Arra gondolt, hogy majd kikéri a helyiek véleményét is a dolgokról, majd Raul és Miguel a segítségére lesznek tervei megvalósításában.

Miután megitta a sört, lement, hogy úszik egyet a szálloda medencéjében. A wellness részleg tele volt vendégekkel, a medence is nagyon zsúfolt volt ahhoz, hogy jóízűt ússzon benne az ember, legfeljebb arra volt alkalmas, hogy lehűtse magát, akinek nagyon melege van. Steve inkább csak zuhannyal hűsítette magát, majd bement az edzőterembe, ahol egy evezőpadnál edzett körülbelül negyven percet. Mire visszatért az uszodához, már kevesebb volt a fürdőző, ezért úszott néhány hosszt, azután egy napozóágyon feküdt el. Gyönyörködött a személyzetben, akik itt a wellness- és gyógyközpontban válogatottan szépek voltak. Nemcsak a lányok, hanem az itt dolgozó férfiak is nemük legszebbjei voltak. Szegény magyar fiatalnak arról halvány fogalma sem volt, hogy az ilyen patinás hotelekben megszálló vendégek általában pillantásra sem méltatják a pincéreket, hostesseket és az egyéb személyzetet. Azért akadtak a vendégek között is szép számmal olyanok, akik tetszettek Steve-nek, de fogalma sem volt róla, hogy kit hogyan szólítson meg, illetve nem is akarta sürgetni az ismerkedést, kicsit bizonytalan volt ebben a kérdésben. Egyszerűen csak gyönyörködött a személyzet fekete hajú, tökéletes alakú és elbűvölően szép tagjaiban. A lányok nem is tudtak hirtelen mit kezdeni a helyzettel, teljesen zavarba jöttek. Először azt gondolták, hogy talán rendelni szeretne a vendég, ezért sorban odamentek Steve-hez, hogy megkérdezzék, mit szeretne. Steve mindannyiszor közölte, hogy nem kér semmit, mert hamarosan vacsorázni megy úgyis, de ebből eljutott arra következtetésre, hogy talán túlságosan is feltűnően nézi a lányokat, ezért kicsit mérsékelte a csodálkozó pillantásokat. Az uszodából felment, hogy átöltözzön a vacsorához. Kicsit a szobájában az interneten böngészett, megnézte a magyarországi híreket, ahol tájékozódott az otthoni helyzetről.

Vonakodva ugyan, de megnyitotta a megyei hetilap honlapját is, mert kíváncsi volt, hogy hogyan is áll a nyomozás a rablásukkal kapcsolatban. Mióta elindult otthonról, még nem mert egyetlen hírportált sem megnézni az ügyben. Két szalagcím azonnal letaglózta, miközben a bűnügyi rovatra klikkelt. „Nagy erőkkel keresik a pénzzel elszökő negyedik elkövetőt", illetve, ami még jobban lesújtotta, „Cellájában lett öngyilkos az egyik rablógyilkos". Sietve nyitotta meg mindkét cikket, és miután elolvasta azokat, nagyon elszomorodott. Őt egész egyszerűen azonosították a gyilkossággal, pedig ott sem volt... és szegény Pete – gondolta –, mennyire rendes srác volt, kicsi korunk óta együtt játszottunk. – Kivett egy üveg tömény italt a hűtőszekrényből, és három pohárral elkortyolt néhány perc alatt. Mivel nem sok mindent evett délután, nagyon hamar elszédült az italtól. Szomorúan hanyatt feküdt az ágyon, és hamarosan elaludt.

Este tíz óra volt, amikor felébredt. Kicsit összeszedte magát, tisztálkodott és átöltözött. Egy sötétszürke Gucci szövetnadrágot vett fel, hozzá egy mályvaszínű, rövid ujjú inget, valamint a nadrággal azonos színű bőrcipőt. Több ilyen komplett öltözetet vásárolt még Európában. Lement a szálloda éttermébe, és kiválasztott egy eldugottabb asztalt. Szinte szégyellte magát az emberek előtt, mióta gyilkosként olvasta nevét. Próbálta elterelni a gondolatait, illetve önmagában tisztázni, hogy ő nem gyilkos, és az itteni embereknek fogalmuk sincs róla, hogy ki ő, mit csinál, és hogy miért van itt.

Átolvasta az étlapot, de mivel este a késői órákban már nem szeretett volna nehéz ételt választani, a halételek között keresett magának egy helyi specialitást.

– Ez az abadejo al arriero milyen étel? – kérdezte a pincért.

– Az egy enyhén fűszeres tőkehalragu, Señor.

– Jól hangzik – nyugtázta a fiú. – Abból kérek egyet, és egy kancsó hideg vizet is – adta le a rendelést Steve. Kicsit égett a gyomra még a rengeteg és hirtelen elfogyasztott El Rey de Matatlán nevű kaktuszpárlattól.

Az étel nagyon gyorsan készült el. A késői órában már csak kevesen vacsoráztak, és a halnak mindössze néhány perc párolás elegendő. Steve elfogyasztotta a vacsoráját, ami rendkívül ízlett neki, megitta az egész kancsó hideg vizet, „fizetett" szobakártyájával, majd átsétált az étteremből nyíló éjszakai bárba.

Halk jazz zenét játszott a hotel zenekara. Steve felült egy pult melletti bárszékre, és rendelt egy canát. Lassan kortyolta el a cukornádból párolt szeszes italt, közben nézte az embereket és a múlton rágódott, valamint jövőjén tűnődött. Éjjel egy óra is elmúlt, amire szobájába ment és ágyba feküdt. Órákig gyötörték még az otthoni hírek, de végül sikerült elaludnia.

XVII. Fejezet

– Ááá, a legformásabb lábú pszichológusnő érkezik a kihallgatóba. Micsoda szerencsés ez a kis bűnöző itt. Bárkit megölök, ha megígéri, hogy velem is ön foglalkozik majd – próbált vicces lenni a szolgálatos felügyelő, aki a pszichológusi meghallgatásra kísérte Gerit.

– Díjaznám őrmester, ha a feladatára koncentrálna, és nem az én egyébként kissé erős lábaimra – válaszolt vissza Andrea. – Kinyitná, kérem, az ajtót?

– De csak a maga kedvéért, kedves Andi. – Hozzátett egy mosolyt. – Látja, ez az én feladatom. Figyelni, kinyitni az ajtót, majd újra figyelni. Hát én az ön izmos lábacskájára figyeltem most – élcelődött tovább az őr.

– Azon még sohasem gondolkodott el, hogy ebbe a rendkívül összetett, többrétű tevékenységbe egyszer bele fog bolondulni? Hogy bírja? Na, jó, köszönöm szépen, őrmester, becsukhatja az ajtót.

– Ne jöjjek be? – kérdezte az őrmester.

– Nem, köszönöm. Ez itt bizalmas beszélgetés, de azért köszönöm.

Azzal a doktornő becsukta a nehéz vasajtót, és az őr kívülről elfordította a reteszt. A pszichológus köszöntötte Gerit. Lepakolta az iratait és felakasztotta a blézerét a fogasra. Majd leült vele szemben és megkérdezte a fiút:

– Na, kedves Gergely, hiányoztam?

– Hát, ha így kezdi, akkor mindjárt hazudni fogok, de egyébként igen. Tudja, nem igazán tudok itt értelmes emberekkel beszélgetni, tisztelet a kivételnek. Az őrök általában ilyenek, mint aki itt áll az ajtó előtt.

– Ja, Tamási őrmesterre gondol? Igen, elég egyszerű a gondolkodása, bejövök neki, mert nő vagyok. Ennyi, szerintem ő az a típus, aki minden nőnek udvarol. De hagyjuk most őt.

– Mondjuk, amit a lábairól mondott, abban van némi igazság. Tényleg formásak.

– Na, de Gergely, ezt öntől nem vártam ennyi beszélgetés után – viccelődött Andrea. – Szóval az összes tesztjét kiértékeltem. Azonban van itt egy másik dolog, amit meg szeretnék beszélni önnel, nevezetesen az én személyes kutatásom, amihez, ha nem zavarná önt, Gergely, felhasználnám eddigi életét.

– Még egyszer mondom, hogy Geri.

– Oh, bocsánat. Tudom, Geri, de ez annyira nem áll a számra.

– Miféle kutatásról van szó?

– Munkám során a kriminálpszichológia lett a fő tevékenységi területem. Még nem merem szakterületemnek nevezni, azonban szeretném még jobban leszűkíteni, és a fiatalkorú és fiatal felnőtt bűnelkövetőket szeretném jobban megvizsgálni, illetve problémáikra válasz találni. Ehhez sokat segítene, ha az ön esetét, illetve eredményeit is felhasználhatnám a tanulmányom elkészítéséhez. Részletes élettörténeti anamnézist szeretnék készíteni. Mit gondol? – kérdezte Andrea.

– Használja az életemet! Ebből nem lehet semmi bajom, nem?

– Rendes öntől. Köszönöm, de vannak itt bizonyos dolgok, amiket meg kellene beszélnünk. Például itt van nálam egy beleegyező nyilatkozat, amit alá kell írnia, hogy ezeket a vizsgálatokat, természetesen név és személyes adatok nélkül közzé tehessem. Valamint arról is nyilatkoznia kell, hogy a továbbiakban is szeretne velem beszélgetni. Egy-két alkalomról lenne ugyan szó, tehát sokszor nem forgatnám fel a napirendjét.

– Milyen vicces, majd' megszakadok a röhögéstől. Nekem napirendem?

– Ki fog alakulni itt is egy napirendje. Ez biztos. Meg aztán a tárgyalások is. Szóval, hozzájárul?

– Természetesen. Nézze, Andrea! Ön az egyetlen ember itt, aki velem emberi hangon, időnként már kedvesen beszélt. Illetve még Lali, akivel most egy szobában élek. Ezt köszönöm, és állok rendelkezésére. Csak kicsit azért zavar, hogy bűnözőnek tart. Egyetlen rablásban vettem részt, majd feladtam magam szinte azonnal, és meg is bántam az egészet – próbált érvelni Geri, de valahogy ő is érezte, hogy ez így egy kicsit hamis látszatot kelt. – Már csak egy tárgyalás lesz – tette hozzá a fiatalember.

– Egy rablás is rablás, ráadásul, akárki lőtt is, ez egy rablógyilkosság. Nem?

– De – mondta rövid csend után halkan a fiú.

A nő előkereste a papírokat az aktatáskájából, kivette bőrtokjából Parker golyóstollát, és a fiú elé fektette.

– Ha figyelmesen elolvasta a nyilatkozatokat, akkor a lap alján, ahol a nevét látja, kérem, írja alá.

– Rendben – azzal Geri olvasás nélkül aláírta a két ívet.

– Mit csinál? És ha a vallomását megváltoztató nyilatkozatot hoztam volna ide, azt is így olvasás nélkül aláírta volna?

– Nem, hülye azért nem vagyok. Tudja, mint a reklámban?

– Nem. Milyen reklám? Én nő vagyok, a reklámokat nem hallgatom, nem figyelem. Olyankor egy nő körmöt reszel vagy lakkoz, epilál meg ilyesmi. Később majd vasalni és vacsorát készíteni fogok reklám alatt.

– Miből gondolja?

– Mert jelenleg pont ezt csinálja reklám alatt édesanyám – válaszolta mosolyogva, majd mindketten nevettek.

– Csak nem az édesanyjával él?

– Nem, már nem, de gondolom, apám és a húgom attól még vacsoráznak.

Geri hátradőlt a széken, és végigmérte a pszichológusnőt. Sokszor megnézte már, de eddig mindig olyan hivatalos volt. Most viszont mosolygott, sőt nevetett. Csodás szürke kosztümöt viselt egy narancsszínű blúzzal. Finom, jó minőségű harisnyába bújtatott lábán valóban el tud időzni egy férfi, és mélyen felforgatja gondolatait. Kecses lábfején prémium olasz bőrcipő. Hosszú, festett vörös haja jól harmonizált zöld szemével, és kissé csibésszé tette arcát, hogy szeplős volt. A blúza végig be volt gombolva, de szűk szabása sejtette, hogy nem túl nagy, de formás kebleket rejt.

– Min gondolkodik? – kérdezte Andrea, miután észrevette, hogy a fiú őt nézi hosszasan.

– Magán. Tudja, most látom először ilyen szépnek. Furcsa, mert nem először jár itt nálam, és mégis most látom csak, hogy milyen vonzó nő.

– Köszönöm. Térjünk akkor a tárgyra, azaz önre. Nem szeretem a diktafont, ezért jegyzetelek, ha megengedi, meg ide alighanem be sem hozhatnám a magnóm. Vázlatszerűen lejegyzem, amit elmond.

– Jó. Mire kíváncsi?

– Beszéljen, kérem, a gyermekkoráról, vagy, ha gondolja, kérdezhetem is.

– Ja, ja, nem kell, honnan kezdjem, vagy mire is kíváncsi?

– A születése pillanatától, vagy még korábbról, például tervezett gyermek volt, szerelemben fogant vagy ellenkezőleg?

– A szüleim szerették egymást, és nagyon akartak engem. A legkorábbi élményem, amit fel tudok idézni, kb. három éves koromban az, hogy édesanyám énekel nekem az ágyban egy könyvből, és várjuk haza édesapámat. Ma is hallom, ahogy véget ér a dal, mindig mondja: „mindjárt itthon lesz apa is, és vacsizunk, kincsem". Igen, ebben biztos vagyok, hogy szerették egymást, és hogy akartak és szerettek engem is.

Néhány könnycsepp gördült le Gergő arcán, majd hosszan és mélyen elgondolkodott, merengve maga elé. Hüvelyk- és mutatóujját finoman összedörzsölte, mintha érezné közte az ágyneműt vagy édesanyja ruháját.

– Van még ebből a korból más emlékképe is, Gergely?

– Már megkértem egyszer. Kérem, ne hívjon Gergelynek. Azt, hogy a Geri nem passzol a beszélgetéshez, megértem, de akkor legalább hívjon Gergőnek. Régen úgy hívtak a suliban.

– Rendben, és elnézést. Szóval, mire emlékszik, Gergő?

– Apróságok. Édesapám nevetve jön haza, és felkapja anyut, és nagyon örülnek, szóval minden egyes emlékem boldogságról és szeretetről szól velük kapcsolatban. Tudja, gondoltam már rá, hogy hipnotizáltatom magam, hogy többet visszanyerjek elveszett emlékeimből, hogy többet kapjak szüleimből, de letettem róla, mert félek, hogy egyetlen negatív emlék többet árthat, mint a sok-sok pozitív, amennyit segített. Bár egyszer megkeresett édesapám legjobb barátja, hogy elmeséljen mindent, amit róla tud, és azt mondta, hogy nem látott még olyan boldog és szerető párt, mint az én szüleim. Még a halálba is együtt mentek – suttogta maga elé.

– Mondja el, kérem, ha nem okoz nagy gondot, és nem tép fel vérző sebeket, hogy hogyan vesztette el szüleit.

– Már nem okoz gondot. Azt mondták az intézetben dolgozók, hogy hetekig csak sírtam, és hogy nem beszéltem vagy három hónapig, mikor bekerültem. Hát, őőő, végül is tudja ön is, hogy balesetben haltak meg. Nincs sok beszélni való róla. Négyéves óvodás voltam, és szüleim valahogy összeütköztek egy vonattal. Nem értem igazán, hogy hogyan nem vették észre a piros lámpát, de ez már mindegy. Anyám a helyszínen azonnal életét vesztette, az ő feléről jött a vonat, édesapám még egy-két órát gondolkodott, hogy kit szeret jobban, elmenjen-e szerelmével, vagy segítse és nevelje szeretett fiát, de a szerelme erősebb volt, és inkább együtt segítenek fentről.

– Hisz a lélek továbbélésében ezek szerint?

– Igen, hiszek és abban is, hogy figyelnek és segítenek engem. Nézze, ezt még nem mondtam senkinek, de mikor meghaltak, utána én még láttam őket és kommunikáltam is velük. Azt hittem, hogy álmodom meg ilyesmi, de ma már tudom, hogy láttam őket valóban, még ott voltak velem, és időnként érzem őket ma is.

– Milyen emlékei erősítik ebben, hogy figyelik és segítik önt?

– Egyszer majdnem elszöktem a nevelőszüleimtől, mert vitatkoztak egymással, de ők engem nem bántottak, csak én nehezen viseltem a hangos veszekedést, mert féltem. Összeszedtem az összes fontosnak hitt holmim – itt megállt, és közben nevetett –, persze csupa anyás emlék és egy-két játék, aztán már majdnem kiléptem az ajtón, amikor tőlem jobbra a könyvespolcról lezuhant egy nagy könyv. A huppanásra felfigyeltek nevelőszüleim is, kijöttek, és látták, hogy ott állok felöltözve hátizsákkal. Persze egyből kifaggattak, hogy hová készülök, meg miért is gondolom, hogy nekem nem jó itt. Megöleltek, megszerettek és biztosítottak róla, hogy nem fognak többé veszekedni, amit ha belegondolok, be is tartottak. Azóta sem hallottam őket vitatkozni. Na, jó, Ernő már két éve nincs köztünk.

– Hogyan ment el a nevelőapja?

– Betegségben. Tüdőembólia. Sajnáltam, mert jó ember volt, de hát neki ennyi jutott. A szüleimnek meg még huszonöt év sem. Nekem meg még lehet, annyi sem fog.

– Ezt hogy érti?

– Hát semmi, ezzel csak azt akartam mondani, hogy nem tudhatjuk, kinek meddig tart ez az utazás, és kész.

– Értem. Mit mesélt a szüleiről a papája barátja?

– Hát... apámról. Azt mondta, hogy egy nyerő típus volt. Minden bejött neki, amihez nyúlt, az sikerrel végződött. Korán meghaltak az ő szülei is, és örökölt két lakást, meg egy-két jó fekvésű telket, de tizennyolc éves koráig nem jutott hozzá örökségéhez. Miután nagykorú lett, albérletbe ment, és eladta a lakásokat, meg az egyik telket, és a befolyó pénzből vett két garzont egy egyetem közelében, amiket kiadott, és épített egy négylakásos kis társasházat a másik telekre, amiket szintén kiadott. A maradék pénzéből pedig elkezdett tőzsdézni. A közgázra járt akkor, és állítólag nagyon jól érzett rá, hogy mikor kell venni és eladni a papírokat. A halála előtt eladott állítólag minden ingatlant. Megközelítőleg másfél évvel a baleset előtt, mert valami nagy üzletbe akart sokat invesztálni, meg ekkor már elég sok nem tiszta ügye volt. Azt mondta Péter, hogy valuta árfolyammal játszott, meg uzsorázott, meg ilyen nem egészen törvényes dolgokon próbált minél többet kaszálni. Általában sikerrel, de előfordult néha kisebb bukta is. Bankban nem tartott pénzt, mert félt az adóhatóság ellenőrzéseitől, és inkább otthon tartotta pénzét, amit aranyba fektetett, de az is mind otthon volt állítólag. Mikor meghaltak, az otthoni széf szinte üres volt. Ez már örök rejtély marad, ki is ürítette ki a széfünket.

– Lehet, hogy nem is balesetben haltak meg?

– Nem, nem, az biztos, hogy véletlen volt, de volt néhány jó barátja, akik mindent tudtak, még a széf kulcsának helyét is. Valaki kapott az alkalmon, és lenyúlt mindent. Péter nem mert tippet adni, vagy nem is tudott, ezt nem tudom, de őszintén szólva, nem is érdekel ez már. Lesz saját pénzem egyszer, és kész. Nagyon hideg van odakint, ugye? Úgy süvít a szél be még ezen a zárt ablakon is.

– Eléggé. Majdnem megfagytam idefelé jövet. Tartsunk egy kis szünetet? Hozok egy forró teát, meg én is megiszom egyet, és folytatjuk, jó?

– Az jó lesz.

A pszichológusnő felállt, jelzett az őrnek, aki kiengedte őt. Geri felkelt a székből és körbe-körbe sétálni kezdett a kihallgató helyiségben. Különböző nyújtó gyakorlatokat és gimnasztikai elemeket végzett el néhány percig, majd leült egy székre egyenes gerinctartással, kezeit az ölében összekulcsolta, és meditálni kezdett. Szerette és ismerte a távol-keleti filozófiára épülő meditációs gyakorlatokat. Mint néhány napja, most is köldöklégzésbe kezdett, mert ebből elegendő pár perc is, hogy kissé regenerálja energia áramlását szervezetében. Úgy tíz vagy tizenöt perc telt el, és vissza is tért Andrea.

– Na, meg is jöttem. Parancsoljon, itt a tea.

– Köszönöm szépen.

– Ne várjon tőle túl sokat, mert ez egy ilyen gépi tea – mentegetőzött.

– Nem probléma. Amit vártam tőle, annak teljes mértékben megfelel, tehát meleg.

Mindketten nevettek.

– Szóval ott tartottunk, hogy egyszer lesz saját pénze. Mik a tervei a jövőre nézve? Lefordítva: miből lesz majd saját pénze? – tette fel szünet utáni első kérdését az orvos.

– Nincs konkrét elképzelésem. Illetve azt hiszem, ötvösműhelyt és ékszerüzlet nyitok egyszer – nevetett hangosan Gergő –, csak jó nagy biztosítást kötök. Jó, komolyra fordítva a szót. Nem tudom, és ez az igazság. Egyszerűen csak érzem, hogy sikerek várnak egyszer rám. – Füllentett, hisz' valóban ékszereket szeretett volna árulni: abból volt neki a legtöbb.

– Sokat jegyzeteltem, Gergely, szinte az összes szavát felírtam. Azt hiszem, mára ennyi elég is lesz. Szerintem még egyszer meg fogom látogatni, hogy elegendő információt kapjak a munkámhoz gyermekkorából – mondta Andrea. – Azt hiszem, majd csak a tárgyalásuk után jelentkezem. Készüljön fel rá rendesen! – mosolygott a lány.

– Mire, hogy legközelebb mit mondok önnek?

– Dehogy, a tárgyalásra.

– Nem kell, én már semmi újat nem fogok ott elmondani. Felolvassák a vallomásomat, meghallgatom a többiek szövegét, és annyi, elítélnek. Azért kíváncsi vagyok, Ric miket hord össze ott, meg az is érdekel, vajon mit mérnek ki rám. Tartok tőle egy kicsit, nehogy az egész fiatalságomat rácsok mögött töltsem.

– Óh, nagyon fiatal még, Gergő – és azzal Andrea kilépett a helyiségből.

Kilépett a folyosóra és elindult a lépcsőház felé, a felügyelő kísérte. Mögötte haladt, a szemét le sem vette a nő fenekéről és lábairól.

– Már megy haza, doktornő? – kérdezte a törzsőrmester.

– Nem, még megyek az első emeleti kihallgatóba is. Meghallgatom a másik fiút is – válaszolta Andi.

A felügyelő kinyitotta a rácsot, és Andrea lement az első emeletre. Ott csengetett és várt. Sokat várt, mert az egész szinten mindössze két felügyelő teljesített szolgálatot. Ők intézték az emeleten elhelyezett közel kétszáz fogva tartott napirendjének betartását. Reggeltől vacsoráig. Beszélőre kísérés, orvosi előállítás, tárgyalásra előállítás, napi séta, konditerem, és még sorolhatnánk a szabadidős tevékenységeket. Ehhez nap közben hivatali időben még kapnak egy fő segítséget. 30 perc elteltével épp arra volt dolga az egyik felügyelőnek, aki beengedte a szintre.

– Csókolom, Andrea! – köszöntötte a nőt Varga főtörzsőrmester. – Régóta vár itt?

– Nem annyira, már megszoktam. Nem értem, miért nem tesznek ide a lépcsőházba egy széket, itt mindig állok vagy fél órát – válaszolt a pszichológus.

– Azért, mert itt gyakran szólalkoznak össze a fogva tartottak, amíg várnak előállítás után. Akkor még azon is összevesznének, hogy ki üljön a széken, arról már nem is beszélve, hogy talán azzal ütnék szét egymást. Kihez jött?

– Kenderesi Richárd előzetes letartóztatotthoz. Az osztály-vezető úr mondta, hogy intézkedik, pontosan kettőkor legyen a kihallgatóban az ember.

– Kizárt, hogy ott lesz, de még öt perc, és hozom. Szíveskedjen megvárni a helyiség előtt, jövünk mindjárt.

Megközelítőleg valóban öt percet kellett várnia Andinak, és a főtörzs már kísérte is Ricet a helyiségbe.

Andi lépett először a szobába, lepakolta ruháját és felszerelését, lapot vett elő és a nyilatkozatokat, majd kérette a fogva tartottat. Ric belépett, Andrea felállt a székről, elé lépett és kezet nyújtott a fiúnak.

– Jó napot, Richárd! Hogy van? – próbálta oldani a feszültséget Andrea.

– Jó napot önnek is, Andi, ha jól emlékszem a nevére – válaszolt Ric. – Mi járatban, már megint a hülye tesztjeivel jön?

– Nem, ezúttal másért jöttem. Kérem, üljön le – kezével a szék felé intett. – Köszönjük, főtörzs úr, majd kopogunk, ha végeztünk. A bilincset nem veszi le?

– Nem, kedves doktornő, a bilincs marad. Kenderesi úr kivételes fogva tartott, úgynevezett egyedi utasításos, a bilincs marad. Majd zörögjenek! Vagy inkább nem zárom rá az ajtót, és jöjjön ki, ha végzett, akkor egyből észrevesszük. Jó munkát – azzal Andi kettesben maradt Ric-kel.

Leültek mind a ketten. Andrea előkészítette a nyilatkozatokat Ric számára, s közben tájékoztatta, hogy miért is kereste meg ismételten.

– Kenderesi Richárd, gondolom meglepődött, hogy ismét itt lát. Mai látogatásom már nem a büntető ügyével kapcsolatos.

– Hanem, csak nem hiányoztam? – nevetett Ric.

– Nem egészen, de van valami, amiben segíthet nekem. Az országos parancsnok úr és az ügyében eljáró bíró is engedélyezte, hogy a tudományos kutatásommal kapcsolatban készíthetek önnel interjút, amennyiben beleegyezik. Hoztam hozzá nyilatkozatokat, amiket alá kellene írnia. Kérem, olvassa el. Azt tudnia kell, hogy a dolgozatomban nevek és olyan adatok nem szerepelnek majd, ami alapján önt bárki azonosítani tudná – Andrea a fiú felé fordította a lapokat, és ő elkezdte elolvasni. Ő volt az első, aki Andi munkája során elejétől végéig elolvasta a nyilatkozatot.

– Végigolvassa? Ez jó hír, mert talán elgondolkodott azon, hogy beszélgessen velem – jegyezte meg Andi.

– Végigolvastam, mert megy vele az idő. Beszélgetek is magával, mert még mindig jobb, mint a retkes zárkában rohadni a kétszer másfél méteren, de valójában leszarom a munkáját, ezt tudnia kell – mondta Ric.

– Ahogy tetszik. Azt azért szeretném leszögezni, hogy a valós emlékeire, élményeire lennék kíváncsi, és nem különböző kitalált mesékre. Ennyi lenne az én feltételem. Jó lesz így? – pontosított a nő.

– Rendben.

– Jó, akkor fogok lapot és ceruzát, mert nem hozhattam be magnót. Egy pillanat – kotorászott az asztalon. – Akkor az első, amit meg szeretnék kérdezni, hogy mi a legkorábbi gyermekkori családi élménye, amire visszaemlékszik.

– Nekem? Családi élményem? Nem is tudom. Olyan két, három éves lehettem, amikor anyámék egyszer nagyon sokáig nyaraltak valahol. Mindennap vártam őket haza, de hónapokig tartott. Mondta a dadám, hogy hamarosan jönnek, meg holnap telefonálnak, de nem jöttek és nem hívtak. Hosszú idő után megérkeztek. Amitől ez egy élmény volt, hogy annyi ajándékot hoztak, hogy majdnem tele lett velük a szobám. Szinte szórták hozzám az ajándékokat. Anyám lelkendezett: – „És ezt nézd, Ricsike, és ezt is figyeld, kicsim. Ez ezt tudja, az azt tudja". Máriának meg egyfolytában mondta: „Ezt itt vettük, azt amott", majd kaptam hozzá tőlük két puszit is, és este már mentek is a barátaikhoz élménybeszámolót tartani.

– Járt óvodába, Richárd?

– Nem jártam, azt hiszem. Nincs ilyen emlékem, hogy mi volt a jelem meg ilyesmi. Valószínűleg rakéta lett volna, vagy pisztoly – tette hozzá lehangoltan.

– Értem, tehát valószínűleg nem járt óvodába. Biztos nem járt, hisz' arra minden felnőtt emlékezni szokott, hogy járt-e vagy sem. Édesanyja szokott önnek mesét olvasni 2 és 6 éves életkora között?

– Anyám nekem, mesét? – döbbent meg Ric. – Még a videofilmet is a dadussal indíttatta el. Dehogy mesélt! Nézze, ne várjon tőlem családi történeteket, doktornő, mert nincsenek. Zéró! Érti?

– Édesapja mesélt?

– Apám!? Soha. Nem is volt szinte otthon. Bent volt a munkahelyén. Hazajött, és mentek vacsorázni meg különböző társasági szarokra. Én a Marival ettem.

– Mi volt Mari vezetékneve? Hol él most?

– Miért olyan fontos ez?

– Megkérdezném erről-arról. Talán ő, mivel felnőttként élte át a történeteket, bizonyos dolgokra másképp emlékezik.

– Azt hiszem, Illés, ott dolgozik a Harmat utcában, múltkor találkoztam vele.

– Illés Mária a gyermekjóléti szolgálattól?

– Valami olyasmi. Ismeri?

– A nevét már láttam iratokon. Akkor majd megkeresem.

– Ahogy gondolja.

– Jó, akkor folytassuk önnel, Richárd. Nem is játszottak önnel? Nem focizott hétvégén a papájával?

– Hétvégén elutaztak. Hogy hová, azt ne kérdezze, mert fogalmam sincs.

– Minden hétvégén?

– Szinte minden hétvégén, ha jól emlékszem. Időnként otthon voltak, de napoztak a kertben, meg iszogattak. Gondolom, dugtak, mikor eltűntek. Én meg úszkáltam és lubickoltam a medencében, vagy valamit játszottam. Egyedül vagy a dadussal, de többnyire egyedül. Volt akkora játszóterem, mint ami a suliban volt.

– Családi ünnepek, egyéb ünnepek hogyan teltek? Voltak szokásaik, amiket például minden karácsonykor vagy húsvétkor elvégeztek?

– Szülinapokon sok ajándék, karácsonykor szintén. A születésnapjaik általában valamilyen kiránduláson vagy nyaraláson lettek megtartva. Természetesen én ott nem lehettem velük. Jó, nem szeretnék igazságtalan lenni. Volt olyan, hogy dadussal együtt elvittek engem is, de akkor is csak vele voltam. Apámék kihajóztak, és este jöttek.

– Gondolom, sokszor volt szomorú emiatt.

– Kezdetben szomorkodtam, és hiába vigasztalt a dadusom. Később dühös voltam, és mindig Mari szívta meg, mert rajta töltöttem ki a bosszúm. Le is lépett. Mária után egy csomó bébicsőszt felfogadtak, de mind lekoccolt hamar. Haragudott ezért anyám, mert egy-két utat és bulit ki kellett hagynia miattam. Apám mondta neki, hogy vigyenek el, és majd ő, az édesanya vigyáz rám, de azt mondta:

– Drágám, én úgy nem tudok kikapcsolni és pihenni".

– Istenem, mintha egyszer is bekapcsolt volna – gondolkodott el Ric.

– Mikor ment el Mária? Hány éves volt akkor ön?

– Talán hat, még suli előtt.

– Miért nem kérték meg a nagyszülőket?

– Olyanok nekem nem voltak, Andrea. Anyám gettós volt.

– Mármint állami gondozott gyermek? – kérdezett közbe Andi.

– Az. Meghaltak a szülei, vagy eldobták, nem is tudom. Ja, már emlékszem. Igen, otthagyták valahol még csecsemő korában. Emlékszem, egyszer beszélgettek erről.

– Az édesapja szülei?

– Külföldön éltek, de nem beszéltek apámmal, és rám nem voltak kíváncsiak. Valami családi bizniszben apám kibaszott az egész famíliával, így lett övé az idősek otthona, de pontosabbat erről nem is tudok, sohasem érdekelt.

– Annyira itt most nem is lényeges. Viszont azért fura egy kicsit, hogy az édesapja beteg és idős embereknek segített az otthonban, miközben a saját fiával alig törődött. Olyan ellentmondásos viselkedés ez. Mit gondol erről?

– Segített? Csak a pénzük érdekelte őt. Otthon nyanyáknak meg trottyoknak hívta őket. Egy dolog érdekelte, hogy befizessék a gondozási díjat és odafizessék a nyugdíjukat, amíg éltek. Ennyi, és nem több. Azért foglalkozott Alzheimer-kóros vénekkel, mert az egészségügyi tevékenységgel még a társadalombiztosítót is megpumpálta. Ezért állami kvóta jár ám. Apám egy embert szeretett, az saját maga volt, és anyám szintén. Talán egymást is szerették kicsit, mert kielégítették egymás igényeit.

– Tehát szeretetre irányuló szülői magatartásra nem nagyon emlékezhet vissza? – kérdezte a pszichológus.

– Szeretetre irányuló? Az milyen? – viccelődött keveset Ric.

– Mondjuk simogatás, ölelés, puszi.

– Összesen egy ilyen képem sincs. Pontosabban anyám simogatta a kedvenc macskáját. Az is simogatásnak számít, nem?

– Nem igazán – mondta Andi.

– Egy bazi nagy, ilyen ezüst kandúr volt. Állandóan azt babusgatta, ezrekért zabáltatta, meg ruhák. A tököm tele volt már azzal a szőrös szarral.

– Féltékeny volt a macskára?

– Azt nem tudom, de kibasztam egyszer a vonat alá, aztán nyekk – vallott be egy gyilkosságot Ric.

– Ez azért nem volt szép, Ricsi. Mit tehetett arról az a szegény macska, hogy az édesanyja őt többet szeretgette, mint önt?

– Tehetett, mert ott élt velünk. Ami a kérdését illeti. Nem, sajnos nem tudok olyan emléket felidézni, hogy így meg úgy szerettek volna engem. – Elgondolkodott Ric, és most barátságos lett a tekintete, mikor a pszichológusra nézett. – Tudja, azt hiszem, ebben a családban senki sem szeretett senkit.

– Ezt nehéz elhinni, hiszen egykor biztos szerették egymást legalább a szülei.

– Ők nem hiszem. Én próbáltam az elején szeretetet koldulni, de nem nagyon kaptam. Apám meg gazdag emberként vett egy ékszert magának anyám személyében. Szép volt, és jól állt neki, pont, mint a Mercedese. Anyám pedig a lelenc, aki szépségével fogott magának egy gazdag faszit, szerintem azért szült meg engem, hogy ha véletlenül apám kibassza egyszer, akkor biztosítva legyen a saját jövője.

– Ezek azért súlyos vádak, Richárd.

– Tudom, de őszintén mondom, hogy ez a véleményem. Ha nem így lenne, akkor ön mivel magyarázza, hogy nem szerettek és nem törődtek velem?

– Nem tudom megmagyarázni.

– Pedig maga szakember – mondta Ric.

– Igen, és van is véleményem, illetve a szakirodalom is foglalkozik a kérdéssel, csak most nekünk nem ezzel kell foglalkozni.

– Azért csak kérdezhetek egyet én is – tette hozzá kicsit lehangoltan a fiú.

– Persze, kérem, ne haragudjon – mentegetőzött Andrea.

– Szóval, miért nem szerettek engem? Nem voltam ronda gyerek, és nem voltam buta sem. Akkor?

– Talán azért, mert korlátozta őket, de nem szeretnék ebbe belemenni részletesen.

– Tehát púp voltam a hátukon.

– Talán. Talán a papa már a várandósság idején elhidegült, a mama pedig utána. Gondolom, a szép cicik megtartása miatt nem is szoptatta önt. Vagy?

– Faszom tudja. Ne is beszéljünk erről, mert ideges leszek! – mondta emelt hangon Ric.

– Rendben, Richárd, ne beszéljünk erről. Azt hiszem, mára elég is ennyi, amit elmondott. Egy későbbi időpontban majd folytatjuk a beszélgetést.

– Oké, viszlát, doktornő! – Andrea összeszedte holmiját és felvette blézerét, majd az ajtó felé indult, mikor Ric utána szólt. – Legközelebb nagyon fontos dolgot fogok mesélni!

– Rendben, Richárd. Viszlát! – és elhagyta a helyiséget a pszichológus.

Andreát már nyomasztotta a sok-sok be- és kiléptetés a börtönben. A nehéz vasajtók csattanásai, a rácsok csengése, valamint a kézzel fogható, folyamatos feszültség, ami egy ilyen helyen előfordul, ahol a pozitív és negatív pólusok ennyire eltolódnak az egyik irányba.

Miután elköszönt Rictől, még felment az intézményvezetőhöz, hogy a következő napra is kieszközölje a fiúk meghallgatását, mert szerette volna lezárni a beszélgetéseket, amelyek az élettörténetüket voltak hivatottak feltárni. Pontosabban azon életeseményeket, amelyek feltehetően felelősek, hogy a fiatalok végül bűncselekményt követtek el. A börtönparancsnok utasította a bűnügyi nyilvántartókat, hogy nézzék meg, van-e bármilyen akadálya a következő napon a meghallgatásnak. Jelezték, hogy Andrea nyugodtan készítheti az interjút, mert egyik elkövetőnek sem lesz hivatalos ügyben sehol megjelenési kötelezettsége. A pszichológus délután három órára kért bebocsátást Gerihez, és négy órára Richez. Eldöntötte, hogy minden kérdést feltesz nekik, amit még szeretne, utána már nem zavarja őket, s nem tépi fel sebeiket.

XVIII. fejezet

Korán reggel kelt fel másnap, mert mindenképpen fel szeretette volna keresni Illés Máriát, aki a gyermekvédelemben dolgozott, és korábban Ric dajkája volt. A reggeli tisztálkodás után zárt blúzt vett fel, és nadrágot, mert már nagyon zavarta őt, hogy a fegyintézetben folyamatosan megjegyzések záporoznak felé nőiessége miatt.

Nyolc óra körül érkezett meg a Harmat utcába, ahol a portán bemutatkozott, és mondta, hogy kivel szeretne beszélni. A portás telefonált, és kisvártatva megérkezett Mária, Ric egykori dajkája. A hosszú folyosón egyre közelebbről hallatszott a cipősarok kopogása, egyszer csak Mária megjelent a fogadótér túlsó oldalán. Andrea elé sietett.

– Üdvözlöm – nyújtott kezet Andi. – Kecskeméti Andrea vagyok.

– Jó napot kívánok! Illés Mária. Miben segíthetek?

– Nem tudom, talán volna itt egy nyugodtabb hely, ahol egy órát beszélgethetnénk? – kérdezte Andrea.

– Miről lenne szó? – érdeklődött Mária.

– Tudja, engem kértek fel korábban a Kenderesi fiú elmevizsgálatára, s én egy tudományos munkámhoz most próbálom elkészíteni Richárd és bűntársa, Gergely részletes élettörténeti anamnézisét. Ha jól tudom, ön ismeri Richárdot.

– Persze – mosolygott a nő –, szegény gyermek – tette hozzá halkan.

– Csak nevek nélkül természetesen, kizárólag a személyazonosság megjelölése nélkül, és azonosíthatatlansága mellett szeretnék kérdezni néhány dolgot.

– Jó, menjünk fel az irodámba.

Felmentek egy második emeleti irodába, ahol Mária hellyel és teával kínálta Andreát. Mária egy negyvenéves szingli hölgy volt. Alacsony termetű, kerek arcú, festett vörös hajú, kicsit molett alkatú nő. Az irodája rendezett volt, a falon minden oldalon egy virágcsendélet, amely harmonizált a bútorral és a függönynyel. Leültek és teát fogyasztottak, s közben kedvesen elbeszélgettek a múltról, és lassan szóba került Ric is.

– A főiskola utolsó éveiben jártam, és nem volt pénzem, ezért jelentkeztem a hirdetésükre – mondta Mária. – Jól jött a pénzük. Meg elég jó munkának tűnt.

– Csak tűnt?

– Igen, mert úgy hirdették az állást, hogy kisegíteni kell. Időnként, amikor a szülőknek programjuk volt, akkor nekem kellett volna vigyázni a gyerekre – mosolygott Mária.

– Gondolom, nem így történt – jegyezte meg Andrea.

– Először megpróbálta az anyuka, hogy otthon marad Ricsivel, de az első ilyen alkalom után olyan ribilliót csapott, hogy a férje többé nélküle nem mehet el a partira, meg ilyesmi. Szóval nem tehetett mást a férfi, megígérte, hogy mehet ő is, s majd én vigyázok a gyermekre. Engem meg sem kérdeztek, csak közölték, hogy most idemegyünk, most odamegyünk. Mire Ricsi három hónapos volt, én gyakorlatilag ott laktam a Kenderesi villában – mosolygott a dajka, majd hosszasan elgondolkodott. Andrea nem szólt közbe, hagyta, hadd gyűjtse össze gondolatait a nő.

– Tápszereztem, pelenkáztam és próbáltam jól gondozni. Csak az volt a baj, hogy korábban nem volt nekem ilyenben semmi tapasztalatom. Könyveket vásároltam, és azokól neveltem a kis Ricsit. Éjjel meg tanulni próbáltam a főiskolára, ha nem üvöltött éppen.

– Értem. Az érdekelne, hogy valóban már egész kis korában hanyagolták Richárdot a szülei?

– Mondom, egy hónapos volt, már én vigyáztam rá. Elmentek nyaralni, meg minden hétvégén valahová utaztak. Valóban nem foglalkoztak vele. Annyi ölelést kapott, amit én adtam neki.

– Az is valami.

– Igen, de mire elérte a dackorszakot, már nem nagyon tudtam ölelgetni, mert állandóan bosszantott engem. Talán azért, hogy elmondjam a szüleinek, és akkor ők kicsit törődnek vele, amíg megdorgálják, amiért engem bántott. Az elején működött, de aztán én már nem panaszkodtam, hisz' kellett a pénz, nem akartam, hogy kirúgjanak, mert képtelen vagyok kezelni a helyzetet, ezért nem mondtam el. Érted? – közben már összetegeződtek egymással, Andrea és Mária. A pszichológus bólintott. – Talán én is hibás vagyok ezért. Mert nem panaszkodtam, azt hihették, hogy minden rendben. Pedig nagyon nem volt az.

– Miért?

– Mikor egyszer elutaztak, körülbelül két éves lehetett Ricsi. Már nem tudom, hová mentek, de egy hónapot ott töltöttek.

– A gyerek nélkül?

– Bizony. Ricsi szinte két napig folyamatosan sírt, de üvöltött, amiért nem vitték magukkal. Majd átváltott és dührohamokban tört ki. Csapkodott, tört és zúzott maga körül.

– Azt nevezem – vetette közbe Andi.

– Földhöz vágta magát és hisztizett. Mindig megígértem neki, hogy felhívom az anyját, hogy beszéljen velük, attól kicsit megnyugodott. Akkor még nem volt mobiltelefon, nem tudtam csak úgy hívni, csak este a hotelszobában, ha ott voltak. Elég ritkán sikerült a kontakt. – Elgondolkodott Mari. – Jaj, borzasztó volt látni a szomorúságot a szemében. Minek az ilyeneknek gyerek?

– Mindenkinek másért. A nőt még megértem, de a papát, őt nem igazán értem.

– Hogyan?

– A nőnek kellett az anyagi biztonság miatt egy utód a férjtől, de a férfi miért akart gyermeket?

– Ja, erre gondoltál? Nem, ő nem akart. Még nem.

– Tényleg, ezt ő mondta neked?

– Igen. Egyszer említette, hogy ő nem akart gyermeket, pont ezért, mert még élni akar, meg blabla. Hogy fiatal ő még, majd ráért volna tizenöt év múlva egy utódot létrehozni és kinevelni, hogy továbbvigye a céget. Ott volt az asszony is, és egyből odakiabálta neki, persze, tizenöt év múlva, amikor már negyven is elmúlok. Hogyan szüljek akkor?

– Erre a férfi halkan megjegyezte, hogy van még „nőstény" a világon. Óriási perpatvar kezdődött, és én inkább kivittem ilyenkor a gyereket.

– Szóval nem akarta őt az apja– gondolkodott hangosan Andi. – Akadályozta volna őt a magánéleti kedvteléseiben, ha rendesen nevelte volna.

– Hát, valami ilyesmi. A nő meg szintén. Ha a papának jár, akkor a mamának is jár a luxus, a pihenés és a csavargás. Meg még ki tudja, mi.

– Nem egészen, hiszen csak az ő döntése volt, hogy gyermeket szül. Szerintem ő eldöntötte, és a férjét meg sem kérdezte erről – mondta Andrea.

– Igen, ez biztos. Egyszer hallottam, mikor pont ez vágta az asszony fejéhez a doki.

– A nő megszülte, majd nem törődött vele.

– Persze, egyszerűbb volt otthagyni nekem egy zsák pénzt, hogy bármit vegyek meg adjak neki, csak nyugodt legyen a gyerek. Próbáltam szeretni, de egy idő után velem is elutasító lett.

– Mikortól kezdve?

– Olyan négy, négy és fél éves korától. Egész addig, amíg ott dolgoztam náluk, csak rugdosott meg ütögetett. Persze, én megértem, hisz' tanultam erről, de elviselnem azért nem kellett, és léptem. Akkor volt hat éves.

– Úgyis jól bírtad – nyugtatta Andrea.

– Annyiszor megpróbáltam beszélni komolyan a szülőkkel, mert éreztem, hogy megöli a gyereket ez a magány. Vittem játszótérre, és mindenkit bántott. Mondtam a szülőknek, hogy kell a gyereknek az óvoda, de mint akik meg sem hallották az érveimet, csak leszavaztak. Miért? – kérdezte indulatosan és tanácstalanul Mária. – Máig sem értem.

– Ezeket láthatjuk, de meg nem érhetjük, Mária.

– Egyáltalán nem csodálkozom rajta, hogy ez lett, mert nem szerették őt, sőt a terhükre volt az a gyerek. Ha nem jött volna az iskola, és nincsenek osztálytársak, haverok, talán el is vitte volna Ricsit a magány és a bánat.

– Jött, de ott meg ő lett a pénzeszsák, ő lett a király, hogy így mondjam. Nem tett jót neki – tette hozzá Andrea. – Szóval gyakorlatilag igaz minden szó, amit elmondott nekem Richárd.

Nem szerették őt, és pénzzel próbálták kárpótolni a szeretethiányt. Mindene megvolt, de érzelmileg teljesen elhanyagolták.

– Igen, ezt meg tudom erősíteni én is – mondta Mária.

Ezt követően még sokáig beszélgettek. Elmondta Mária, hogy jelenlegi főelőadói állását még Kenderesi professzornak köszönheti, mert amikor végzett a főiskolával, a professzor szeretett volna egy olyan állást szerezni neki, ami mellett folytathatta Ricsi dajkálását is. Ezért felhívta a város jegyzőjét, aki jó barátja volt, és beajánlotta Máriát mint megbízható, jól felkészült családpedagógust. A többi már ment magától, néhány nap múlva már be is töltötte az állást, amire egyébként több tucat ember pályázott.

Majdnem tizenegy óra volt már, amikor elköszöntek egymástól a hölgyek. Andrea sietett, mert Szilárddal ebédelt aznap. Csendesen eltöltötte ebédjét párjával, csak keveset szóltak egymáshoz, mert Andinak a Máriával folytatott beszélgetésen jártak a gondolatai. Ebéd után sétáltak egyet a parkban, ahol sok mindent elmesélt Andi a férfinak, és Szilárd is megosztotta kedvesével aznapi élményeit. Séta után Andrea indult a büntetés-végrehajtási intézetbe, hogy a két fiút meghallgassa.

Ezen a napon gyorsan túljutott a szükséges vizsgálatokon, és előbb ért be a kihallgató helyiségbe, mint Geri. Míg várta, hogy a fiút odakísérjék, azon tűnődött, hogy Ric egy intelligens ember volt, hiszen a vizsgálatok során egy OTIS nevű intelligencia tesztet is felvett vele, ami nagyon jó eredményt mutatott. Olyan sokra vihette volna. Ahogy elmélkedett, egyszercsak megérkezett Geri. Andrea felállt, és kezet nyújtva üdvözölte a fiút, majd leültek mindketten a szokásos székre, köztük pedig ott volt a rögzített fémvázú asztal.

– Hogy van ma, Gergő?

– Köszönöm, a körülményektől eltekintve remekül – válaszolta Geri.

– Akkor belecsapjunk?

– Csupa fül vagyok – mosolygott a fiú.

Andrea kicsit kotorászott a papírjai között, majd elkezdte kérdezni Gerit:

– Érdekelne, Gergő, hogy intézeti neveltetése során volt-e olyan negatív élménye, amire nagyon rossz még ma is visszagondolni.

– Rossz élményem volt több is, de olyan, ami még ma is megviselne, már nincs. Egészen kicsi koromban, míg nem kerültem nevelőszülőkhöz, voltak esték, amikor egyedül voltam a szobámban, vagy egyedül kellett kimenni pisilni éjszaka az intézeti nagy vécébe. Emlékszem, féltem nagyon. Egyedül voltam a szobában, fejemre húztam a takarót és sírtam, sokszor egész éjszaka.

– Mikor sikerült legyőzni a sötétségtől való félelmet? Vagy előfordul még ma is, hogy bizonytalan, ha sötét van?

– Nem fordul elő. Tizennégy éves koromban egy parkban találtam egy könyvet a padon. Egy indiai bölcs tanításainak öszszegzése volt. Nem mindent értettem meg belőle, sőt, most már tudom, hogy akkor szinte semmit sem értettem meg, csak egyet. Születés és halál elválaszthatatlanok. Nincs születés halál nélkül, mint ahogy fordítva sincs. Minek féljek hát tőle egy életen keresztül, mikor tenni semmit sem tudok ellene? Ma már azt is tudom, badarság is lenne, mert azt sem tudom, hogy nem lesz-e jobb a halál után. Az indiai bölcs példázataiban sokat idézett Jézustól, Mohamedtől, Csuang Cétől, Lao Cétől és így tovább, és engem ezek érdekelni kezdtek. A zsebpénzemből mindig valami olyan könyvet vettem, amiben ezektől az emberektől olvashattam néhány érdekes dolgot. Szép lassan hinni kezdtem, de nem tudtam magam egyik vallásos irányzathoz se sorolni, ahogy ma sem. Elkezdtem különböző meditációkat gyakorolni, és szent meggyőződésem lett, hogy a lélek bizony halhatatlan. Tehát azt hiszem, hogy amint nem féltem már a haláltól, minden egyéb félelmem is elillant.

– Úgy. Szóval azt állítja, hogy semmitől sem fél.

– Azt.

– Mit vár, mit remél a tárgyalás után? Hogyan viselné, ha hosszú időre fegyházbüntetésre ítélnék?

– Könnyen. Már most is úgy fogom fel, hogy soha az életben nem lett volna alkalmam annyit meditálni, mint itt bent. Volt egyszer egy japán bölcs, aki mindig lopott, hogy börtönbe zárják. Amikor az ítéletet megkapta, még alkudozott is, hogy nem lehetne-e egy kicsit hosszabb időre bent maradnia. Halála előtt tanítványainak elmondta, hogy a börtönben volt a legtöbb követője, és annyi idejük volt meditálni, mint másnak ott kint, a civil életben soha. Azt hiszem, én is így fogom fel.

– A bizonytalanságtól nem fél? Nincs olyan önben, hogy nem tud elvégezni valamit, amiért e Földre jött?

– Nem, hisz' az egész élet egy bizonytalanság. Szerintem nem lehetek biztos semmiben. Nem is élhetem az életem másként, csak bizonytalanságban. Ha egy ember vagyont, hatalmat és egyéb dolgokat összeharácsol, de jön valaki, aki lelövi és visz mindent, akkor mire a biztonság? Esetleg elragadja a rák vagy egy szívroham. Ennyi.

– Bizonytalanságban élni tehát jó ön szerint?

– Élni jó, én azt mondom, és azt még, hogy másként nem lehet, csak bizonytalanságban.

– Arról mi a véleménye, hogy valamit le kell tenni az asztalra, hogy nyomot kell hagynia itt, mielőtt távozna? Nincs ilyen küldetéstudata vagy igénye, hogy ismert legyen?

– Nincs. Szerintem idő előtt nem fogunk távozni, ez lehetetlen. Ebben az életben akkor kapjuk meg az útlevelünket a másvilágba, mikor már végeztünk, tehát nem tudjuk lekésni és megelőzni sem a percet, ami meg van írva.

– Ennyi idős embertől azért ritkán hall az ember ilyen gondolatokat – jegyezte meg Andrea.

– Mert ritkán olvasnak tizennégy évesen a gyerekek Oshót vagy épp a Tao Tö Kinget, legalábbis itt nyugaton – válaszolta nyugodt hangon Geri.

– Kicsit elkalandoztunk. Most kérem, arra válaszoljon, hogy olyan pozitív élménye volt-e, ami a mai napig rendkívül kellemes emlék, és a mai napig energiával tölti fel. Elsősorban intézeti neveltetése során, de későbbi is érdekel.

– Minden nap eszembe jut, hogy az intézetben nevelkedő kisgyermekek mennyire szeretik egymást, és mennyire kapcsolódnak egymáshoz. Tényleg együtt sírnak és együtt nevetnek. Ha valakinek hiányzik édesanyja, akkor hozzábújik a társa vagy egy nagyobb lány. Testvéreknek tartják egymást, és gyakran szorosabb a kötelék, mint az édestestvérek között – válaszolás közben könnyek csordultak le Gergő arcán.

– Látom, ez megindítja még ma is – reagált Andrea.

– Ez mindig. Rengeteg ilyen emlékem van, nagyon sokszor vigasztaltak, nekem adták egyetlen játékukat a gyerekek, csak ne keseregjek. Ebben nem vagyok illetékes, de én azt mondom, hogy inkább száz ilyen szerető kistestvér, mint egyetlen alkoholista apa. Szegény Pete tiszta görcs a mai napig, illetve mindig elfelejtem... elment. Tényleg, őt még meg tudta hallgatni?

– A teszteket megcsináltuk, és véleményt készítettem, de az ilyen beszélgetésre már nem jutott idő. Sajnos ilyen menekülést választott a börtön elől.

– Ha gondolja, beszélgethetünk róla, mert mindent tudok vele kapcsolatban.

– Talán egy másik alkalommal szóba hozhatjuk, de most inkább a pozitív emlékeire fókuszáljunk – mondta Andi.

– Örömmel öleltük és puszoltuk meg egymást a szülinapokon és egy intézetben, ahol egy emeleten 35 gyermek is van, sok ám a születésnap – nevetett Geri. – Majdnem minden héten volt okunk az ünneplésre.

– Értem, szinte bánkódott, mikor nevelőszülőkhöz került – utalt a folytatás irányára a pszichológusnő.

– Nagyon féltem akkor – mondta halkan Geri.

– Mitől?

– Na, akkor féltem a bizonytalanság érzésétől – kicsit kivárt Geri, hogy összeszedje gondolatait és emlékeit abból az időből. – Persze, előtte többször találkoztunk meg beszéltünk, és rendesnek tűntek.

– Tűntek?

– Akkor tűntek, most meg már kijelenthetem, hogy jobb embereket nem is kaphattam volna.

– Milyen élete volt velük?

– Jó. Aniék mindig figyeltek rám, pont annyira, mint a lányokra, Erikára és Krisztire. Ők a húgaim.

– Á, tehát vannak testvérei is?

– Amikor engem örökbe fogadtak, akkor úgy tudták Aniék, hogy nem lehet gyermekük, ezért is kezdeményezték az adoptációt, aztán alig egy év múlva jöttek az ikrek – nevetett a fiú. – És olyan életet leheltek a lakásba, hogy az valami hihetetlen.

– Gondolom.

– Nagyon jó volt. Tudja, mi volt a legjobb?

– Nem. Megosztaná velem, Gergő?

– Hogy minden ünnep olyan meghitt volt. Az ünnepi asztal, a szokásaink. Műsort adtunk elő a lányokkal például karácsonykor, és együtt készítettünk ajándékot a felnőtteknek. És ők annyira rendesek voltak, hogy egyszer sem éreztem az elmúlt tizenhárom évben, hogy nem vagyok az édesgyermekük. Hát csodálatos a sors?

– Miért is?

– Ha előbb jönnek a lányok, akkor engem biztos nem fogadnak örökbe, legalábbis nem ők. És a csajok sem lettek volna a testvéreim. Az én egyéni sorsom összefonódott az övékkel, a lányoknak ezt ki kellett várni, mielőtt leszálltak Ani pocakjába – nevetett Geri. – Gondolom, orvosként ebben nem nagyon hisz, Andrea?

– Nem igazán, illetve kicsit másképp látom. Több teret adok a véletlennek és az evolúciós természetes kiválasztódás elméletének, de tiszteletben tartom minden embertársam véleményét.

– Beszélgethetünk erről is – mondta Geri.

– Majd máskor. Szerintem mára elég, mert még rengeteg a dolgom. Gergő, én úgy tervezem, hogy még néhányszor meglátogatom, és beszélgetünk, és mielőtt elkészítem a disszertációm, előtte megosztom önnel, hogy milyen következtetésekre jutottam. Ez jó így?

– Persze, tök zsír. – válaszolta a fiú. – És mikor látom?

– A munkám?

– Dehogy, a doktornőt! – mondta nevetve Geri.

– Szerintem egy hét múlva – válaszolta a pszichológus.

– Kár, azt hittem már holnap – mosolygott Geri, miközben Andrea már vette fel zakóját és elpakolta az iratait. – Mostanában gyakran jön.

– Hát akkor minden jót – nyújtott kezet a fiatalembernek, s közben mélyen egymás szemébe nézve a nő agyán olyan dolgok villantak át másodpercek alatt, hogy milyen megnyerő fiú még rabruhában is, és egészen kiemelkedően intelligens és művelt, korához képes bölcs fiú.

– Viszontlátásra, kedves doktornő – köszönt el Geri. – Most megy haza?

– Igen, de előtte meglátogatom a bűntársát is.

Andrea elhagyta a kihallgató helyiséget, és a szokásos viszontagságok között elérte végre a másik oldalon és szinten lévő hasonló célra fenntartott termet. Belépett, és letette zakóját a szék karfájára. Körülnézett a hideg helyiségben. – Micsoda rideg ez az egész. Ha a falak mesélni tudnának – gondolta –, mik játszódhattak már le e négy fal között az elmúlt száz évben. Leült, és elgondolkodott még a Geri által elmondottakon. Arra jutott, hogy azért valóban van valami izgalmas abban, ahogy a fiú a sorsszerűségről gondolkodott. Amíg ezen morfondírozott, bekísérték a megbilincselt Ricet.

– Jó napot, Richárd! – köszöntötte Andrea a fiatalembert.

– Üdvözlöm, doktornő. Harmadszor jött be hozzám beszélőre, lassan kezdem azt hinni, hogy belém szeretett – gúnyolódott Ric.

– Nem erről van szó, csak, tudja, megbeszéltük, hogy kíváncsi vagyok a börtönben büntetésüket töltő emberek lelki világára, és hogy időnként beszélgetünk, de szerintem ma minden fontosnak vélt kérdést felteszek, és nem rabolom tovább az idejét. Többet nem kell bejönnöm – reagált a pszichológus.

– Beszélgessünk úgy, hogy ma nem jegyzetel – tett ajánlatot Ric.

– Rendben, ez nem probléma, de miért tartja ezt fontosnak? Mit szeretne megosztani velem?

– Maguknál, ilyen lélekgyógyászoknál is van ilyen orvosi titok vagy mi?

– Természetesen, ami köztünk elhangzik, az titok, és az is marad. Nem mondhatom el senkinek sem.

– Mert a múltkor említettem, hogy fogok mesélni egy fontos dolgot – mondta sejtelmesen a fiú.

– Igen, emlékszem rá – mondta Andrea.

– Jó. Egy titok – Ric körülnézett az üres helyiségben, majd folytatta. – Nem apám ölte meg anyámat, sőt öngyilkos sem lett – mondta Ric, és Andrea egész teste beleborzongott a hallottakba, de összeszedte magát.

– Tudja esetleg, hogy ki tette? – kérdezte Andrea. Hosszú csend következett. A fiú nyugodtan lélegzett, de hallgatott. – Tudja, Richárd? – kérdezte még egyszer Andi.

– Tudom – mormogta maga elé.

– Akkor? – A nő egész testén végigfutott a hidegrázás ismét, a pulzusa pedig legalább száztízet ütött percenként.

– A helyzet az, doktornő, hogy mindenkit átbasztam – kezdte szenvtelen arckifejezéssel. – Mikor elmentem a fiúkkal a zsidóhoz, apám és anyám már nem éltek.

– Hogyhogy?

– Megöltem őket. Én öltem meg őket doktornő, és kurvára nem bánom még ma sem. Ez a durva nem? – kérdezte választ nem várva. – Bevittem már korábban egy homokzsákot, amibe belelőttem kettőt, mielőtt anyámba eresztettem a skulókat, majd jött apám. Halántékon lőttem és a kezébe tettem a fegyvert, amivel ismét belelőttem a homokzsákba kétszer. Tudja, hogy lőporos legyen a keze. Olvastam ilyenekről eleget, meg néztem azt a sok szar krimit egész gyerekkoromban. Manapság meg egy fiatal több helyszínelést nézhet meg a tévében, mint időjárás-jelentést – a fiú most nagyon izgatottnak tűnt Andinak, egy kicsit félt is tőle, de azért megkérdezte:

– Mióta tervezte a gyilkosságokat, Richárd?

– Nem terveztem régóta, csak amióta megtudtam, hogy anyám még arra a dagadt disznóra is több időt áldozott, mint rám. – Most remegett az idegességtől Ric, és összeszorított fogakkal mondta – azt hittem, csak önmagát vagy esetleg apámat szereti. Hogy engem leszarnak, az azért van, mert egymást azért egy kicsit szeretik. Jó, tudtam, hogy apu időnként félrejár, de hogy anyám, és egy ilyen szarral! – ezt szinte már kiabálva mondta.

– Mindenkit félrevezetett, Richárd. Miért mondta el nekem? – tanácstalan volt Andi, hogy mit kezdjen most ezekkel az információkkal. – Miért tett rám ekkora terhet? – kérdezte a nő remegő hangon.

– Mert el akartam végre mondani valakinek. Mert szétfeszít belül. Érti? A düh! – kiabálta. – Nem múlt el a düh!

Ekkor benézett az ajtó előtt épp elsétáló felügyelő.

– Minden rendben, Andrea? – kérdezte az őr.

– Igen, felügyelő úr, minden rendben. Ez természetes reakció Kenderesi fogva tartottól. Most elevenítjük fel a gyermekkori sérelmeket – mentette ki Ricet a pszichológus.

– Értem. Halkabban, Kenderesi, mert az is természetes reakció lesz, ha elkülönítem és írok egy fegyelmi lapot, ez itt egy fegyház szabályokkal: üvölteni tilos. Minden jót! – és becsapta a kémlelőnyílást.

– Blabla köcsög – jegyezte meg Ric. – Ezek azt hiszik, hogy mindenki be van szarva tőlük. Hát én nem. Annyi pénzem van, hogy bármelyiket lelövetem a picsába – fenyegetőzött indulatosan.

– Ne, kérem, Richárd, ezt hagyjuk. Az ilyen fenyegetőzések nem vezetnek sehová. Elég baja van önnek így is – nyugtatta Andrea.

– Csak azt bánom, hogy nem vittem végig. Az a hülye Geri! Minek kellett annak feladni mindent és mindenkit? – Ismét nagyon indulatos volt. – Egyszer azt még elintézem, vagy megoldom, hogy elintézzék itt bent. Jó terv volt, doktornő. Jó terv volt. Most élvezhetném a vagyonom valami egzotikus üdülőhelyen, amíg el nem fogy. Ehelyett itt baszom a rezet legalább huszonöt évig – és megbilincselt kezével az asztalra akart ütni, de az a törzsén egy szíjhoz volt erősítve.

– Richárd! Nincs jó terv, és nincs tökéletes gyilkosság sem. Ön mondta az előbb, hogy mennyi helyszínelést lehet látni a televízióban. Mindig marad nyom. Ma már olyan fejlett a tudomány, hogy egyetlen DNS-ből megmondják, hányas a lába, magasság, vércsoport stb. Hagytak ott DNS-t. Hiába a tűz, hányás volt a lépcsőn, kint a ház előtt.

– Ááá, nem érti, doktornő, az nem lett volna fontos. Ha Steve nem fosik be, akkor mindenki elsüllyed szépen a tóban. Mindenki. A fiúk hárman. A kép világos lett volna. Apám megtudja, hogy anyám baszik a zsidóval. Odamegy, kinyírja, felgyújtja, majd hazamegy és lelövi az asszonyt is. A terhet nem viselve rövidesen magát is lelövi. Mindenki a helyére kerül, és Ric megörökli a sok suskát, és éli világát. Járt nekem ez a sok pénz. Érti? – tette fel a kérdést dühösen a zaklatott fiú.

– Az életben semmi sem jár, Richárd – javította ki Andrea.

– Az anyai szeretet jár! – kiabálta megint indulattal. – Az, hogy leszarjanak, az jár?! Hogy anyám részeg, beszívott barátnője leszopjon, az jár? – kiabálta már sírva. – Hogy senki meg ne hallgasson, az jár? – kérdezte már zokogva. – Hogy elvegyék a lóvémat, a kocsim, és semmit ne használhassak, ami luxus, az megint jár? – kicsit kivárt. – Nem, tudom, hogy nem járt, de most kárpótolt az élet – tette hozzá kicsit elégedettnek tűnve.

– De hát itt van egy fegyházban, és 43 éves koráig minimum itt is lesz, Richárd. Miféle elégtétel ez? Ez lenne a kárpótlás?

– Itt vagyok – mondta ismét halkan.

Közben a felügyelet megütögette az ajtót.

– Most szóltam utoljára, Kenderesi!

A fiú folytatta:

– Itt leszek egy darabig, de életem végén, az utolsó évtizedekben mindenért kárpótolom magam. Tudja, doktornő, hogy hány milliárdos vagyont örököltem? Mindenki ki fogja nyalni a seggem, még ez a köcsög őr is, aki most már másodszor keménykedik.

– Nem így mennek a dolgok itt, Richárd – mondta Andrea.

– Sétán összehaverkodtam egy menő sráccal, már negyedszer van benn. Ő mondta, mit hogyan intézzek. Gerinek is anynyi lesz, még kurvázni is fogok itt bent. A lényeg, hogy elhitessem, én vagyok a legfaszább gyerek a világon.

– Egyelőre nem sikerült, ha jó látom – viccelődött Andi, és vele nevetett Ric is. – Ha mindent elmondott, amit szeretett volna, Richárd, akkor ma, szerintem, hagyjuk félbe a beszélgetést, és így még egyszer eljövök majd, mert még egy dologról szeretnék önnel beszélgetni.

– Miről? – kérdezett vissza Ric.

– Most sajnos nincs időm feljegyezni a válaszát, ezért nem is teszem fel a kérdéseimet. Kérem, vigyázzon magára, hamarosan újra jelentkezem. A legjobbakat, már a körülményekhez képest – köszönt el Andrea stílusosan.

– Viszlát, kedves doktornő. Itt maga a mamám! Tudja? – szólt még a nő után mosolyogva.

– Ezt inkább hagyjuk, ezután a beszélgetés után. Azt hiszem, hogy nem szeretnék a mamája lenni!

XIX. Fejezet

A következő hónapokban Andrea nagyon részletesen feltárta Ric és Geri élettörténetét. Rengeteg szakirodalmat böngészett át, hogy minden szempontból megalapozott tanulmányt készíthessen a fiatalkorú és fiatal felnőtt bűnelkövetők családi hátteréről, a bűnöző életmódhoz vezető útról.

Gerivel sokat beszélgetett Pete és Steve gyermekkoráról is. Geri állítása szerint ő többnyire azért ment bele a rablásba, mert nekik szeretett volna segíteni, hogy alkoholista szüleiktől el tudjanak végre szakadni. Természetesen a tudományos munkájában nem vette figyelembe Andrea a távollévő Steve és az öngyilkos Pete élettörténetét, hiszen nem tudta valós vizsgálati adatokkal alátámasztani az elmondottakat, de kíváncsi volt rájuk, és szívesen vette, ha Geri mesélt neki róluk is. A következtetéseket természetesen levonta belőlük.

Steve-nek csak az édesapja volt alkoholbeteg, de sajnos szegény Pete-nek édesanyja is az ital rabjává vált . Pete-nek nem volt támasza, mert neki nem volt testvére sem, kizárólag a szüleire számíthatott volna, de az apja folyamatosan verte őt, és édesanyjához sem mehetett gyámolításért, mert ő rendszeresen az apa oldalára állt, hiszen félt, hogy ő is a testi erőszak áldozata lesz. Geri elmondása szerint Pete rendszeresen nézte végig, ahogy szülei a kifulladásig verekednek, és amikor a feldúlt lelkiállapotú fiú nem tudott elaludni a sírástól, vagy éppen bevizelt az ágyába, apja rendszeresen megverte, sokszor szíjjal, és büntetésből bezárta a sötét fürdőszobába.

– Már tizenöt évesek lehettünk, mikor suliba indultunk reggel – mesélte egyszer Geri a pszichológusnak. – Szegény Pete kijött a buszmegállóba, és láttam, hogy a szemöldökén csúnyán fel volt szakadva a bőr. Megkérdeztem tőle, hogy mi történt, erre azt felelte, hogy elcsúszott a fürdőszobában. Aztán mondtam neki, hogy ezt a szöveget hagyja az osztályfőnöknek, mert én nem veszem be.

– Valójában mi történt? – kérdezte Andrea.

– Valójában Pete édesapja ittasan érkezett haza, és mint ilyenkor legtöbbször, meg szerette volna mutatni, hogy példás apa, ezért elkérte a gyerek ellenőrzőkönyvét. Szegény Pete nem volt valami erős testnevelésből, és bármilyen hihetetlen, de egyedül abból volt elégtelen a félévi értesítőben.

– Tesiből?

– Igen, de szerencsétlen Ottó bá', a tesi tanár nem azért adott egyest, mert pikkelt Pete-re, csak ösztönözni szerette volna, hogy a második félévben legalább egyszer másszon fel a kötélen, vagy valamit csináljon meg rendesen. Ha tudta volna, hogy ennek súlyos következményei is lehetnek, akkor nem adott volna elégtelent, az biztos. – Kicsit gondolkodott Geri, majd folytatta a történetet, ahogy Pete egykor elmesélte neki. – Talán az apa nem is látta, hogy milyen tantárgy, s mivel Pete sem számított arra, hogy torna egyesért verésben fog részesülni, ezért teljesen váratlanul érte a két ütés. Ahogy Pete mesélte, nem sok esélye volt. Pont az ajtóban állt, édesapja kezében az ellenőrző, meglátta az egyest, és bumm, egy erős jobb kezes ütés érte szerencsétlen gyerek arcát balról. Ahogy Pete el akarta rántani a fejét, pont lefejelte az ajtótokot, és felrepedt a szemhéja, majd rögtön jött a balkezes párja is az ütésnek, aminek következménye az volt, hogy Pete elrántotta a fejét a másik irányba, és a másik oldali ajtótokot is megbólintotta, csak szerencséjére az a hajas fejbőrnél érte el a fát, így nem szakadt fel mindkét oldalon a bőre.

– Szerintem teljesen mindegy, hogy miből kap valaki egyest, ez nem megoldás – jegyezte meg Andrea. – Szerencsétlen gyerek – tette hozzá.

– Persze. Sírt Pete, mikor elmesélte nekem. Sajnos ő nem volt valami erős idegzetű gyerek, hamar sírni kezdett, vagy hisztis dühkirohanásai voltak, ha valami sérelem érte. – Kicsit kivárt Geri mesélés közben, hogy összeszedje gondolatait és felidézze emlékeit, aztán tovább mesélt Andreának. – Én akkoriban már régóta aikidóztam, és egyszer fölajánlottam Pete-nek, hogy szóljon, és elverem az öregét, de nem merte ezt vállalni. Azt nem tudom, hogy félt tőle vagy sajnálta volna, ha egy kicsit elverem. Ami érdekes volt, és még ehhez mindenképp hozzá akarom tenni, hogy az ilyen esték után Pete apja másnap annyira szégyellte magát az egész család előtt. Felkelt, és nem szólt senkihez, szinte a szemébe sem tudott nézni sem Pete-nek, sem pedig a feleségének, de néhány nap múlva kezdődött elölről a cirkusz. Pete egy idő után a szobáját zárni kezdte belülről, és az ablakán közlekedett. A legtöbbször kint éjszakáztunk a parkban valamelyik padnál, ott mi voltunk, csak magunk, vidáman eltöltöttük az estéket. Sokat nevettünk, és megváltottuk a világot.

– Tényleg? Milyen gondolatokra jutottak ott?

– Például ott döntöttük el, hogy egyszer kirámolunk valakit, hogy kiszakadjanak a haverok a szar világból. Komolyan mondom, én elvoltam otthon. Kicsit uncsi volt, de szerettek engem otthon, csak akkor kattantam meg kicsit, mikor a fater meghalt embóliában.

– Ez pont akkoriban volt?

– Igen. És körülbelül Ric is ekkor vágódott hozzánk. Olyan tizenhat lehettem. Ric fasza gyerek volt, hamar befogadtuk magunk közé, mert etetett-itatott minket, mindig volt pénze. Később ő vette a füvet, amit elszívott a csapat.

– Mindenki szívott?

– Igen, csak én keveset. Mondjuk, hogy inkább csak hétvégéken, a bulik előtt, de a többiek rendesen adták neki. Szinte minden este tekertek egy-két rakétát. Kicsit kiszabadultak a gondjaik fogságából.

– Önnek nem voltak gondjai, Gergő?

– De voltak.

– Mik?

– Nem mertem csajozni. Nagyjából ennyi, fostam tőlük.

– Ezt nehéz elhinni, hogy a magabiztos Németh Gergely, aki sportos és jóképű, félt a lányoktól – nevetett Andrea.

– Pedig így volt. Remélem, amikor kiszabadulok, már tökösebb srác leszek – mondta Geri mosolyogva.

– Bízzunk benne. Milyen volt a csapaton belül a hierarchia?

– Azt hiszem, hogy én voltam a domináns, de fokozatosan átadtam Ricnek feladatot. Tudtam, hogy így lesz mindig lóvé.

– Ön ilyen számító volt?

– Bejött. Nagyon sok pénzt költött ám ránk. Ruhákat vett, meg mindent, amit csak akartunk. Jó, nyilván nem Ferrarit vagy ilyesmi, de szerintem havi kb. egy-két kilót ránk költött. Volt olyan, hogy egy szombaton kért bulira az anyjától harmincezret, az apjától is harmincat, meg lenyúlt, mondjuk, negyvenet. Később én többet lógtam Steve-vel, Pete pedig Rickel járt inkább, de azért esténként mindig összefutottunk.

– Miért alakult így?

– Ők ilyen számítógépes játékokért meg videojátékokért voltak besózva, mi Steve-vel inkább sportolgattunk.

– Értem. Steve-nek is hasonlóan nehéz volt édesapja betegsége miatt a sorsa?

– Nem. Kapott ugyan ő is, sokszor volt apja erőszakos cselekedeteinek áldozata, de őt édesanyja megvédte, kiállt mellette, ha kellett, anyatigrisként védte a fiát. Sokszor az volt az érzésem, és ezt meg is osztottam Steve-vel is, hogy apja már azért veri őt, amiért az anyja őt jobban szereti, és jobban kitünteti figyelmével, gondozásával, nem? Simán benne lehet – Andrea bólintott helyeslőn, majd kérdezte tovább Gerit.

– Szóval a négyes csoportból szép lassan lett két kettes?

– Tulajdonképpen igen, de mondom, esténként mindig öszszejöttünk. Az biztos, hogy nekem Steve volt a legjobb barátom, sőt a mai napig is az. Így teltek a napok. Suli, edzés, este meg lógás a fiúkkal. Aztán kiterveltük a balhét, és a többit már tudja.

– Igen.

Andrea hosszú ideig tanulmányozta a témát, sokat kutatott korábbi, hasonló események után, hogy összehasonlíthassa az eseteket, és találjon bennük közös vonást. Vizsgálta külön a szenvedélybetegek lelki egészségével kapcsolatos tanulmányokat, a párkapcsolati és házassággal kapcsolatos nehézségekkel küzdő emberekről szóló szakirodalmat. A gyermeklélektannal, a deviancia elméletével foglalkozó tudományos munkákat. A csoporthatásról és szubkultúrákról alkotott munkákat.

Hónapokig dolgozott a munkán, mert valami valóságos megoldást szeretett volna a későbbiekben kidolgozni, hogy egyre csökkenjen a bűncselekmények valós áldozatainak száma. Arra a következtetésre jutott, mivel a börtönben tanulmányozta a nevelői munkát, illetve az utógondozást, valamint a visszaesési statisztikákat, hogy a büntetés-végrehajtási intézményekben már csak nagyon kis százalékban sikerül elérni, hogy egy bűnöző ne legyen bűnismétlő, hogy a gyermeket nevelő szülőket kell jó szülővé nevelni. Nevezetesen a jelen fiataljait kell gondozásba venni. Elhatározta, hogy konklúzióként ezt fogja majd megvilágítani, és a későbbiekben konkrét nevelési tervet is fog készíteni a munkájához, amit minél szélesebb körben fog ismertetni. Iskolákban, pedagógiai fórumokon és szülői közösségekben. Nagy lelkesedéssel vetette bele magát a munkába, mert végre úgy érezte, hogy valami küldetése van ebben az életben.

XX. Fejezet

Csodás vasárnap délelőtt volt. Nyolc hónap telt el azóta, hogy Wild bírónő elítélte a három fiatalt, akik kirabolták Artúr Loang ékszerészt. A véletlen úgy hozta, hogy ezen a rigófüttyös, virágillatú reggelen a városi sport- és szabadidő centrumban két társaság az egymás melletti teniszpályákat bérelte ki. Az egyik társaságban a bírónő játszott, a másikban pedig Andrea, a szakvéleményeket elkészítő pszichológus próbált barátkozni a tenisz nevű sporttal, de nem volt kimagasló fizikai állapotban, ezért többször ült a napernyő alatt, mint játszott. Figyelte a többi pályán játszó embereket, hogy tanuljon valamit, mert az ő társaságukban csak egy ember tudott igazán teniszezni, őt viszont szándékosan nem kérdezte Andi, mivel teljesen idegesítette barátja nagyképűsége, és nem akarta még növelni egóját azzal, hogy elhiteti vele, nincs e központban nála jobb teniszjátékos.

Végül is pszichológus a szakmája, próbálta párkapcsolatában is kamatoztatni tudását. A másik pályán feltűnt neki egy negyven körüli, magas, vékony alkatú, festett vörös hajú hölgy, aki rendkívül jól mozgott a pályán. Látszott rajta, hogy nem ma kezdett játszani. Ahogy egy röpte után visszafordult a nő, akkor látta, hogy nem más, mint az a bírónő, aki elítélte Ricet és Gerit.

Gondolta, ha végzett a szomszéd pályán Kata, majd odamegy, és tőle kér tanácsokat erről a csodás játékról. Ismerték egymást az ügy előtt is. Egy kicsi, főváros melletti városkában éltek, ahol a közigazgatásban és az igazságszolgáltatásban dolgozó emberek, ha nem is barátok, de mindenképpen ismerik egymást.

– Odamegyek – gondolta Andi. Felállt és elindult, mikor barátja, Szilárd utána szólt.

– Hová mész, kedves? Ilyen hamar meguntad a mai játékot?

– Nem, csak van a szomszéd pályán egy ismerősöm. Szeretném nézni kicsit a játékát, és ha végzett, üdvözölni szeretném –

válaszolt. – Te csak fitogtasd tovább az erődet az öcsémmel szemben, engem úgysem az itteni teljesítményeddel veszel le a lábamról – mondta még, majd rákacsintott kedvesére, és elindult a szomszéd pályánál felállított napernyőkhöz. Még csak reggel kilenc óra volt, de máris erősen tűzött a nap ezen az augusztusi reggelen.

Most már Kata is észrevette őt, de csak egy bólintással tudta üdvözölni, mert még tartott a mérkőzés az ügyész úr ellen. Ilyenkor, mikor nyáron ítélkezési szünet van a bíróságokon, a helyi ügyészség és bíróság kibérel a dolgozóinak egy teniszpályát, egy fallabda pályát és két sávot egy uszodában. Ilyenkor nem kell bejelentkezniük az igazságügyi dolgozóknak, sőt fizetniük sem kell a kikapcsolódásért, mert ezt a hivatal rendezi.

Figyelte Andrea a bírónő csodás és precíz játékát. Csodálkozott, milyen ügyes, épp egy szerva-röpte kombinációval nyerte meg a mérkőzést. Szaladt a sportszerű kézfogásra a hálóhoz.

– Azért te is jól játszol, kedves Béla – jegyezte meg viccesen kollégájának. – Holnap talán te nyersz.

– Igen, drága vagy, mindennap elmondod – válaszolt a vezető ügyész. – Gyere, menjünk, én állom a frissítőt. Már megint buktam a limonádét – tette hozzá lehangoltan.

– Rossz érzés egy nőtől kikapni?

– Nem, nem erről van szó, úgy általában a vereség nem olyan jó érzés, de itt én nem tartom magam vesztesnek, hisz' mozogni jöttem, ami meg is valósult. Tehát az egészségem a nyertes, nem beszélve arról, hogy egy ilyen bájos teremtéssel játszhatom, sőt nem is egy bájos teremtéssel, hisz' Cili is itt van, de ő most a kollégámat fogja elpáholni.

– Az nem biztos. Én játszottam már Andrással, jó játékos ő is, lesz vele gondja Julinak. A frissítőt, ha megkérlek, idehozod nekem, Bélám, mert van ott egy ismerősöm, pár szót szeretnék váltani vele.

– Persze, menjél csak. Hozom azonnal – válaszolta a férfi.

Katalin elindult Andrea felé, az ügyész úr pedig hosszasan figyelte a bírónő formás alakját a sportos öltözékben. Utána szólt:

– Imádom, mikor itt vagyunk, annyira jól áll ez a testre simuló fehér nadrág és a kisszoknya, a topról nem is beszélve, amiből játék közben kivillan időnként a köldököd.

– De Béla, te házas vagy! Elfelejtetted?– botránkozott meg Kata.

– Hogyan is tudnám elfelejteni? – kérdezett vissza. – Ismered a nejem?

Továbbment Kata, és odaért Andrea asztalához.

– Üdvözlöm, kedves doktornő – köszöntötte és kezet nyújtott. – Most látom itt először. Ismerkedik e csodás sport rejtelmeivel?

– Szép napot, bírónő. Látom, ön már nem kezdő a pályán sem.

– Hogyhogy? – kérdezett vissza.

– Úgy értem, hogy a tárgyalóteremben sem az – pontosított. – Én ma vagyok itt negyedszer, mert a barátom imádja a teniszt, de nekem nem megy eléggé. Tudja, én igazából futni, úszni és kerékpározni szoktam. Semmi különösebb képességet nem igénylő sportok – elengedték egymás kezét, és állva folytatták a beszélgetést.

– Jaj, én meg már kezdtem azt hinni, hogy az életkoromra céloz – nevetett –, és a tárgyalótermet ne is juttassa az eszembe, mert még három hét a szabadság, addig csak wellness, fitness és egyéb kényeztető kezelések.

– Mint például? – kérdezte Andrea.

– Mint például egy gasztronómiai utazás. Finom ételek finom borokkal párosítva, kellemes társaságban.

– Kérem, foglaljon helyet itt az asztalnál, és beszéljük meg, mikor vehetek egy teniszleckét öntől.

– Szerintem tegeződjünk – mondta Kata, miközben leültek a napernyő alá.

– Köszönöm és megtisztelő – mondta Andi. – A gasztronómiai utazáshoz azért kell egy partner is. Egyedül részt venni egy ilyen programon nem annyira izgalmas. Nem?

– Ha arra célzol, hogy férfi partnerrel, hát tudod, már rég volt ilyenben részem. Egy kedves, szintén egyedülálló barátnőmmel fizetünk be kulináris eseményekre. Mi, kényszerült szinglik, nagyon jól el tudjuk egymást szórakoztatni, és mindig vannak olyan férfiak a társaságban, akikkel kicsit flörtölhetünk. Nem kell, hogy tudják, mi a foglalkozásunk, meg ilyesmi, sőt időnként még a nevünket sem kell tudniuk. Ha megkérdezik, akkor biztosítási ügynök vagy alkusz vagyok. Cili jó fej, ő állandóan valami érdekes tevékenységet nevez meg mint hivatást. Legutóbb reiki mestert mondott. Alig bírtam ki, hogy ne röhögjem el magam a bemutatkozásnál. Várj, kérlek, jön Bélusom, hozza a limonádém – közölte halkan, és férfi felé fordult.

– Ó, drága kolléga, kedves tőled, még ide is hozod nekem? – kérdezte, persze emlékezett rá Kata, hogy ő maga kérte erre, de ez kicsit Andreának szólt.

– Neked, Katám, még a reggelit is az ágyba vinném – reagált a vezető ügyész –, nem tudtam előre, hogy jólesne-e egy frissítő a beszélgető partnerednek, de bátorkodtam neki is hozni egyet. Feketeribizlis, ha nem sértem meg vele, kisasszony?

– Nem, köszönöm szépen. Nagyon kedves öntől. Ez most jól fog esni – válaszolta Andi.

– Százszor mondtam már, ügyész úr, hogy ne udvaroljon nekem, mert a felesége fülébe jut, és kikap otthon – szólt közbe Kata a korábbi megjegyzésre utalva.

– Vállalom, Katikám. Nincs az az otthoni büntetés, sőt a Btk-ban sem tudsz olyan szakaszt idézni, amit ne vállalnék fel érted – nevettek.

Egyébként Kata nagyon jó viszonyban volt a vezető ügyész feleségével, Ágival. Három gyermeket nevel férjével, és boldogságban összetartja a családot, nagyon jó feleség, aki minden körülményt biztosít, hogy férje száz százalékban a feladataira koncentrálhasson.

Az ilyen jellegű poénokat felesége társaságában is elsüti Béla, amiért Ági nem haragszik. Jókat nevetnek rajta, de ő nem tudja, hogy férje valóban eped a csinos nőkért. Csak az tartja vissza, hogy az ő pozíciójában feddhetetlennek kell maradnia. Azonban a bírónő csak egyszer mondaná, hogy este hétkor egy finom borral várlak a lakásomban, és Béla ott lenne. Talán kicsit hezitálna, hisz' nem csalta még meg feleségét, de annyira izgatja ez a nő, minden porcikáját szexinek találja. Mindegy, hogy talárban, kosztümben vagy teniszruhában látja.

– Óh, hadd mutassalak be. A hölgy dr. Kecskeméti Andrea pszi-
chológus, ő készítette a szakvéleményt a Kenderesi ügyben is. Tudod?

– Annyira azért nem vagyok szórakozott, Kata, hogy egy
ilyen horderejű ügyre ne emlékezzek. Csókolom a kezét. – Ke-
zet fogtak. – Tímár Béla.

– Szintén teniszjátékos? – kérdezte Andrea mosolyogva. –
Vagy csak rajongó, mint én?

– Csak limonádés fiú vagyok, aki hajlandó ennek a profi ra-
gadozónak a karmai közé vetni magát – utalt Katára, és fejével
odabiccentett felé, nehogy esetleg más személyre gondolhasson
Andi. – Hadd élvezze, amint leigáz egy férfit – tette hozzá, és
mind a hárman nevettek.

– Csatlakozik hozzánk? – kérdezte Andrea.

– Nem, köszönöm az invitálást, de visszamegyek szurkolni
a kollégámnak, mert ráfér a buzdítás, hisz' ő sem egy profi, vi-
szont Cecília a mesteréhez hasonló tudással bír.

– Ő a barátnő? – kérdezte Katát Andi.

– Igen, majd ha végzett, bemutatom neked őt is. Megkérjük
a fiúkat, hogy játsszanak egymással egy mérkőzést, és mi nyu-
godtan beszélgethetünk csajos témákról – mondta.

– Akkor én megyek is. Örültem – köszönt el Tímár úr.

– Minden jót, és nagyon köszönöm a limonádét – mondta Andi,
miközben visszaültek a hölgyek a kényelmes székekbe.

– Jaj, imádom ezt az erdei illatot, főleg mikor a reggeli har-
matot párologtatja a felkelő nap melege. Ilyenkor annyira illatos.
Nem? – kérdezte Katalin.

– De. Valóban finom. Én ilyenkor szeretek kocogni vagy bicajozni
az erdőben, mikor szinte gőzölög az erdő, a reggeli párás időben ren-
geteg gombásszal futok össze. És ez a limonádé, ez tényleg isteni –
mondta, miután szívószálával belekóstolt a jeges italba. Letette a
poharat és egy rövid ideig csak maga elé meredt, majd Katára nézett.

– Tudom, hogy szabadság van, meg sportolunk itt elvileg,
de egy kérdést megengedsz Kenderesi Ricsivel kapcsolatban?

– Persze. Beszélgethetünk róla. Tudod, ez az ügy egy kicsit
engem is felrázott, már teljesen becsavarodtam az előző bicik-
lilopásos ügytől – válaszolta Kata.

– Egy kerékpár ellopásáért is bíróság elé kerül valaki? – kérdezte Andi.

– Nem, illetve igen akár, de ez esetben hatvanegy kerékpárt loptak el, és azok közül a legolcsóbb piaci értéke 230 000 Ft volt. Bonyolult ügy volt, rengeteg sértett, rengeteg tanú, szóval elhúzódott rendesen, de mindenki megkapta, amit megérdemel, ámen. – Mosolyogtak. – Mire vagy kíváncsi?

– Mi volt az ok, amiért a majdnem a legkorábbi időpontra tetted Richárd szabadságra bocsátásának lehetőségét? Végül is megölt egy embert, elég brutális módon. – közben Andi azt gondolta magában: és még kettőt.

– Anélkül, hogy különösebb jogi érvelésekbe belemennénk, azért az nem jellemző a bírói gyakorlatban, hogy valaki első bűntényes elkövetőként életfogytig tartó szabadságvesztést kapjon. Nem mellesleg a Kenderesi fiú nem volt még az elkövetés idején húsz éves. Most az, hogy kit, hogyan és mikor, ezek nyilván súlyosbító és enyhítő körülmények lehetnek, de ha a szabadságvesztés büntetés célját veszem alapul, akkor úgy vélem, hogy Richárdnak még marad ideje, hogy bizonyítson az életben, és visszailleszkedhet a társadalomba. Szerintem azt kapta, ami járt neki, mivel azonban az elkövetés napján alig volt több mint 18 éves, ha jól végig gondoljuk, ha ezt valóban sokkal előbb kiterveli, és nem egy végső elkeseredés váltja ki belőle, akkor 43 nappal előbb követi el, és még jogi értelemben fiatalkorú, tehát maximum tizenöt évet kaphatott volna. Szerintem arányos, és jogilag rendben van ez a döntés. Vagy te másképp látod?

– Nem, én ehhez nem értek. Nézetem szerint ezek a fiatalok mind áldozatok. Álláspontom szerint az ilyen bűncselekmények első áldozatai az elkövetők. – A sors fintora, hogy Richárd a büntetést is kiszabta szüleire – gondolta magában Andi, de egyre nehezebben tudta hordani a terhet, amit Ric a vállára tett azzal, hogy megosztotta vele az igazságot szülei halálával kapcsolatban.

– Ezt hogy érted, hogy áldozatok? Illetve sejtem, hogy pszichológusként te mire gondolsz. Talán a gyermekkor – Andi bólintott.

– Németh Gergő például, amennyire a környezettanulmányból emlékszem, teljesen normális családban nevelkedett – kérdezett vissza Kata.

– Igen, de ne felejtsük el, hogy egy kisgyermekkorban árvaságra jutott emberről van szó. Gergő szülei a gyermek három és fél, négy éves kora között balesetben elhunytak. Az ilyen gyermekek problémaköre elsősorban a kapcsolatteremtés és a tanulás.

– De ez a fiú elég kommunikatívnak tűnt számomra – szakította félbe Andreát újdonsült barátnője.

– Valóban kommunikatívnak tűnt, de egy ilyen jóképű, sportos fiatalembernek ennyi idős korában azért illene már nyitni a másik nem felé – megállt egy pillanatra. – De Gergőnek még nem volt alkalmi partnere sem. A bizalma, biztonságérzete kismértékben megingott, mikor elvesztette szüleit. A szerencséje a szerencsétlenségben, hogy az első három életévében óriási szeretetben élt, ezért most tudatos felnőtt magatartással és őszinte kommunikációval viszonylag könnyen helyreállította bizalmi válságát.

– Mondjuk, amennyire emlékszem, egy visszahúzódó embernek állította be magát – vetette közbe Kata.

– Teljesen természetes jelenség, hogy a közösségtől kissé visszahúzódik. Nem szeretett az iskolában tanulni, nem szerette az iskolai rendszabályokat, de jól navigált, és sikerült különösebb fegyelmi fenyítések nélkül átvészelnie az iskolakötelezettség időszakát. Nem foglalkoztatta őt az új dolgok megismerése. Gergő a természetes, ősi ismereteket kedveli és keresi. Nem kifelé tanul, hanem befelé utazik. Ennek a fiúnak nagy szerencséje még, hogy időben került gondos és rendkívül felkészült nevelőszülőkhöz. Amikor vizsgáltam a fiúkat, Gergő nevelőanyja, Ani elmondta, hogy szakemberhez fordultak, és minden lehetséges forrást elolvasott, mikor örökbe fogadták a fiút. Szeretetben nevelték, őszintén beszéltek vele az elmúlásról és az élet végső kérdéseiről – egy pillanatra abbahagyta a beszédet, hosszasan maga elé nézett, elgondolkodott, és egy sóhaj után hozzátette –, ő, azt hiszem, sokra hivatott ember.

– Úgy gondolod? Mondjuk, ott a tárgyalássorozatok alkalmával én nem tudok érzelmileg azonosulni, sőt a végletekig tárgyilagosnak kell maradnom, de valamiért ez a kölyök tényleg megnyerő volt – tette hozzá Kata. – Viszont a harmadrendű K. Péter hamar beadta a kulcsot. Ez meglepett mindenkit.

– Nem, engem nem. Én jeleztem a büntetés-végrehajtási intézmény vezetőjének, hogy nem ajánlatos Pétert egyedül elhelyezni, de a parancsnokig nem jutottam el, csupán az osztályvezetőnek szóltam, és nem is írtam le, mert nem volt ilyen jellegű kérdés vagy kérés. Sajnos megtette. Kár érte – tette hozzá halkan a pszichológus.

– Persze, kár. Minden ilyen fiatalon elhunyt emberért kár, de az élet forgatókönyvét nem mi írjuk. Őt is áldozatnak tartod, gondolom, mert önmagát büntette – nézett kérdőn Andreára Kata.

– Nem. Ő teljesen másért áldozat. Péternek alkoholisták voltak a szülei, már amikor megszületett. Az ilyen gyerekek, mint Péter, akik alkoholista családban nőnek fel, pszichológiai problémákkal küzdenek, amik egyenesen a bűnözéshez vezetnek – mondta Andi.

– Gondolom, azért összetettebb lehet a dolog, mert nem minden alkoholbeteg szülő gyereke lesz bűnöző – reagált Kata, és felnevetett, mert éppen elkapta a főügyész úr elhibázott fonák pörgetését. Újból Andira nézett. – Figyelek.

– A szülők alkoholizmusa hosszú távon a gyerek önértékelési problémáihoz, szorongásához, depressziójához vezettek. Rendkívül intelligens gyermek volt. Az alkoholista szülőkkel élő gyerekek energiáját 7–10 éves korára teljesen felemészti a szülők reakcióinak figyelése. Péterrel sem volt ezzel másképp. A folyamatos megfelelési kényszer is terhelte, valamint a rettegés a tettei kiszámíthatatlan következményeitől. – Kicsit elgondolkodott Andi. – Sajnálom nagyon az ilyen gyerekeket. A baj az, hogy ezek legtöbbször ilyenkor, felnőtt korban kerülnek csak napvilágra. Az iskolai szociális munka hazánkban elég gyenge, pedig szakemberek vannak.

– Akkor?

– Ezek a szakemberek általában más piaci tevékenységből élnek. Hiába szereztek megfelelő végzettséget, nincs státusz az iskolákban, óvodákban. Mondjuk, azt meg kell jegyeznem, hogy az óvodákban jobban észreveszik a problémát a pedagógusok, mint iskolában dolgozó kollégáik. – Kicsit elhallgatott. – Péterre is teljesen ráillenek ezek az egyértelmű vonások: rossz iskolai teljesítmény, bizonytalan viselkedés stb. Érdekes, fordulatokban gazdag viselkedés jellemzi őket. Talán abból adódhat, hogy ezek a gyermekek szégyellik és gyűlölik alkoholista szüleiket, amikor és azért, mert részegek. Ugyanakkor szeretik is őket, hiszen mégiscsak az anyjukról és az apjukról van szó.

– Látom, Andrea, a szíveden viseled betegeid sorsát. Az én szakmám egész más tulajdonságokat igényel, bár az elemző látásmód elengedhetetlen a bírói tevékenységnél is. Volna kedved velem játszani egy meccset? Látom, a ti pályátokon végeztek a fiúk – kérdezte Kata.

– Nem hinném, hogy megfelelő edzéspartner lennék számodra, de ha beéred egy laza ütögetéssel, akkor miért ne? – válaszolta nevetve Andrea. – Utána elemezzük a Ricsit, az a legkeményebb eset.

– Rendben. Bemelegítésképpen kocogjunk oda – már indult is neki Kata, Andi alig bírta követni, olyan tempóban kezdett futni.

A két nő rövid bemelegítés után egy laza mérkőzésbe kezdett. Kata ügyelt rá, hogy ne menjen el Andrea kedve a tenisztől. Nem a vonalak mellé adta vissza az ütéseket, hanem mindig ellenfele mellé célzott, hogy elérhesse a labdákat, és még meg tudja ütni. Így egy kicsit tovább tartott az egy szett a szokásos időtartamnál, mivel meg kellett várni, amíg Andi hibázik, de azért Kata is hálóba ütött időnként, sőt Andinak még nyerő ütései is voltak a vége felé, mikor kicsit belejött a számára idegen labdajátékba. Csodák azonban nincsenek, így Kata végül 6/4 arányban győzött. A játék során az ügyész úr és társasága le sem vette tekintetét a két lányról. Bájosak és vidámak voltak, sugároztak, mint a délelőtti napsütés. A mérkőzés után elindultak frissítő italért, de Béla már jött szembe velük, kezében egy-egy alkoholmentes koktél.

– Ha nem sértem meg a hölgyeket, bátorkodtam egy kis italt hozni – kezdte, és odanyújtotta Katáéknak a két italt. – Egyforma ananászos, sok citrommal és jéggel.

– Jaj, de kedves tőled, Tímár úr! Köszönjük szépen – köszönte meg Kata.

– Köszönöm – mondta lihegve Andrea.

– Leüljünk oda, ahol az előbb voltunk, vagy keressünk egy hűsebb, fal melletti asztalt? – kérdezte Kata.

– Nem, jó ott a napernyő alatt, csak először odamegyek a barátomhoz és „elkéredzkedem" tőle.

– Jó, értem.

Andrea odasétált a másik pálya mellé, ahol barátja, Szilárd épp a mai negyedik mérkőzését nyerte meg, ellenfelét lealázva az utolsó szettben. Mindössze két game-et engedélyezett számára, és simán 6/0 arányban diadalmaskodott.

– Andi! Nem voltál itt. 6/3 6/0 arányban nyertem, micsoda fonák pörgetéseket ütöttem, alig akarom elhinni – szaladt oda a pálya szélén álló kedveséhez.

– Gondolom most rendkívül büszke vagy magadra, hogy ismét sárba taposhatsz egy nálad gyengébb képességű embert – reagált Andi.

Szerette barátját, de mindig próbálta letörni kicsit a szarvát. Nem tetszett neki a fiú túlzott magabiztossága, és ahogyan embertársait kezelte. Az egészben az érdekes, hogy pont ezekkel a tulajdonságaival hívta fel magára Andi figyelmét is egykor, de mára ez zavarja őt a legjobban. Időnként meditál ezen a doktornő is, mert ugyan magát és kapcsolatát nem analizálja, de azért a kapcsolatában előforduló jelenségekre a tudományos magyarázatokat pontosan tudja. Nem akarja, hogy a férfi, akit szeret, annyira feltűnő jelenség legyen.

– Ugyan, Andi, te ezt nem érted, mert nő vagy. Ti lötyögtök, ütögettek párat, aztán narancsos kacsa receptekről meg kozmetikumokról csevegtek. Mi, férfiak ösztönösen játszunk és győzni akarunk. Ennyi – mondta Szilárd, közben arcon csókolta Andit és a fülébe súgta –, különben is, máskor szereted, ha határozott vagyok – s gyengéden megharapta a lány fülcimpáját.

– Tévedsz, azt szeretem, ha tudatos vagy. A kettő nem ugyanaz, de ebbe most ne menjünk bele. Visszamegyek még a barátnőmhöz, illetve inkább csak ismerős Kata, de kellemesen beszélgetünk. Tudod, ő volt a bíró abban a gyilkossági ügyben, amiben a három fiatal vett részt. Emlékszel?

– Persze, hogy emlékszem, hiszen egy évig alig törődtél velem, mikor azzal a munkával foglalkoztál. Ez a nő ítélte el őket?

– Igen. Ha végeztél itt, gyere oda hozzánk, légy szíves, mert szeretnélek bemutatni neki!

– Oké, édesem – és még egyszer megcsókolta a lányt.

Andrea visszasétált Kata asztalához. Útközben többször megállt és szembe fordult a nappal, arcát az ég felé fordította, és hagyta, hogy a meleg napfény átjárja egész lényét.

– Imádom ilyenkor délelőtt a napfényt, mert kellemesen melegíti az arcom. Egy óra múlva már olyan magasan lesz a nap, hogy az ember rövid idő alatt is leéghet, az én szemem pedig különösen érzékeny az UV sugarakra – kezdte Andrea, mikor odaért.

– Én is imádom, de én délután is szeretem. Nem vagyok érzékeny. Igaz, mostanában már tizenegy és három között nem szoktam napozni, csak amíg elsétálok a tóig vagy medencéig; attól függ, hogy épp hol pihenek. Hoztam neked még egy italt az előbb. Parancsolj. Hol is hagytuk abba még a játék előtt?

– Köszönöm, de kedves tőled – Andi kortyolt egyet a jeges koktélból, miközben leült a székre. – A fiúkról beszéltünk, akik megölték azt az ékszerészt.

– Ja, persze. Kenderesi Richárdról még nem beszéltünk, pedig azt hiszem, hogy ő az az ember, aki igazán szót érdemel a társaságból. Azt a szerencsétlent, amelyik felakasztotta magát még az előzetes letartóztatás alatt, nagyon sajnálom én is, lett volna ideje, hogy rendbe hozza az életét – mondta Kata. – Szerinted Kenderesi is áldozat?

– Lehet, hogy számodra ez furcsán hangzik, de ő a legnagyobb áldozat a három legény közül, de ez csak az én szubjektív véleményem.

– Miért is? Ennek a gyereknek minden lehetősége megvolt. A szülei gazdagok és intelligens emberek voltak, mérhetetlen nagy kapcsolati tőkével is rendelkeztek. A fiú nem élt a lehetőségeivel. Nem tanult, hanem csavargott és bűncselekményeket követett el.

– Egy pszichológiai kutatás eredményei szerint a Kenderesi szülők nevelési módszerei, isten nyugosztalja őket, a lehető legártalmasabb nevelési mód egy gyermek személyiség-fejlődése tekintetében. Ezek a tipikus elhanyagoló szülők.

– Tessék?

– Mármint érzelmileg elhanyagolók. Nem gyermekcentrikus pár voltak, hanem szülőcentrikusak. Saját dolgaikkal voltak elfoglalva, egyáltalán nem érdeklődtek Richárd problémái iránt. Ezeknek az embereknek fogalmuk sem volt, hogy mit csinál a fiuk, kivel van a fiuk, amikor nincs otthon. Nem érdeklődtek, hogy mi történt vele az iskolában, alig beszélgettek vele a szülők, és soha semmiben nem kérték ki a véleményét.

– Jó, de elég sok ilyen szülő van, mégsem lesz minden így nevelt gyerekből szörnyeteg, már bocsáss meg a kifejezésért – vetette közbe Kata.

– Ez igaz. A legtöbb gyermeket a különböző életszakaszokban, más-más stílusban nevelik. Sok múlik a korai anya-gyermek kapcsolaton. Na, ilyen például Richárdnak nem igazán volt. Anyja fiatalkorában nagy kanállal fogyasztotta az élet élvezeti cikkeit. Rengeteget utaztak, mert a papa folyamatosan el akarta kápráztatni kedvesét, igazán szerette feleségét, és tejben-vajban fürösztötte, pont, mint az autóját.

– Hogy mit? – kérdezett vissza megrökönyödve a bírónő.

– Egy ékszerként, csodás tárgyként tartotta számon Kenderesi papa a feleségét, amolyan státuszszimbólumnak, ami érzése szerint járt neki, pont, mint a jacht és egyéb luxuscikkek.

– Az nem semmi.

– Mikor ezeket nekem a börtönben elmesélte Richárd, alig akartam elhinni. Olyannyira kételkedtem, hogy felkerestem egy volt gondozóját is, aki Richárddal hat éves koráig foglalkozott. Ő is megerősítette a fiú szavait. Ő táposzerezte a kisfiút, volt körülbelül 4 hónapos, amikor egy megerősítő nászútra indultak a szülők, ami nem kevesebb, mint két hónapig tartott. Mária elmondása szerint alig tértek haza, már indultak is egy rövidebb pihenésre. A hétvégéken mindig valamilyen partira mentek, ami miatt a vasárnapot szerették pihenéssel eltölteni, ezért Richárdot mindig el kellett vinnie otthonról Máriá-nak. Nagyon ártalmas volt, hogy később sok pénzzel próbálták meg a szülők a szeretetüket pótolni. Egy iskolás fiúnak tíz éves korában hétfőn reggel húszezer az apától és megint húszezer anyától, zsebpénz a hétvégéig. Később pedig ez az összeg emelkedett, majd megtanult a fiú lopni is a szüleitől, és egyre több pénz állt rendelkezésére.

– Azért a húsz-harminc ezres zsebpénzekhez még lopni is kellett? Mire költ egy általános iskolás fiú ennyi pénzt? – kérdezte Kata.

– Ő azt mondta, hogy etette-itatta és ruházta a barátait. Annyira érdekes volt, mert mikor Ricsi mesélte az életét, mintha olvasta volna azt a tudományos munkát, amiben a szülői magatartásokat és a gyermekre jellemző hatásokat felsorolja Maccoby és Martin. Ez a gyermek nyolcadikos korára ingadozó hangulatú volt, koncentráló képessége semmi. A pénzt elverte, még véletlenül sem tett félre belőle, hisz' kimeríthetetlen volt az utánpótlás. Nem érdekelte az iskola, a végén már be sem járt. Ivott, dohányzott, később kábítószerezett, amihez sok pénz kellett. Elkezdett örömlányokhoz járni, amihez még több pénz kellett, és mire tizennyolc éves lett, csakis az élvezeteknek élt. Alacsony frusztráció-tolerancia, és nulla érzelmi kontroll. Mindezeket megerősítette a volt osztályfőnök és a volt nevelőnő is. Egyszer csak kiderül, hogy a mama nemcsak a papát szereti nála jobban, hanem egy számára undorító embert is, az apja barátját. És még a pénzt is most kívánták megvonni tőle, az egyetlen eszközt, amivel kevés örömöt vásárolhatott magának.

– Ha jól értem, akkor ez a legveszélyesebb dolog, amikor az ilyen magatartású szülők még rendkívül gazdagok is? Mert ha mások is elhanyagolók, nem büntetőjogilag, csak érzelmileg, de legalább otthon maradnak, nem utazzák be a világot, a gyerek valamilyen szinten szem előtt van. Nincs pénze alkoholra, prostituáltakra és kábítószerekre – erősítette meg álláspontját Kata.

– Így Ricsi gyermekkori antiszociális magatartászavarából, felnőtt korára komplett szociopata személyiséggé vált. – Andi közben odaintett Szilárdnak, aki annak ellenére, hogy megbeszélték előtte, mégsem jött ide hozzájuk elköszönni. – Megmondtam neki, hogy tusolás után jöjjön ide, mert szeretném bemutatni neked. Az agyamra megy időnként, annyira önfejű – mosolygott és hozzátette –, de néha meg olyan érzéki és romantikus. Ki érti ezt?

– Ha valakinek érteni kell ezekhez, az te vagy, kedves Andrea – nevetett Kata. – Mivel foglalkozik a párod?

– Szilárd? Leginkább semmivel. Edz, gitározik és fest.

– Ebből is meg lehet élni?

– Ebből megélni ugyan nem tud, de hála Istennek van egy családi vállalkozásuk, a szülők vendéglátással foglalkoznak, ahonnan csurran egy kis osztalék nekünk is havonta. Szilárdék e mellett még alapítottak egy zenekart barátaival, amivel szinte minden héten van egy rendezvényük, miből szintén egy kis pénzhez jutunk.

– Milyen rendezvények?

– Leginkább esküvők vagy ilyen falusi bálok. Locsoló, Katalin, Anna sorolhatnám – és nevettek mindketten.

– Visszatérve Kenderesi Richárdra, a gyermekkori antiszociális magatartászavarból fiatal felnőtt korára egy antiszociális személyiségzavar alakult ki, ami egy elég komoly betegség.

– Majd a börtönben kezelik a problémáját. Lehet ezt gyógyszerrel kezelni?

– Nem hinném, hogy a legjobb környezet a gyógyulásához éppen egy fegyintézet, de aki ilyen szigorú büntetést mér egy szeretőre és szüleire, annak bizony börtönben a helye.

– Szüleire? Ezt hogy érted?– kérdezett vissza meglepetten Kata.

– Hát, Ricsi ezzel a cselekménnyel őket szerette volna büntetni. Végül is sikerült, hisz' nem bírták elviselni a szégyent, és végeztek magukkal. Pontosabban az apuka nem bírta elviselni, és végzett párjával, majd önmagával.

Andi tartotta magát titoktartási kötelezettségéhez, és nem mondta el a fiú vallomását, amit a pszichológiai ülésen tett. Az etikai kódex szerint bizonyos esetekben jelentenie kellett volna a rendőrség felé egyes információkat, de Ric esetében félt Andrea feljelentést tenni. Nem akart egy dúsgazdag őrült elől menekülni egy életen át. A szakmai etika alapján saját érzései szerint nem is tehette, ösztönei azt súgták, hogy ez így etikus. Kata elmondása szerint sokkal több évet úgysem kaphatott volna a fiú.

Forogtak a gondolatai sebesen, majd hozzátette:

– Ami viszont biztos, hogy gyógyszerrel csak elnyomják a tüneteket, de a gyógyuláshoz keményen fel kell tárni a tényeket, és szembe kell vele nézni a páciensnek. Jó, lehet, hogy Ricsi 30. életéve után a markáns antiszociális megnyilvánulásai enyhülnek.

– Milyen módszerrel kezelik egyébként az ilyen betegeket, ha nem a börtönben vannak?

– Nem igazán lehet kezelni őket, mert hiányzik belőlük a lelkiismeret. Ha lenne némi szenvedélynyomás, akkor pszichodráma vagy meditációs technikák segítségével némi javulást lehetne eszközölni, de ennek hiányában semmi esélye sincs a gyógyulásra. Richárd még nagyon fiatal, ha kinn lenne a civil életben, talán lehetne segíteni rajta, de az ő betegsége a börtönben fog kicsúcsosodni. Ott pedig az agressziót agresszióval törik le. Na, mindegy, ez már nem a mi gondunk, csak azt kívántam röviden elmondani, hogy sokszor az elkövetők a legnagyobb áldozatok. Sőt, többnyire a tapasztalataim azt igazolják, hogy minden bűnelkövetőnél a korai anya-gyermek kapcsolatokban van a defektus. Ricsi egy ritka eset, azt kell mondanom, hogy hála ezért az Istennek – hátradőlt és megitta maradék koktélját Andrea. – Mit tegyünk, hogy jó szülőket neveljünk?

– Kedves Andrea, ez jó kérdés, de a választ nem tőlem fogod megkapni rá – mosolygott Kata, és ő is megitta maradék italát. – Most már mennem kell, mert még a végén lemaradok az ebédről. Vasárnaponként édesanyámnál ebédelünk. Az egész család együtt van ilyenkor. Öcsém és családja.

– Öcséd van? Ismerhetem?

– Nem tudom, frissen csatasorba állított sebész, Wild Tibornak hívják, a felesége is orvos, Tímea, de ő most otthon van a kis Mátéval. Kétéves a szentem, nagyon imádom. Ismered őket?

– Nem, még nem hallottam a nevét, pedig sokat járok be a klinikára, igaz, én a neurológiára és a pszichiátriára megyek.

Mindketten felálltak, és kezet fogtak.

– Au, ez már most fáj – mondta Andi.

– Mi?

– Bokám, térdem, forgóm. Soroljam még? Nem nekem való ez a mozgásforma. Ez a rengeteg irányváltás teljesen kikészíti az ízületeimet. Én már csak ilyen monoton és szimmetrikus mozgásokat végzek, mint az úszás, futás, kerékpározás – mosolygott Andi. – Annyira örülök, hogy összefutottunk. Kellemes vasárnapot és jó pihenést még a szabadság idejére!

– Köszönöm. Én is nagyon örülök, kellemes napot. Ha esetleg dolgod lesz a bíróságon, mindenképp keress meg, és csevegünk egy kicsit, jó? Meg egyébként is, ha kedved van teniszezni, gyere csak le a pályára, mi ilyenkor itt szoktunk lenni – és arcon puszilták egymást. – Szia!

– Szia, Kata!

Andrea leszaladt az öltözők melletti tusolókhoz, ahol gyorsan egy zuhannyal felfrissítette magát, keveset illatosított bőrén és felvette sportos rövidnadrágját, valamint pólóját és papucscipőjét. Vidám nyári színekben indult, hogy belevesse magát a forró vasárnapba.

Kata még visszament a társasághoz, amellyel érkezett, de csak egy rövid időre, mert ahogy odaért, el is köszönt, hogy otthon még rendbe kapja magát a családi ebéd előtt. Mindkettőjük napját meghatározta beszélgetésük, még esti társaságukban is említették találkozásukat.

XXI. Fejezet

Steve kora reggel kelt fel, mert ma ismét tenni fog egy kis európai kiruccanást. Energikusan ébredt, majd kiballagott apartmanja szűkös fürdőszobájába. Épp borotválkozott, amikor megcsörrent a telefonja. Raul hívta az utazás miatt, Steve kihangosította a hívást, és a mosdókagyló szélére helyezte a készüléket.

– Igen, parancsolj, Raul – szólt Steve.

– Csak azért kereslek, mert Sandra és én már készen vagyunk – válaszolt az időközben már jó baráttá vált sofőr. – Mikor mehetünk érted?

– Bármikor jöhettek, már borotválkozom, utána szeretnék lent a kávézóban egy jó erős feketét bedobni, és indulhatunk is. Majd a repülőgépen eszünk valamit, így terveztem. Szerintem várjatok meg a kávézóban, Raul – válaszolt Steve. – Rendeljetek magatoknak valamit, és írassátok señor Steve számlájához – nevetett.

– Rendben, akkor ott leszünk lent, de igyekezz, mert másfél óra múlva indul a gépetek, és tudod, hogy bizonytalan a reggeli fővárosi forgalom.

– Persze, tudom – válaszolta Steve, majd magyarul tette hozzá – Ne szarj be!

– Tessék?

– Semmi, csak mondtam az anyanyelvemen, hogy nem kell aggódnod.

Steve az elmúlt kilenc hónapban szinte tökéletesre fejlesztette spanyol nyelvtudását. Kezdetben nehezen értette meg az argentin spanyolt az olasz akcentus miatt, hiszen az oktató cd-ken, illetve a spanyol nyelvű televízió csatornákon az eredeti spanyol nyelven beszéltek. Rault, aki közben segítője és nagyszerű barátja lett, azzal szokta bosszantani, hogy magyarul szólt hozzá, a szerencsétlen sofőr pedig nem értette, hogy mit mond

neki a fiú. Steve állandóan kinevette őt, mert látta, hogy ez bosz-
szantja Rault. Meg is jegyezte egyszer, hogy örül neki, hogy ba-
rátjának és kenyéradójának milyen kevés is elég, hogy jókedvű
legyen. Pedig Steve valójában sokszor volt egykedvű és magá-
nyos a fényűző élet és a csodás környezet ellenére. Sokszor jár-
tak a gondolatai édesanyján, barátain és persze Zsanin. Mikor
rájuk gondolt, mindig összeszorult a szíve.

Steve, miután három hónapot eltöltött a csodálatos Hotel
Maderóban, Raul tanácsára egy gazdaságosabb lakhatást vá-
lasztott magának. Egy internetes oldalon keresett egy kellemes
apartmant az Avendia Entre Rioson, és átköltözött a lakásba.
Ekkor már hosszabb időszakra tervezhetett, hiszen miután le-
járt a turista vízuma, jelezte az idegenrendészeti hatóságnál,
hogy szeretne egy vállalkozást beindítani Buenos Airesben. A
hatósági eljárás végéig meghosszabbították a vízumát, majd
megkapta a letelepedési engedélyt.

Ahogy Geri meghagyta neki, egy üzlethelyiséget bérelt, de
nem a város gazdag negyedében, hiszen az első időszakban ki-
zárólag törtarany felvásárlással foglalkozott, ezért a zsúfolt
Juana Manso utcában vett ki egy kicsi üzlethelyiséget, ami kö-
zel feküdt apartmanjához, és gyalog is percek alatt meg tudta
közelíteni. Alkalmazott egy ügyes kezű, fiatal ötvösművészt,
akivel szépen elemeire bonttatta a felvásárolt ékszereket. A fi-
atal Diego nagyon tehetséges szakember volt. Mindaddig nem
értette, hogy miről van szó, amíg Steve meg nem érkezett az
első európai szállítmánnyal. A szállításban Raul lánya, Sand-
ra, és annak egy barátnője, Juanita segített Steve-nek. Hol az
egyik, hol pedig a másik lány ruccant át Steve-vel egy-egy hosz-
szú hétvégére Svájcba, ahonnan visszafelé gyönyörűbbnél gyö-
nyörűbb ékszereket viseltek magukon a lányok, és természete-
sen Steve is. Diego aggodalmát fejezte ki Steve felé, mert félt,
hogy esetleg ő is bajba kerülhet az orgazdaság és vámcsalás mi-
att, de Steve megnyugtatta őt, hogy teljesen új márkát fognak
létrehozni, és annyi ékszert fognak felvásárolni a városban fo-
lyamatosan, hogy bőven lesz igazolásuk az arany és a kövek ere-
detére. Emellett Steve még különböző bűncselekményből vagy

végrehajtásból származó ékszerek árverésére is elvitte Diegót, hogy további hivatalosan szerzett ékszerekre tegyen szert. A nagyon széles kapcsolatrendszerrel megáldott sofőr, Raul jóvoltából pedig később már azt is elérte, hogy kizárólag számlákat és tanúsítványokat tudott vásárolni, ami nagyban megkönnyítette elképzeléseinek megvalósítását. Ahhoz képest, hogy a terv eredetileg nem az övé volt, teljes átéléssel valósította meg, és amikor módosítani kellett rajta, azt is mindig tökéletesen átgondolta és végrehajtotta. Az ékszerbolt őt egyébként anynyira nem érdekelte, de belátta, hogy mást nagyon nem kezdhetnek a sok-sok rabolt portékával, ha nem tudják piacra dobni. A vállalkozásba egyébként, mint csendestárs, bekerült Geri is, mert Steve megadta az adatait, valamint jelezte a helyi cégbíróságon, hogy barátja hamarosan jön utána, csak jelenleg hazai ügyeit kell lezárnia.

Gyorsan borotválkozott és tisztálkodott Steve, majd mályvaszínű, galléros Armani pólót vett fel vajszínű Gucci farmerjához. Összeszedte iratait, és aktatáskájába tette, majd karjára terítette zakóját és elindult a kávézóba, ahol már várták őt Raul és a csodás Sandra. Mintegy három perc alatt ért oda. A teraszon ültek, Steve is leült melléjük.

– Jó reggelt! – köszöntötte Raulékat. – Ó, Sandra, te napról napra gyönyörűbb vagy – bókolt a lánynak Steve.

– Jó reggelt – jött a viszont üdvözlés. – Köszönöm, senor Kovács vagy Nagy? – utalt Sandra Steve kettős személyazonosságára.

Nagyon jó barátságba került Steve és a lány korábban. Valósággal megbabonázta Steve-et Sandra gyönyörű, tejeskávé színű bőre és mély, gesztenyeszínű szeme, szép arca, kifogástalan alakja. Mindezek mellett még magas intelligenciával is megáldotta őt a Teremtő, jelenleg is egyetemre járt, külkereskedelem szakon. Sandrának is szimpatikus volt a fiú, de első európai útjuk során kiszúrta, amit egyáltalán nem volt nehéz, hogy Steve két különböző személyazonossággal intézi ügyeit, amitől megriadt, és közölte Steve-vel, hogy nem kíván tudni semmit a dologról, és nem kíván vele randevúzni sem a továbbiakban. Addig a napig szinte mindennap találkoztak egymással. Sandra múzeumba, színházba, filmszínházba kísérte el Steve-et. Bevezette őt a Buenos Aires-i éjszakai életbe, az argentin gasztronómiába. Steve nem volt elragadtatva a lány poénjától.

– Jó, Sandra, ha megkérhetlek, ezzel ne viccelj! Ez számomra nem olyan vicces dolog. Ha jól emlékszem, már mondtam, hogy tulajdonképpen belekényszerültem egy helyzetbe. Azt is elmondtam, hogy az egész történetet elmesélem neked, ha szeretnéd – tette hozzá Steve.

– Rendben, nem viccelek vele többet.

– Megígéred?

– Megígérem – kuncogott a lány –, de a mesékből már kinőttem, és egyébként sem akarok semmit tudni erről.

– Miről is pontosan? – kérdezett vissza Steve.

– Hát a pénzről, ékszerekről, amiket hozunk – kicsit elhallgatott a lány, majd maga elé suttogta – még a végén kiderül, hogy vér tapad hozzájuk.

– Na, jó, hagyjuk itt abba – reagált idegesen a fiú. – Úgy nézek ki, mint egy gyilkos? – kérdezte ingerülten.

– Nem, de ez semmit sem jelent.

– Ezt hogy érted?

– Például úgy, hogy vannak véletlenek is. Tudod?! Eltervezünk valamit, aztán a körülmények másképp alakulnak.

Steve-nek a lány szavai olyanok voltak, mint egy igazságdárda a szívében. Már éppen válaszolni akart valami sértőt, amikor Raul az idősek bölcsességével félbeszakította a párbeszédet.

– Nyugodjatok meg végre, gyerekek! Sandra! Világosan elmondtam neked, hogy mi nem ítélkezünk senki felett. A tapasztalataink alapján ítéljük meg Steve-et is, mint bármelyik másik embert. Érted? – A lány bólintott. – Olyan embernek ismerted meg ezt a fiatalembert, aki hidegvérű rablógyilkos? – Sandra jelezte a fejével, hogy nem. – Akkor kérlek, így is bánj vele. – Aztán Steve felé fordult. – Te meg, fiam, soha semmiről, de tényleg, ezt most jól jegyezd meg egy életre, amit mondok, soha semmiről ne akarj meggyőzni egy nőt! Ez annyira értelmetlen, mintha alsónadrágban indulnál meghódítani az Északi-sarkot. Szerintem lökd le a kávét, és induljunk.

– Jó, persze. Csak még fizetek – mondta Steve.

– Már rendeztük mi. Csak fogyassz, és menjünk.

Csendben autóztak a repülőtér felé. Steve agya a következő napokon járt. Már korábban eltervezte, hogy melyik nyakéket, fülbevalót és egyéb ékszereket adja majd Sandrára, és azt is tudja már, hogy ő miket fog viselni a visszaúton. Ami ilyenkor aggasztani szokta, hogy vajon lesz-e visszaút. Még mindig Nagy Istvánként közlekedett Európában, de Kovács volt már kezdetek óta a bankban és új hazájában, Argentínában is. Fogalma sem volt róla, hogy körözik-e őt, vagy sem. Azt is eldöntötte korábban, hogy még egyszer-kétszer átmegy ékszerért, hogy annyi legyen, amivel bátran megnyithatják az üzletet, és utána ő öt évig biztos nem megy Európába.

Arra gondolt, hogy addigra már kint lesz Geri, aki majd vállalja a szállító szerepét. Steve nem kéri ingyen a lányoktól a segítséget. Juanita és Sandra járandósága is ezer-ezer euró körönként. Juanita, aki eddig egyszer ment Steve-vel, mikor Sandra vizsgákra készült, gondolkodás nélkül vágta zsebre a pénzt, de Sandra nem fogadta el. Erkölcsös lány volt, és beérte az európai kiruccanással, illetve a jó és ingyenes ellátással. Amit nem tudott, hogy helyette édesapja azért elrakta a pénzt, mondván, egyszer még jó lesz az a lánynak. Kilencre értek a Ministo Pistarini reptérre. Negyedórájuk volt csupán, hogy becsekkoljanak és elfoglalják a helyüket az első osztályon. A gépen reggeliztek tőkehalat és füstölt lazacot olajbogyóval és pirítóssal, amihez narancslevet ittak. Utána Sandra zenét hallgatott, Steve pedig filmet nézett.

Kicsit mindketten aludtak is a repülés során, de szinte semmit sem beszéltek egymással. Steve gyakran járt a toilette-re, mert a gyomoridegtől hasmenése volt. Az éles eszű lánynak ezek árulkodó jelek voltak. Pontosan tudta, hogy Steve nagyon izgult ilyenkor, ezért a leszállás előtti órákban próbálta megnyugtatni a fiút, mert azért ő sem érezte magát biztonságban. Igaz, hogy valóban semmit sem tudott az ügy előzményeiről. Sőt, még Zürichben sem tudott semmit, hiszen mindig a hotelben várta meg, amíg Steve visszaért a bankból. A fiú karjára tette kezét és megszólította:

– Nyugodj meg! Hányadszor jössz már át? – kérdezte Sandra.

– Negyedszer, hisz' tudod.

– Így van. Egyszer volt itt Juanita, én pedig most vagyok itt harmadszor.

– Tudom.

– Volt bármilyen probléma korábban?

– Nem, de mégis félek.

– De ez valami rossz előérzet vagy inkább csak szimpla izgalom?

– Nem tudom. Szerintem csak izgalom.

– Látod, nincs mitől félned – mosolygott rá Sandra, ami valóban megnyugtatta kicsit Steve-et, majd folytatta a lány.

– Most csukd be a szemed! – Steve kérdőn nézett Sandrára. – Na, ne gondolkodj, csak hunyd be a szemed! – Steve becsukta a szemét. – Jó. Most vegyed lassan, ritmusosan a levegőt, de ne fel a mellkasodba, hanem le a hasüregedbe. A mellkas most nem mozoghat, kizárólag a has megy fel, s le – közben Sandra lassan hátradöntötte Steve ülését. – Csak a has emelkedik lassan fel, majd lassan le. Belélegzel, kilélegzel. Lassan és hosszan, maximum három lélegzetvétel egy perc alatt – mondta Sandra bársonyos, búgó hangján.

A fiút már a lány hangja is megnyugtatta kicsit, de érezte, hogy határozottan ellazul ettől a légző-gyakorlattól. Sandra folytatta.

– Most virágos réten jársz. Képzeld el, hogy virágos réten jársz... érezd a virágok illatát... gyönyörködj szépségükben. – Kicsit kivárt. – Most a rét fölé szállsz, gyorsan suhansz a tarka rét felett... érezd, ahogy a langyos áramlat simítja arcod... meglátsz egy kis folyót vízeséssel... ott leszállsz... most lassan vetkőzni kezdesz, levetsz mindent magadról, leveted ruháddal gondjaidat is és félelmeidet is.

Megint tartott egy rövid szünetet a lány.

– Most pedig besétálsz a hűs forrásvíz alá... és hagyod, hogy a vízsugár kimosson belőled minden feszültséget... Minden távozik... csak te maradsz a csodás környezetben és a csobogó patak... – megint egy perc szünet következett, Sandra ivott egy kortyot koktéljából.

– Most kijössz a víz alól... és hagyod, hogy a forró napfény és a langyos szellő megszárítsa testedet... friss vagy... nyugodt vagy... úgy érzed, hogy teljesen megújultál...

– Jó, most pedig repülj vissza a réten odáig, ahol felszálltál... leszállsz, kicsit sétálsz még. – Kis szünet után a lány befejezte a gyakorlatot.

– Még mindig lassú a lélegzetvétel... még mindig a hasba lélegzel... lassan itt vagy velem újra... várlak. Ha kész vagy, kicsit mozgasd meg végtagjaid, és lassan kinyithatod a szemedet is. – Steve kinyitotta szemét, meglátta a gyönyörű lányt és rámosolygott.

– Hogy érzed magad most? – kérdezte Sandra.

– Most, hogy látlak és velem törődsz, kitűnően – válaszolta Steve.

– Nem úgy. Mit éreztél a gyakorlat közben?

– Jó, tudom, hogy érted. Először zsibbadtak a kezeim meg a lábam, azután az egész testem olyan súlytalan lett. Érdekes volt, még nem éreztem ilyet.

– Utána?

– Utána? Nem is tudom. – Steve kicsit várt, megpróbálta viszszaidézni a történteket. – Utána ebben a súlytalan állapotban valami mérhetetlen örömérzés és nyugalom lett úrrá rajtam. Jó volt, határozottan jó. Hol tanultad ezt?

– Könyvekből meg Nana nénémtől. Most már nem vagy feszült, és leszállás előtt ez nagyon fontos. Csak ezért csináltam, nehogy félreérts.

– Jó, és nagyon köszönöm. Valóban jobban érzem magam. Olyan érzésem van, hogy nem érdekel, ha elkapnak. Akkor elkapnak, és kész. Ami meg minket illet, nem kell aggódnod, mert nem értek félre semmit. Egyszer megbeszéltük ezt, és én elfogadtam, hogy a zűrös múltam miatt nem kellek neked.

– Akkor rendben van ez így, señor – nevetett Steve-re a lány.

Puhán landolt a repülőgép a zürichi repülőtér kifutóján. Steve meglepő módon teljesen nyugodtan halad át az ellenőrzéseken, közben még néhány poént is megengedett magának a személyzettel. Ezúttal még az is elmaradt, hogy teljesen civil emberekben az őt kereső ügynököket és rendőröket lássa. Boldogság töltötte el, mikor a repülőtér előtt taxiba ültek.

– A Hotel Rothusba – szólt a sofőrhöz angolul.

– Igenis, uram – válaszolt a taxis, és elindultak.

Steve ránézett Sandrára, rámosolygott és azt mondta:

– Köszönöm.

– Mit köszönsz?

– Hogy ellazítottál, hogy jó kedvem lett, hogy vidám lettem. – Kicsit várt és halkabban hozzátette: – Hogy itt vagy velem.

– A hangulatodért nemcsak én vagyok a felelős – válaszolt a lány.

– Hanem?

– Te alapvetően ilyen természetű vagy, egy vidám, jó kedélyű srác. Meg nézd, milyen csodás, napfényes idő várt minket itt Svájcban – mutatott ki az ablakon Sandra. – Egyébként is, én köszönöm neked, hogy már harmadszor jöhettem el Európába.

– Nem, nem, kedves Sandra. Ebből nem engedek, én tartozom köszönettel neked.

– Jó, legyen. Akkor hálád jeléül este elvihetsz, mondjuk, operába.

– Miért pont operába?

– Mert ott nem okozhat gondot, hogy nem beszélem az itteni nyelvet, de más zenei esemény is szóba jöhet.

A hotelben a személyzet már megismerte Steve-et. Ugyanazt a szobát kapták, mint legutóbb. Steve még az érkezés estéjén elment az ABB Privat Bankba, hogy elhozza az ékszereket, illetve pénzt utalt az argentínai számlájára. Valamiből ki kell fizetnie a lakást, Diegót és a sok-sok aranyat, amit felvásárol. Aktatáskájába helyezte a gyűrűket, kar- és bokaláncokat, a nyakéket és a saját testén viselendő ékszereket. Továbbá már most előkészítette és külön tette azokat az ékszereket, amiket legközelebbi alkalommal szeretne elvinni.

Az este további részében wellness szolgáltatásokat vettek igénybe Sandrával. Vacsoráztak és koncertre mentek. Másnap elmentek vásárolni. Steve jó sok értékes, szép ruhát és cipőt vásárolt a lánynak. A legnívósabb helyeken reggeliztek és ebédeltek, a vacsorát pedig egy kis hajón töltötték el. Az idő gyorsan múlt, így szinte észrevétlenül suhantak át a vasárnapba. Egyszer Steve tett egy kísérletet, hogy a lányt meghódítsa, de Sandra hajthatatlan maradt. Kitartott elképzelése mellett, hogy hiába a fényűző élet ígérete, ő nem vállalja azt a kockázatot, hogy egyszer csak elragadják mellőle gyermekei apját a hatóságok. Mélyen vallásos családból származott Sandra, aki rendszeresen gyakorolta is vallását. A lány a keresztény elveket magára kötelező érvényűként fogadta, nem engedett belőlük, és még véletlenül sem ingott meg.

Vasárnap még a hotelben reggeliztek, aztán 11 óra 30 perckor felszálltak a zürichi repülőtérről. A reptéren ezúttal sem volt semmi probléma, hiszen kizárólag a saját testükön vittek ékszert, ami a márkás öltözékekkel jól harmonizált. Senki nem kérdőjelezte volna meg, hogy ők dúsgazdag dél-amerikai üzletemberek gyermekei. Jól beszéltek angolul is, ami jó neveltetésre engedett következtetni. Éjszaka érkeztek meg Buenos Airesbe, a repülőtéren Raul várta őket.

– Sziasztok, gyerekek – köszöntötte őket.

– Hello, papa – mondta Sandra, és adott egy csókot édesapja homlokára. Steve is köszöntötte Rault.

– Minden rendben ment ezek szerint – jegyezte meg a sofőr.

– Persze – mondta magabiztosan Steve –, hála érte Sandrának. – Majd a lányra nézett és mosolygott.

– Hogyhogy?

– Tudod, Raul – kicsit várt Steve –, az odafelé vezető úton nagyon féltem, s a lányod nyugtatott meg.

– Ja, már értem. És hogyan?

– Nem tudom, valami légzőgyakorlattal.

– Biztos a hókuszpókusz nagynénje tanította neki. Jól gondolom, lányom?

– Jól, apa – válaszolta Sandra, aki egyedül ült hátul az autóban, és szinte már aludt.

A fiú lakásához értek, és mindhárman felmentek. A lány elkezdte levenni magáról az ékszereket, és mikor az aranyórát készült levenni, Steve gyengéden megfogta a kezét.

– Ne, ezt hagyd, kérlek. Szeretném neked ajándékozni – mondta.

– Nem, köszönöm, de ezt nem fogadhatom el. Éppen elég az, amiket az üzletekben vásároltál. Már azokat is szégyellem felvenni a suliban, kiszekálnak vele a csajok.

– Mivel?

– Hát ezzel a sok márkás ruhával.

– Értem és megértem.

Mikor a lány minden ékszert levett, elköszöntek egymástól. Steve italt töltött magának, lezuhanyozott, majd televíziót nézett. Természetesen focimeccset, mert más különösebben nem érdekelte a tévében.

Másnap korán reggel bevitte Diegónak az ékszereket.

– Na, Diego barátom.

– Igen, Señor?

– Ezekhez mit szólsz?

Az alacsony, szemüveges fiatalember a kezébe vette a nyakéket, felhelyezte a nagyítót a szemére, és a fény felé fordítva alaposan megvizsgálta az ékszert. Közben azt mondogatta, hogy:

– Bámulatos, csodás, finom és gyönyörű.

– Jól van, Diego, most mindent beviszek a széfbe, mert nekem dolgom van. Később folytatjuk az élvezkedést – nevetett Steve.

– Rendben, Señor.

– Mondtam már, hogy Steve-nek hívjál te is. Nem?

– De, csak olyan furcsa megszokni.

– Ha kell az állás, akkor megszokod.

– Kell, persze, Steve.

Steve ezt követően elment egy olyan szórakozóhelyre, ahol a férfiak szokták levezetni a feszültséget. Egy hedonista klub, amit még Raul ajánlott neki egyszer, amikor még nem barátok, csak üzletfelek voltak. Az ilyen klubok sok pénzt is hajlandók fizetni a sofőröknek, ha egy jó kuncsaftot visznek. Egy hatalmas területen fekvő parkosított kastélyban volt a Recoleta közelében. A klubban topmodell alkatú lányokkal lehetett szinte bármit csinálni a fizető vendégeknek. A lányok jól képzettek, intelligensek és gyönyörűek, szépek voltak, többnyire egyetemisták. Steve ezen a napon belevetette magát az életbe, több lánnyal is hancúrozott a jakuzziban, valamint szeretkezett is kettővel. Hiába Sandra feszültségoldó módszere, Steve inkább a hagyományos európai módszert választotta...

XXII. Fejezet

Madárfüttyös nyári hajnalra ébredtek a fegyház lakói. Lassan már egy éve annak, hogy Geri és Ric megkezdték letölteni jogerős szabadságvesztésüket.

Geri azóta is ugyanabban az intézetben van, amiben az előzetes letartóztatás alatt volt elhelyezve. Ricet biztonsági okokból átszállították egy távolabbi fegyházba, mert volt barátját és bűntársát folyamatosan fenyegette, és bizony gyakran érték atrocitások Gerit.

Nagy nap ez a mai Gerinek, hiszen ma látogatót fogadhat. Mindig nagy esemény egy fogva tartott életében az egyetlen nap a hónapban, mikor a családból vagy barátai közül valaki meglátogatja. Geri ezúttal nevelőanyját, Anit hívta meg, és vele együtt mostoha testvéreit is.

Reggelire ismét valami irtózatosan gyenge minőségű és undorító felvágottat adtak be a zárkába. Geri sohasem eszi meg, kivétel nélkül minden reggel becsomagolja, és sétakor odaadja valamelyik rabtársának azzal, hogy nem szívesen adja nekik, de ha ők annyira éhenkórászok, hát legyen. Elmondja nekik, hogy jobban tennék, ha nem ennének ilyen ételeket, de ez a párizsin és turista felvágotton nevelkedett embereknek olyan, mint a falra hányt borsó. Hétvégén legalább az ebéd jó. Na, nem azért, mert a konyha jobb a hétvégén, hanem azért, mert akinek van miből áldozni rá, az megrendeli magának, amit enni szeretne. A repertoár azért nem teljes, mert nyilvánvaló, hogy bélszínt nem rendelhet az ember, de mindenből és minden kombinációjából választhat, amit a héten főztek. A szakács fogva tartottak leadják a drótot hétfőn, hogy milyen menü lesz a héten. A kiváltságos fogva tartottak átnézik az étlapot, és megnézik, milyen alapanyagokból válogathatnak a hétvégi menüjükbe.

Ezen a héten vacsorára kemény sajt volt egyik nap, a következő reggeli a dolgozóknak főtt szafaládé mustárral, egyik ebéd a héten tökfőzelék. Geri pontosan látta, és meg is rendelte ma estére a rántott sajtot tartármártással és burgonyasalátával. Mindezért kettő doboz Marlboro cigarettával fizetett a szakácsoknak. Holnapra, mivel vasárnap lesz, gombás szeletet kért. Általában egy egész hónapot ki szokott előre fizetni, összesen két karton cigarettába kerül neki és természetesen másnak is, de azért nem mindenkinek. Hogyan fordulhat ez elő? Egyszerű, az egyenlőtlenségek a fegyházban is megmaradnak, mivel az egész konyhai fogva tartotti állományt egy felügyelő irányítja, akinek például az ebédosztást is figyelni kell, és még számtalan helyre kell futnia napközben. A szakácsok a távolléte alatt eldugják a jobb minőségű alapanyagokat, mint hús, tojás, tejföl és sajt stb. A hétvégén pedig, mivel a konyhát tényleg senki sem ellenőrzi olyankor, a műszakvezető felügyelő általában az őrszobán diskurál, vagy az egészségügyi osztályon udvarol a szintén „magányos" ápolónőnek, esetleg irodájában alszik. Így a fogva tartottak gyakorlatilag azt csinálnak, amit csak akarnak a konyhán. Leginkább a maszek ebédeket készítik. Eljuttatni pedig pofon egyszerű a címzetthez, hiszen lezárt éthordóedényekben kapják az ételt a fogva tartottak. Csak akkor és azt az edényt nézi meg a felügyelet, ha valakit szándékosan meg szeretne buktatni, mert, mondjuk, nagy volt a szája.

Geri dolgozó fogva tartott, tehát van jövedelme, amit a helyi boltban levásárolhat. Míg a függőbeteg társai cigarettára és kávéra, esetleg édességre költik szinte az összes pénzüket, addig Geri kétszersültet, zöldséget és gyümölcsöt, olajos magvakat, tepertőkrémet és padlizsánkrémet, libazsírt és egyéb, hőkezeléssel tartósított, kis kalóriamennyiségű, de magas tápértékű élelmiszert vásárol. A körülményekhez képest próbál egészségesen étkezni.

Ő a mozgást sem hanyagolja, hiszen hetente kétszer a konditeremben edz, és naponta kocog a sétaudvaron. Mivel keveset beszélget, hisz' kérésére egyszemélyes zárkát kapott, arra mindig szakít időt, hogy beszélgessen társaival a napi egy órában, mikor a szabad levegőn tartózkodnak. Ezért a sétakor kizárólag 30 percet edz, a maradék harminc percben megbeszéli a fontos dolgokat a haverokkal. Öt perc bemelegítés és huszonöt perc intenzív futás, majd jöhet a megbeszélés a többiekkel. Geri minden napot, így a mait is a megszokott lelki és testi gyakorlatokkal kezdi. Meditációval és chi kunggal próbálja szellemileg és testileg megőrizni egészségét, valamint fejlődni. Sokat olvas ezekről, és tisztában van vele, hogy ha elnyomja a szexuális vágyait, akkor az elméjét fogja megfertőzni, és észrevétlenül megbetegszik. Ő azonban egy meditációs módszerrel a szexuális energiát kreatív szellemi energiává alakítja, így folyamatosan kiegyensúlyozott tud maradni, ami meglátszik napi viselkedésén.

Raktárosként dolgozik, ezért ő hétvégén a körletépületben marad, mert a központi raktár olyankor zárva van. Délelőtt olvasni szokott, mint ahogy ezen a csodás délelőttön is azzal tölti el szabad idejét. Egy folyóiratot olvas, ami az ezotériáról és a természetgyógyászatról szól. Feltett szándéka, hogy valamikor majd hagyományos kínai gyógyászatot tanul. Tervei szerint egyszer egy rövid időre be szeretne költözni egy eredeti vietnámi vagy thaiföldi taoista kolostorba. Nem szeretne szerzetesként élni, csak meg szeretné tapasztalni az autentikus forrást. Olvas és várja, hogy nyissák a zárkaajtót, hogy mehessen beszélőre. Sok mesélni valója van nevelőanyja számára.

Ani már túllépett és sikerült feldolgoznia Geriék bűncselekményét. Geri sokat segített neki, hogy az esetet ne a saját szülői kudarcának tekintse. Leveleiben megerősítette anyját, hogy mindent a lehető legjobban tettek, szeretetben nevelték őt. Azért vállalta be ezt a cselekményt, mert hosszú távú tervei megvalósulásához sok pénzre volt szüksége, illetve segíteni akart Steve-nek és Pete-nek, hogy megszabadulhassanak az alkoholista apjuktól.

Elvenni egy másik embertől a pénzt, csak akkor tartotta elfogadható cselekménynek, ha egy olyan embertől veszik el, mint pl. Artur Loang. Egy vérszívó uzsorás és zálogházas, aki olyan képmutató, hogy magát nem egy emberek bajaiból meggazdagodó egyénnek állítja be, hanem olyan embernek, aki segít az anyagilag megszorult embertársainak. Az írott jog nem tesz különbséget rablás és rablás között ilyen szempontok szerint, de ez még nem jelenti azt, hogy azért, mert az egyik mód törvényes, a másik pedig nem, csak az egyik elítélendő. Erkölcsileg a törvényesnek mondott rablás elítélendőbb. Artur Loangnál is erről van szó. Az adóbevallásai és az ékszernyilvántartásai alapján tizedannyi vagyona sem lehetett volna, mint amennyit a fiúk elvittek tőle. Geri elkönyvelte, hogy egy csaló volt, aki megérdemelte a büntetését, hogy kirabolják. Azt, hogy Ric megölte, egyáltalán nem tartja saját bűnének, hisz' nem tudott róla és megakadályozni sem tudta volna. Mindezeket elmagyarázta Aninak is, aki tudomásul vette és megnyugodott.

Délelőtt fél tizenegyig olvasott Geri, mikor nyílt az ajtó, és beszólt a felügyelő, hogy induljon, mert látogató érkezett hozzá. Felvette zubbonyát és kiment a folyosóra, ahol megvárta társait. Ilyenkor egy olyan helyiségen kell egyenként átmenni, ami két részből áll. Az egyikben teljesen le kell vetkőzni, a tetováláson kívül senkin sem marad semmi, szokták mondani az őrök, és át kell menni a szomszéd helyiségbe, ahol egy teljesen tiszta, már átvizsgált rabruhába kell öltözni, azután a helyiség másik végén visszamenni a folyosóra.

A levetett ruhákat és esetleg karórát egy kosárban, az átöltöző helyiségben hagyja a fogva tartott, mert visszafelé ugyanitt fog öltözni. Ezt követően még egy névellenőrzésen és egy személymotozáson esnek át a fogva tartottak, áthaladnak a kapukeretes fémkereső műszer alatt, és mennek a látogató helyiségbe. Húsz fő tud egy időben látogatót fogadni.

Amikor belépnek a terembe, azonnal meg kell keresni a hozzátartozót, aki már egy kiválasztott asztalnál vár. Ilyenkor egyetlen köszöntő csók vagy puszi erejéig lehet fizikai kapcsolat a látogató és látogatott között. Akik valamilyen dolgot be szeretnének csempészni, azoknak ezt az alkalmat kell kihasználni. Ilyenkor óriási egy percig a zűrzavar. Húsz fogva tartott és vagy hatvan hozzátartozó ölelkezik és csókolózik a teremben. Teljesen nyilvánvaló, hogy az ott szolgálatot teljesítő két fő nem képes átlátni ezt a helyzetet. Előfordul, hogy a feleség tíz aranygyűrűvel érkezik, de csak nyolccal megy haza. Esetleg SIM kártyát, készpénzt adnak át egymásnak a családtagok vagy barátok.

Geri ilyesmivel nem foglalkozott, mert féltette a kedvezményét, az egész büntetését fegyelmi nélkül szerette volna letölteni, ezért akkor sem volt rendbontó, ha valaki időnként belekötött, Ric megrendelésére. Belépett a terembe, egy pillanat alatt megtalálta anyját és odasietett hozzá. Két puszival köszöntötték egymást és gyorsan leültek az asztalhoz a megadott ülésrend szerint. A belső sorban a fogva tartottak, velük szemben a látogatók helyezkedtek el.

– Szia, kisfiam – köszöntötte Ani Gerit. – Mi van veled? Mesélj!

– Megvagyok. Sok minden történt velem mostanában. – kezdte Geri. – Lányok? – kérdezte mostohatestvéreire utalva.

– Nem tudtak jönni, mert fellépnek a tánccsoporttal. De puszilnak ők is – sajnálkozott Ani.

– Kár, már régen láttam őket, és a jövő hónapban meg egyik barátomat szeretném behívni – mondta Geri.

– Melyiket?

– Nem ismered őt. Még akkor ismertem meg, amikor téged nem is ismertelek. Kapitány Gergő a neve.

– Akkor ismerted meg? Hogyan? Hiszen te akkor három éves voltál. – rökönyödött meg Ani.

– Négy.

– Jó, négy.

– Ő is gondozott volt. Sokkal idősebb volt nálam, ezért mindig rábíztak a dadák. Megszerettük egymást abban a néhány hónapban, és amikor bejöttek ezek a közösségi portálok, akkor megkeresett engem. Ott leveleztünk, majd egyszer találkoztunk. Igazi nagymenő lett a srác.

– Hol él?

– Sopronban.

– Apropó, közösségi portálok... – rövid csendet tartott Ani, mert a szomszéd asztalnál sikítoztak a gyerekek. – Itt mindig ilyen hangzavar van? – kérdezte. Geri bólintott, majd kérdőn nézett anyjára.

– Mi van a közösségi portálokkal?

– Bejelölt egy fiú. Fogalmam sem volt róla, hogy ki lehet, még azt sem tudtam, hogy férfi vagy nő, mert a fényképe csak egy autó volt. Hely nem volt megadva, szinte semmit sem lehetett tudni róla. Gondoltam, visszajelölöm, legfeljebb tiltom vagy törlöm később.

– Aztán?

– Aztán két nap elteltével üzenetet kaptam tőle. Megnyitom és olvasom: „Kedves Ani, csak annyit kérek, hogy mondd meg Gerinek, minden majdnem teljesen úgy van, ahogy eltervezte. Köszi: Steve".

Ani nevetett.

– Másnap törölt, még válaszolni sem tudtam neki. Kerestem, de törölt regisztrációt írt ki a rendszer.

Gerit mintha villámcsapás érte volna. Végigfutott a hátán és egész testén a bizsergés. Semmit sem tudott barátjáról, mióta elköszöntek egymástól. Pontosabban Gergő elmesélte neki, hogyan tette fel a gépre, de azóta semmi hír róla. Most pedig megérkezett, amire várt. A barátja jól van, és talán a vagyon is megvan. A terv sikerült.

– Komolyan, Ani? – kérdezte örömteli arckifejezéssel. – Tudod, ez mit jelent?

– Nem.

– Gazdag vagyok, csak meg kell várni, hogy kimenjek innen, és megkeresnem Steve-et.

– Jó, de hol keresed majd?

– Fog ő még jelentkezni, ne aggódj!

– Ebben nem lehetsz biztos.

– Nézd, anya, ha nem akarna jelentkezni, akkor most sem írt volna – érvelt Geri. – Nem?

– Talán igen, de ne felejtsd el, azt írta, hogy majdnem minden van úgy, ahogy megbeszéltétek.

– Jó, de annyi minden történhetett. Ettől nem tartok. Úgy örülök, hogy működött a tervem. Milyen jó kis hét – jegyezte meg Geri.

– Miért, mi történt még? – kérdezte a nevelőanyja.

– Tudod, volt egy ilyen fogházasítási kérelmem.

– Igen?

– Elindították az eljárást, és a nevelőm azt mondja, hogy az intézet részéről mindenki támogatja.

– Ez mit jelent?

– Egy sokkal jobb elhelyezési forma. Szinte egész nap nyitva az ajtó. Rövid idő után haza lehet menni rövid tartamú eltávozásra, meg dolgozni lehet külső cégnél is, de lehet, hogy az már az EVSZ. Most pontosan nem tudom. A leglényegesebb viszont, hogy így előbb is szabadulhatok, ha jól viselkedem – mondta nevetve.

– Ne, komolyan? Hogyan?

– Tudod, a börtönben, mármint ha börtönös fokozatban ülsz, akkor jó magaviselet esetén a büntetésed egynegyed részét elengedhetik. Viszont ha fogházas vagy, akkor a büntetésed egyharmad részét engedik el. Nekem hét évnél az két év, négy hónap. Rengeteg idő – mosolygott boldogan Geri. – Így másfél év múlva, ha jó leszek, és Isten is megsegít, kint lehetek.

– Jaj, de boldog vagyok. Kisfiam! – Örömkönnyek csordultak le Ani arcán.

– Hát még én – jegyezte meg a fogva tatott fiú.

– Pedig, ha válaszolhattam volna neki, akkor megírtam volna, hogy az édesanyja komoly betegségben szenved.

– Ne! Mi a baja?

– Mellrák. – Rövid szünet után hozzátette: – Áttétes.

– Hú, jobb, hogy nem tudtad megírni.

– Miért mondod ezt?

– Még a végén azonnal hazautazott volna...

De Geri félbehagyta a mondatot, hisz' végigfutott agyában a gondolat, micsoda érzéketlen volt ebben a percben. Hogy egy ilyen pillanatban a pénz meg a terv érdekli, és rögtön kijavította magát, és érzéseit.

– Persze, ebben igazad van. Ezt tudnia kellene, Ani. Úristen, szegény asszony és szegény Steve.

– Az.

– Ani, ha ezt Steve megtudja, engem a picsába kíván majd.

– Az lehet – helyeselt az asszony.

– Az én kedvemért itt hagyta Zsanit, akkor kezdtek összejönni, most pedig az édesanyja. – Rövid szünetet tartott. – Nem bírta feldolgozni a veszteséget.

– Mi?

– Nem bírta feldolgozni, hogy a fia szó nélkül eltűnt. Talán azt hiszi, hogy halott, vagy ilyesmi. Menj el hozzá, Ani, kérlek, és közöld vele, hogy Steve jól van, és hamarosan visszatér hozzájuk. Mindenképp menj el hozzá, jó? Már holnap, sőt még ma, ha tudsz.

– Jó, rendben, kisfiam.

Ezt követően megbeszélték még, hogy mi történt otthon, milyen barátaik vannak a lányoknak, illetve ki udvarol Aninak a gyárban. Beszéltek még ételekről, pénzről és a szomszédokkal való örökös harcról. Gyorsan eltelt a hatvan perc, és a felügyelet felhívta látogatók figyelmét, hogy köszönjenek el a fogva tartottaktól, mert a látogatásnak vége. Persze az utasítást nem mindenki értette meg elsőre, ezért minden alkalommal egy kisebb idegösszeomlást jelentett a felügyeletnek, hogy asztalonként külön kérvényt kellett benyújtaniuk, hogy végre abbahagyják a beszélgetést és búcsúzzanak el.

Gerit visszakísérték a zárkájába, ebédosztásra pont felért. Megebédelt és folytatta az olvasást egészen a séta idejéig, s közben folyamatosan Steve édesanyjára, illetve barátjára gondolt.

Ani, ahogy megígérte, hazafelé menet azonnal Steve-ék háza felé ment, és közölte a szülőkkel, hogy fiuk jól van, de még nem tud hazajönni, azonban minden bizonnyal egy-két éven belül újra Magyarországra jön majd. Az információtól kicsit megnyugodtak a szülők, de Klára megjegyezte, hogy ő valahol ezt érezte, a szívét viszont összetörte a tudat, hogy talán sohasem látja a fiát.

XXIII. Fejezet

– Helló, drágám – köszönt Andrea hangosan, mikor belépett az előszobába. – Milyen finom illat van. Egész nap azon járt az eszem, hogy ha itthon leszel délután, akkor biztosan főzöl estére valami finomat – folytatta, miközben levetette cipőjét és lepakolta táskáit. Közben Szilárd elé jött, hogy köszöntse őt.

– Szia, kicsim – azzal szájon csókolta a fiú kedvesét. – Nagyon nyúzottnak tűnsz. Andrea átölelte a fiatalember nyakát, és nagyot sóhajtott.

– Az is vagyok. Egész nap benn voltam a rendőrségen, mert két fiatal lányt kellett meghallgatnom. De hagyjuk is most ezt. Farkas éhes vagyok.

Bementek a nappaliból nyíló étkezőbe, ahol Szilárd már korábban megterített. Szép terítőt tett az asztalra, és szépen elrendezte a tálakat és evőeszközöket.

– Még virágot is tettél az asztalra – lepődött meg Andrea, mikor meglátta a mezei virágokból álló csokrot.

– Ja, igen. Kocogás után sétáltam hazafelé a kerékpárút mellett, és akkor szedtem ezt a néhány szálat. Ilyenkor mindig félek, mert fogalmam sincs, hogy melyik növény védett. Remélem, nem szedtem le semmilyen milliós virágot – nevetett.

– Azt azért nem hinném. Ez pipacs – mutatott a növényre Andrea –, a többi itt búzavirág meg mályva, szerintem. Mi finomat készítettél? Olyan finom az illata. Látom, fehérbort bontottál, úgyhogy szerintem halat – mondta, miközben kezet mosott és átöltözött otthoni ruhákba.

– Azt, igen. Eltaláltad. Lazacot készítettem olyan fokhagymásan, ahogy szereted. Csináltam hozzá egy kis zöldségköretet is. Ülj le, és hozom. Közben meséld már el, hogy mi történt. Mitől vagy így kipurcanva – mondta Szilárd.

– Nem annyira fontos, csak két fiatal lányt kellett vizsgálnom. Semmi különös, felvettem a teszteket, és kicsit elbeszélgettem velük.

Szedtek az ételből, majd Szilárd bort töltött mindkettőjüknek. Koccintottak és kortyoltak egyet, aztán nekiláttak a vacsorának.

– Hm, isteni – jegyezte meg Andrea, de ez nem valami pszichológusi pozitív megerősítés akart lenni, hanem valóban nagyon ízlett neki az étel. – Már annyiszor kérdeztem, hogy ezt hogyan szoktad készíteni.

– Semmi bonyolult nincs benne. Kicsit megsózom a halfiléket, majd olívaolajban mindkét felét hirtelen megsütöm, aztán fehérborsot szórok rá, egy deci fehérborral felöntöm, néhány kiskanál citromlé, végül kb. hat percig párolom így. Ennyi, de állítom, hogy százszor mondtam már el neked ezt – tette hozzá.

– Lehet, de mindegy is, mert a hal nálunk a te feladatod – nevetett Andi. – Én maradok az olasz ételek készítésénél.

– Meg persze a magyarosaknál, mert tudod, hogy én nagyon szeretem a jó magyar ételeket is.

– Tudom, persze, hogy tudom. Ennyi év után szerintem mindent tudok rólad. – Közben folytatták a vacsorát. Andrea hosszasan elgondolkodott két falat között, ami nem kerülhette el szerelme figyelmét.

– Mi bánt, Andi? – Kicsit kivárt. – Pont ma vagy ilyen hangulatban... – tette hozzá lehangoltan.

– Miért, mi van ma? – kérdezett vissza a lány.

– Semmi különleges, csak én éppen ellentétes hangulatban vagyok. A fiúk közül már mindenki megnősült, és gyermeket is nevelnek, jó, valaki csak most várja párjával – utalt egyik legjobb barátjára Szilárd –, csak épp mi vagyunk lemaradva.

– Ja, ez valamiféle verseny nálatok?

– Nem, dehogyis. Tudod, nem úgy értettem, inkább verseny az idővel vagy a biológiával. Az is lehet, hogy csak ma van ilyen hangulatom.

– Most te mire is akarsz utalni? Egy házassági ajánlattal akarsz előállni, vagy feltámadt benned az apa, az utódnevelési ösztön?

– Néhány napja rágódom már ezeken a gondolatokon – majd elgondolkodott.

Közben befejezték a vacsorát, Andrea automatikusan elkezdte leszedni az asztalt. Pakolta be a szennyes edényeket a mosogatógépbe, amikor Szilárd rászólt:

– Állj már le, Andi, ez komoly téma, majd később elpakolunk.

A lány megállt, lerakta a kezében lévő lapostányért, majd körbenézett a nappalin, látott még egy mezei csokrot, majd megjegyezte:

– Tényleg annak tűnik, ahogy nézem, még ki is takarítottál ma.

– Igen, de azért azt máskor is szoktam. Nem?

– Ritkán. Tudod, az előbb azt mondtad, hogy lehet, hogy csak ma van ilyen hangulatod. A baj az, hogy ma nekem nincs ilyen témához kedvem, sőt. Meg aztán mi van akkor, ha például nyolc hónap múlva már egyáltalán nem lesz ilyen hangulatod?

– Ugyan, Andi – fogta meg Szilárd a lány kezét.

– Nem! Szilárd, figyelj rám! Várjál vele, érleld magadban a gondolatot és fontold meg minden szempontból. Életkor, életmód, hobbi, munka, lelki aspektus és minden egyéb. Ha egy hónap múlva is így gondolod, akkor hozzuk elő a témát újból, de jelen pillanatban én nem vagyok abban a lelkiállapotban. Kérlek, értsd ezt most meg.

– Jó, megértelek – és homlokon csókolta a lányt. – Most már mesélj valamit a napodról. Gyere, üljünk le a borral a díványra és oszd meg velem, mi bánt.

Bementek a nappaliba, ahol csodás perzsaszőnyegen egy hosszú üvegasztal állt, körülötte kicsi fotelek, valamint egy dívány. Hangulatos, halvány fény világított, és Bach zenéje szólt a lejátszóból. A falat egyetlen, távol-keleti stílusú festmény díszítette, ami jól harmonizált a pasztell lila és zöld falakkal. Mielőtt leültek, Szilárd egy füstölőt is gyújtott, hogy a lány jobban ellazulhasson. Aztán leült Andrea mellé.

– Szóval?

– Nézd, szívem, nem szeretnék különösebben belemenni ebbe. Tudod, egyrészt nem is tehetem.

A fiú bólintott.

– Nevek nélkül, adatok nélkül, ahogy régebben szoktad.

– Igen, amikor még érdeklődtél a munkám iránt – jegyezte meg cinikusan a lány.

– Jaaj! Most akkor mit csináljak? Ha érdeklődöm, nem beszélhetsz, ha nem érdeklődöm, nem vagyok figyelmes. Most akkor mi a jó?

– Igazad van. Annyi történt, hogy két fiatal lány, azt hiszem, tizenhét évesek, megöltek egy férfit a Malom-tónál az erdőben.

– Ne má'! Miért?

– Miért?! Annak kellene valahogy utánajárni. Nem is a miért foglalkoztat jelenleg, hanem inkább a hogyan.

– Akkor hogyan?

– Elcsábították. Elhitették vele, hogy tetszik nekik a férfi, aki egy negyven körüli, de sportos és fiatalos férfi volt. Elhívták egy stégre, és ott szeretkeztek vele, de közben megölték. A gyilkosság pontos menetét még nem tudom, de elég durva az eset.

– Hát, eléggé annak tűnik.

– Viszont van közös szál a gyermekkorukban.

Andrea hosszasan gondolkodott, majd folytatta.

– Tudod, megint az az eset jutott eszembe, ami néhány éve volt.

– Melyik?

– Amikor az a három fiú megölte az az ékszerészt. Emlékszel?

– Persze. Ott is volt valami ezzel a tóval is.

– Ja, csak annyi, hogy oda rejtették el a dolgokat. De nemcsak ez lényeges, hanem, hogy ezeket a lányokat is úgy nevelték, szóval – majd elhallgatott –, a lényeg, hogy szörnyű gyermekkoruk volt mindkettőjüknek. A három fiú óta minden bűncselekmény után egyből elkezdem analizálni a gyermekkori hatásokat, és megőrülök a tudattól, hogy így nevelnek fel gyermekeket. Majd a szerencsétlenek, mivel képtelenek feldolgozni a rengeteg terhet, maguk válnak szörnyeteggé és áldozattá.

– Ez a sorsuk, Andi – tette hozzá a fiú magabiztosan.

– Jaj, Szilárd! Hagyjál már engem, kérlek, ezzel a sors szöveggel! – emelte fel a hangját a lány.

– Azért, mert tudományos magyarázatot te nem tudsz adni az ilyen szülői magatartásokra, attól nekem még lehet róla elképzelésem. Nem? Ez egy másik aspektus – tette hozzá Szilárd, és kiment a maradék borért.

– Tévedsz, mert van rá tudományos magyarázat. Csak azt nem értem meg, hogy miért nem tesz ellene semmit a szakma – szólt Szilárd után Andrea.

Szilárd gyorsan visszaért, és folytatta a beszélgetést, miközben mindkettőjüknek töltött.

– Imádom ezt a Chardonnay-t – jegyezte meg a férfi. – Andi, te pontosan tudod, hogy nekem mi a véleményem ezekről. A sorsról meg ilyesmiről. Már egyszer elmondtam neked a fiúk esetében is.

– Mit is?

– Azt, hogy szerintem nem azért lesznek ilyenek ezek a gyerekek, mert a szüleik így nevelik őket, hanem pontosan azért kapják ezt a nevelést, mert ezt a sorsfeladatot kell elvégezniük. Az életünkben minden egyes szereplőtől pontosan azt kapjuk, amire születésünk előtt kvázi leszerződtünk velük.

– Na, látod, ez az, amit nem tudsz tudományosan igazolni – kötekedett Andrea.

– Rendben, de én nem is akarom ezt igazolni, ez részemről pusztán egy vélemény. – Kicsit várt, majd folytatta. – Egy álláspont, amire neveltetésem, olvasmányaim és tanulmányaim során jutottam. Miért, szerinted, ha minden szülő Kecskeméti Andrea tanai szerint nevelné a gyermekét, akkor megszűnne a világon a bűn és a bűncselekmények?

– Jó, nem kell személyeskedni, Szilárd – fakadt ki a lány.

– Nem is, ne haragudj, kérlek, csak kicsit elvitt az érvelés. De gondold végig! Milyen magyarázatot tudsz adni olyan esetekre, amikor például egy férfi megöli a két hónapos gyermekét, mert nem tud tőle aludni? Mert én a magam részéről nem tudok mást elképzelni, mint azt, hogy egy karmikus feladatot végzett be. Egyébként amint ilyen szempontból vizsgálom, mindig eszembe jut, hogy mekkora áldozatot vállal erre az életére egy ilyen gyilkos. Börtönben kínlódni, megaláztatások között. Szerinted abban a pillanatban, amikor a kicsi fejére teszi a párnát, nem tudja, hogy ezért egy életen át ülni fog? Hogy naponta megalázzák és megverik? Szerintem tudatosan nem, de a tudat alatt ott húzódik a karmikus parancs.

– Akkor mi, meg a rengeteg pedagógus, valamint sok-sok kutató mind felesleges munkát végzünk? – kérdezte Andrea.

– Nem.

– Miért?

– Mert ez a sorsotok – mondta Szilárd, és kedvesére mosolygott. – De a rossz nem tűnhet el poláris világunkból. Ameddig van jó, rossznak is lenni kell. A Föld forrong, mert egyszer itt, másszor ott van háború, pedig már mióta is van ENSZ? Andi, kedvesem, hidd el nekem, még ha tudományosan bizonyítani nem is tudom, hogy meghatározott életfeladattal jövünk ide, és jelenleg még a sajátom sem tudatosodott bennem, de így van. Érzem, s szerintem a valóságot a szívével látja az ember. Lenn, a meditációs körben sokszor beszélgettünk erről már.

– Miről is? – kérdezte Andrea.

– Az ilyen dolgokról, hogy háború, meg mikor tűnik el a kapzsiság, s egyebek. – Mindketten iszogatták a bort, és csak hallgattak.

Szilárd kisvártatva még hozzátette:

– Őrültek vannak, szörnyeteg emberek vannak, mert vannak olyan karmikus feladatok, amikhez őrültek és szörnyetegek kellenek.

– Látom, hogy ezekben a kérdésekben még mindig nem közeledett az álláspontunk. Hát nem vagyok rád semmilyen hatással – nevetett Andrea. – Na, jó, most megyek zuhanyozni. Kérlek, készítsd elő az ágyat, mert kicsit hozzád szeretnék bújni ma, hogy olyan dolog is történjen ma velem, ami jó, s azt se felejtsük el, hogy van olyan dolog a világon, amiben összhangban vagyunk – aztán közel húzódott a fiúhoz, átölelte, és hoszszan megcsókolta.

Andrea kiment a fürdőszobába, megengedte a meleg vizet, levetkőzött, és egy darabig nézte magát a tükörben. Formás vonásai az utóbbi időben kicsit kikerekedtek, de még mindig vonzó nőnek számított, bár egy pillanatra átfutottak agyán párja szavai, amit a gyermekvállalásra utalva mondott.

– Talán mégis lehet, hogy Szilárdnak van igaza? Ketyeg a biológiai óra, s le lehet maradni a gyermekáldásról?

Ilyen gondolatokkal lépett a vízsugár alá, hogy a meleg zuhany kimossa testéből a napi feszültséget.

XXIV. Fejezet

Miközben az idő Geri és Ric számára a fegyintézetben szinte csak vánszorgott, addig Steve úgy érezte, hogy repülnek a hónapok és évek. Már vagy tízszer járták meg Sandrával vagy épp Juanitával Európát. Rengeteg ékszert vittek át a tengeren túlra, de még így is a svájci bank széfjében „pihent" a rabolt ékszerek legalább hetven százaléka. Steve elhatározta, hogy nem hoz egyelőre többet magával, hanem az üzlet megnyitásán fog fáradozni, hogy megörvendeztesse Gerit.

Gondosan körülnézett, hogy hol volna érdemes egy exkluzív ékszerüzletet nyitni, és úgy döntött, hogy a Recoleta negyedben található Avenida Alvear bevásárlóközpontban nyitja meg a boltot. Ki is bérelt egy négyszáz négyzetméteres üzletet, aminek bérleti díja havi 45000 peso volt.Ezt a bevásárlóközpontot a különleges élményekre vágyó, dúsgazdag vásárlók népesítik be.

Diego már rég darabjaira szedte a felvásárolt és átcsempészett ékszereket, amikből gazdag fantáziájának köszönhetően, s időközben még két, a legjobb izraeli és antwerpeni iskolákban végzett és Steve által felvett ötvösművész segítségével pompás ékszerkölteményeket készített. Steve elment a szabadalmi hivatalba, és levédette a GESTE márkanevet, ami nem túl fantáziadús, mert a Geriből és Steve-ből alakult, de őt ez annyira nem érdekelte. Úgy tartotta, hogy nem a név a fontos, hanem amit Diego és szakmai stábja végez el.

Azért egy reklám design céggel logót és webdesignt terveztetett a termékek számára. A logón egy csiszolt gyémánt alakban ábrázolt galamb volt látható, ami a gazdagságot és a szabadságot szimbolizálta.

Amikor mindent előkészített Steve a segítőivel, és Diego is úgy gondolta, hogy elegendő ékszer áll rendelkezésre, eldöntötték, hogy megnyitják az üzletet. Két és fél évvel a rablás után megvalósult Geri egyik álma, hisz' pontosan azon a napon volt Buenos Airesben az ünnepélyes megnyitó.

Raul és Sandra is mindenben segítették Steve-et, amiben csak tudták. Raul könyvelőirodát ajánlott neki, Sandra pedig szép barátnőivel segédkezett a reklámfilmek és fotók elkészítésében. Viszont Sandra időközben szerelmes lett egy vallásos ügyvédbe, akihez hozzá is ment, tanulmányainak befejezése után. Közben Steve jogosítványt is szerzett és vásárolt magának egy nem túl hivalkodó Audi S8-ast, így Raul is pusztán baráti kapcsolatban maradt vele, hisz' többé már nem vette igénybe a személyszállítási szolgáltatást.

A megnyitóra meghívandó személyek listáját is barátai állították össze. Raul a kuncsaftlistája segítségével állt a fiú szolgálatára, Sandra pedig volt egyetemista társai, illetve férje kapcsolatai révén tudott segíteni. Így fordulhatott elő, hogy a város krémje, politikusok, előadóművészek, üzletemberek és sportolók is megjelentek a díszes ünnepségen. Magát a lebonyolítást Steve egy profi rendezvényszervező cégre bízta, akik nagyon színvonalas műsort szerveztek. Zenészek, énekesek, modellek és tűzzsonglőrök szórakoztatták a megjelenteket, miközben a modellek sorra mutatták be a vadonatúj ékszerkülönlegességeket. A svédasztalon lazacot, kaviárt, tőkehalat, illetve rengeteg fajta salátát lehetett találni. Mellé import italokat, köztük francia pezsgőket és a legjobb francia borokat, illetve szeszeket szolgáltak fel. De voltak a Dél-Amerikában elengedhetetlen koktélok is bőséges választékban. Steve ünnepi nyitóbeszédében utalt rá, hogy egy barátja álmát valósította meg az üzlet megnyitásával, és reméli, hogy hamarosan ő, azaz Geri is ott lehet, és együtt vezethetik a boltot.

A fogadáson a magyar fiú megismerhette Argentína legbefolyásosabb embereinek egy kis részét. Sokat gondolkodott, miközben ezekkel az emberekkel beszélgetett, hogy ha Kovács Istvánként Magyarországon a motorkerékpárjával melléjük ért volna egy közlekedési lámpánál, valószínűleg észre sem veszik, csak átnéznek rajta. Ebben az esetben viszont mindenki szerette volna megismerni, kicsit a bizalmába férkőzni és minél több dolgot megtudni róla. Leginkább a fiatal hölgyek keresték vele a szemkontaktust.

Steve arra a következtetésre jutott, hogy igaza volt egyik nagybátyjának, mikor azt mondta neki még gyermekkorában: „Pityuka, Pityuka, az embert az alapján ítélik meg, amije van. Nem ott bent vagy ott" – mutatott közben a gyermek szíve és koponyája felé –, hanem amit látnak a szemükkel. Az egész élet egy szemfényvesztés... aki ismeri a bűvésztrükköket és meg tudja téveszteni a másik embert, mindent elérhet. Akinek viszont helyén a szíve, és egyenes, annak csak a szolgaság jut."

Ezzel próbálta az öreg Jenő kimagyarázni, hogy miért ver át mindenkit, akivel üzleti vagy akár egyéb emberi kapcsolatba kerül. Steve azért ezt másképp gondolta, de egy most biztossá vált számára: ha pénzed van, hatalmad és befolyásod is lesz. Azonban kell hozzá tenni bőven, és minél egyenesebben teszed a dolgod, minél tisztességesebben kötsz üzletet, a befolyásod annál hatalmasabb lesz. Ő eszerint él és cselekszik, mióta Geri megajándékozta egy másik élet lehetőségével. Mindenkit bőségesen megfizet. Raul rengeteg pénzt keresett nála. Diegót az argentin átlagkereset tizenkétszeresével, a másik két ötvöst, Juan Carlost és Josét az átlag tízszeresével tette érdekeltté, hogy jól működő vállalkozást vezessenek.

Mielőtt elkezdte szervezni a bolt megalapítását, Steve nagyon sok vezetéselméleti és vezetéstechnikai könyvet olvasott el. Részt vett önismereti tréningeken és egy: „Út a nagyszerű vezetőhöz" elnevezésű üzleti tanfolyamon, amiket természetesen Sandra javasolt számára. Raul családja lett Steve új családja, és Sandrára már rég testvéreként tekintett.

Steve el szokott menni Raulék családjához, szinte minden családi eseményen részt vett. Közben nagyon megszerette az argentin ételkülönlegességeket. Amikor éttermekben étkezett is, gyakran fogyasztott helyi jellegzetes ételeket, mint például a parrillada, ami nagyjából egy magyar fatányérosnak felel meg. Kolbásszal, bélszínnel és oldalassal, valamint belsőségekkel. Kedvencei voltak a halételek, kiváltképp a gambas al ajillo, azaz a fokhagymás garnélarák és a merluza, ami egy szürke tőkehal.

Ami viszont csakis Raulék családi asztalán volt, az a comida criolla nevű étel. Kis, hideg falatkák voltak, főtt marhahúsból, szalonnából és fűszerekből készítették. Nem volt túlságosan pikáns, és egyes fajtákhoz csöves kukoricát vagy kukoricakását is felhasználtak. Alkoholt csak ritkán fogyasztott, de akkor többnyire import szeszeket vagy esetleg kukoricasört, illetve francia pezsgőt, amit még Thaiföldön kedvelt meg.

Mivel Steve már egy nagyon exkluzív helyen egy nagyon magas színvonalú üzlet egyik tulajdonosa volt, úgy illett, hogy egy hasonlóan elegáns hajlékra cserélje apartmanját is. Mivel a milliomos negyedben mégsem akart házat venni, ezért a Recoletától északra elterülő Palermo negyedben vásárolt egy lakást. A Palermo negyed egy kiterjedt, divatos és változatos negyed, itt találhatók a város legnagyobb parkjai, ahol Steve sokat tudott sportolni. Az Avenida del Libertador utcában vásárolt egy tetőtéri luxuslakást hatalmas terasszal, jakuzzival, konditeremmel.

Az üzlet nagyon jól teljesített. Steve számításai bejöttek abból a szempontból, hogy a milliomosok kedvenc bevásárlóközpontjában nyitott üzletet. Diegóék csodálatosan dolgoztak, az öreg Arthur Loang kövei pedig kifogástalan minőségű gyémántok, zafírok, opálok, achátok, jáspisok és smaragdok voltak. Diegóék folyamatosan faggatták Steve-et, hogy hol szerzi be ezeket a gyönyörűen kidolgozott és csiszolt köveket. Persze Steve elmondta nekik, hogy a forrás-téma tabu, amit kollégái tudomásul vettek.

Olyan gyorsan fogyott a készlet már a nyitónapon is, és azt követően folyamatosan, hogy az ékszerészek nem győzték pótolni az üzletben a sok eladott terméket. Persze a GESTE cég két egyforma kollekciót nem készített. Így a sok-sok tervezési munka is nehezítette a dolgukat. Viszont Diego egy nagyon lelkes üzletvezető volt, aki olyan ötletekkel állt elő, mint például az egyedi, személyre szabott ékszerek gyártása. A cégnél a gazdag vásárlók egyedi ékszereket rendelhettek, egyedi felirattal és formavilággal.

Néhány hónap után már tele voltak megrendelésekkel, ezért Steve azt tervezte, hogy valamilyen trükkös módszerrel több ékszert is átjuttat a tengeren túlra, azonban Raul meggyőzte, hogy várjon csak türelemmel, és a bevétel egy részét forgassa vissza az üzletbe. Tartsa meg a törtarany felvásárlást is, illetve járjon csak az árverésekre, és időnként a megszokott módon és mértékben hozzon át a Svájcban elhelyezett ékszerekből. Egyszer megkérdezte Raul Steve-től, hogy mennyi ékszer van még odaát, erre Steve elmondta neki, hogy gyakorlatilag majdnem mind ott van még. Az öreg sofőr szája is tátva maradt.

– Akkor, fiam, neked valamit még ki kell találnod – jegyezte meg egyszer.

– Miért is?

– Mert hogyan fogsz annyi pénzt elkölteni ebben az egyetlen életben? – nevettet a fiúra.

Raul szeme egyébként mindig mosolygott. Napbarnított arcát mély redők díszítették, ősz haja és szakálla mindig ápolt volt.

– Van nekem egy jó barátom, aki segíteni fog ebben – nyugtatta meg Steve Rault. – Egyébként még nekem is vannak terveim... Mert ezek, amiket eddig csináltam, mind a barátom, Geri elképzelései voltak – tette hozzá.

– Neked mik az álmaid?

– Én labdarúgó tehetségeket szeretnék felkarolni és európai profi kluboknak eladni, illetve segíteni nekik jó klubot találni, ahol tisztességes pénzért futballozhatnak.

– És persze neked is tisztességes pénzt keresnek. Jól gondolom? – élcelődött Raul.

– Akkor már nem annyira, csakis az első külföldre igazolásnál lenne egy jelentős jutalék, sőt inkább azt hiszem, hogy a játékjogukat is én kezelném, és egyszer eladnám őket, utána a további átigazolásoknál már csak a neveltetésért járna egy csekély összeg.

– Bármilyen hihetetlen is számodra, Steve, de ebben az öreg Raul papa tud majd neked segíteni. Te a szerencse gyermeke vagy.

– Miért? – kérdezte türelmetlenül Steve.

– Csak várjál, majd időben megtudod. Hanem inkább arról mesélj nekem, hogyan is került a birtokodba ez a rengeteg ékszer, és gondolom, készpénz is hozzá.

– Egy rablógyilkosságból.

– Hogyan? Akkor Sandrának lett volna igaza?

– Nem voltam ott.

– Akkor?

– A barátaim csinálták, és a legjobb haverom, amikor érezte, hogy nagy baj lesz, utamra bocsátott egy tervvel és kb. négymillió euróval. Az nagyon sok pénz ám.

– Tudom én, fiam, hogy mennyi, nagyon jól tudom – magyarázta Raul. – És mennyi az ékszer?

– Annyit az is ér, szerintem – mondta Steve.

A párbeszéd estéjén egy ital mellett Steve mindent elmondott Raulnak. Nyomasztotta már az egész történet. Amióta eljött otthonról, nem beszélhetett erről senkivel. Mindent kitálalt Raulnak, és kicsit megkönnyebbült.

– Édesanyád azóta sem tud rólad semmit? – kérdezte Raul.

– Sajnos nem. Azt hiszem, hogy nem, de lehet, hogy Geri valahogy értesítette, hogy jól vagyok – válaszolta Steve, és felhajtotta a kaktuszpárlatot.

– Szegény édesanyád – jegyezte meg halkan az „Öreg", mert Steve időnként csak így hívta Rault, aki még egyáltalán nem volt idős, csak az ősz szakáll és haj miatt tűnt annak. Mindössze ötvenhét éves volt. – Ebbe bele is betegedhetett akár.

– Remélem, azért nem. Nagyon aggódom. Sokszor eszembe jutnak az otthoniak.

– Testvérek vagy édesapád?

– Á, apámat leszarom, ahogy ő is leszart engem – kezdte kicsit indulatosan, aztán csendesebb lett. – Anya és Zsani.

– Ki az a Zsani?

– Egy lány, akit szerettem. Mindig ő tetszett legjobban a lakótelepen, de sohasem mertem neki megmondani – elgondolkodott kicsit. – Egészen addig.

– Meddig?

– Hát a rablásig. Néhány nappal a rablás előtt mentem haza a konditeremből, amikor Zsani jött szembe. Most először mertem az utcán egy lányt megszólítani, igaz, őt ismertem, hisz' együtt nőttünk fel, de mégis olyan nehéz volt – nevetett. – Komolyan, Raul, nem hittem volna, hogy a tanáraimat el merem küldeni a picsába, apámat le merem faszozni, hülyézni, és egy ártatlan lánytól meg félek.

– Még ártatlan volt szerinted?

– Hát nem úgy, de olyan kedves és hallgatag volt a lányok között is.

– És mit mondtál neki?

– Mit is? – kicsit visszagondolt Steve, majd széles mosollyal kerekedett az arcán. – Elmondtam neki, hogy gyakorlatilag az elmúlt két évben csak azért jártam gyalog suliba, hogy őt láthassam, hogy sohasem tetszett más az egész tetves telepen, sem a suliban, csakis ő.

– Erre ő a karjaidba omlott, és hosszasan megcsókolt – viccelt Raul.

– Nem egészen, de jól esett neki, és megbeszéltük, hogy néhányszor találkozunk. Ő is sportolt, ezért kedden együtt lépcsőztünk meg futottunk a parkban. Kocogás után pedig éjfélig beszélgettünk egy padon. Egyszer csak megcsókoltam, aminek nagyon örült, és onnantól egy pár lettünk. – Egy rövid ideig várt, majd elhalkuló hangon még hozzátette: – Aztán szó nélkül eltűntem.

– Tudod, Steve barátom, ha mondhatom ezt – Steve bólintott –, a gazdagságnak mindig ára van. Te mindenkit elvesztettél ezért a vagyonért, aminek a tetején most ülsz. Abban szinte biztos vagyok, hogy sikeres leszel ebben az új életben, de vajon a sors visszaadja-e neked, amit eldobtál?

– Mire gondolsz?

– Például a családod.

– Viccelsz? Itt vagytok nekem ti. Az apám például sohasem beszélgetett velem annyit, mint te most. Egyetlen alkalommal sem. Soha, érted ezt, Raul? – kérdezte Steve kicsit ingerülten.

– Értem. Vajon miért viselkedett így? Miért haragszol te pedig még most is ezért?

– Nem ezért haragszom. Ez csak a jéghegy csúcsa, hogy így fogalmazzak.

– Akkor mi nyomja még a lelkedet apád miatt?

– Nagyon sokat bántott minket – mondta Steve, és kicsit fényes lett a szeme, mert érezte, hogy a sírás környékezi.

– Téged és a testvéred?

– Nem, a nővérem rég lelépett a francba a pasijához. Biztos ő is miatta, pedig őt azért nem bántotta. Anyámat és engem viszont sokszor. Minden este részegen jött haza és kötekedett. Engem rendszeresen vert, anyut csak ritkán ütötte meg. Tudtuk, hogy azért szereti őt, mert józanul mindig ölelte, meg próbálta megcsókolni, de anya már bizonytalannak tűnt az érzései felől – most viszont már legördült az első könny a fiú arcán –, de hagyta neki, mert félt tőle. Tudod, Raul, sohasem tudtuk, hogy éppen melyik énje érkezik haza este. Mikor tizenkettő elmúltam, akkor mindig kiugrottam az ablakomon, mikor hallottam, hogy részeg. Később, mikor nagyjából várhatóan már elaludt, szépen visszamásztam. Érdekes, mert Pete haverom is az ablakon közlekedett – jegyezte meg Steve.

– Tizenkét éves korodban? Meddig voltál az utcán?

– Éjfélig nagyjából. Hiába volt olyan részeg, mint a csap, azt a kurva tévét nézte éjjelig állandóan. Még az ágy mellé is bekészített egy liter bort, meg ott bagózott szegény anyám mellett, aki nem is dohányzott. Az a durva, hogy józanul kiment rágyújtani az erkélyre.

– Mit csináltál te éjjel kint az utcán gyerekként?

– Soroljam?

– Mondjad csak, szívesen meghallgatlak – erősítette meg Raul barátját.

– Elég gyorsan rászoktam a cigire – kezdte Steve a mondandóját, miután összeszedte gondolatait, és egy zsebkendővel megtörölte könnyes szemét. – Aztán kicsit borozgattam én is.

– Tizenkét éves korodban?

– Nem, akkor még csak dohányoztam. Egy év múlva ittam először bort. Megkínáltak az idősebbek. Következtek a bolti lopások.

– Mi? Miket loptál?

– Többnyire cigit, de bármit, amire szükségem volt. Ha éppen éhes voltam, akkor kaját. Ha nem volt menő cipőm, akkor pedig azt. Sokszor behívták anyát a suliba, mert a teljesítményem nagyon visszaesett. Korábban jó tanuló voltam, de ahogy csattogtak a pofonok az arcomon, azzal egyenes arányban ment el a kedvem az egésztől. Lázadtam, és a végén már nem is éreztem az ütéseket. – Steve elhallgatott. Mindketten ittak egy kortyot italukból, Raul törte meg a csendet.

– Azért nálunk is voltak gondok, de a család, az nagyon egyben volt. Heten voltunk testvérek, de a szüleink olyan szeretetben neveltek minket, hogy könnyebb volt átvészelni a megpróbáltatásokat. – Steve annyira elgondolkodott saját múltján, hogy meg sem hallotta a megpróbáltatás szót, csak azt, hogy Rault szeretetben nevelték. – Anyukádat sajnálom igazán. Téged szerethetett, és te is szeretted őt, majd szó nélkül eltűnsz. Reméljük, nincs baja, és minden rendben vele.

– Remélem. Lehet, hogy így nélkülem már nem is veszekedtek annyit.

– Miért gondolod ezt?

– Sokszor az volt az érzésem, hogy pont azért utál engem apám, mert féltékeny rám. Féltékeny, amiért engem anya szeret. Szeret akkor is, ha egyest viszek haza, szeret, ha rágyújtok is, ha lopok is, persze nem helyesli az ilyen magatartást, de akkor is szeretett, mert a fia voltam.

– Egyszer azt olvastam valahol, hogy a feltétel nélküli szeretet csak anya és gyermeke között jöhet létre. Az apa már feltételekhez köti a szeretetét. Azt mondja, hogy szeretlek, fiam, mert ilyen vagy olyan vagy. – Kicsit átgondolta Raul a folytatást, beletúrt a hajába. – Az anya úgy érzi és mondja: szeretlek, mert vagy. Ezt mondja, nem tudsz olyat csinálni, amiért nem szeret és eldob. Persze vannak itt is kivételek nyilván, mint bárhol. Könnyen lehet, hogy ezért haragudott rád.

– Igen, szerintem is. Őt pedig nem tudta már anya szeretni, akkor sem, ha józan maradt egy-egy nap.

– Olyankor veled milyen volt a viszonya? Akkor is bántott?

– Nem, olyankor szinte hozzám sem szólt. Olyan volt, mint aki szégyelli magát az elmúlt évekért.

– Valószínűleg szégyellte is. Szerintem mindenki előtt szégyellte. Szomszédok, rokonok, barátok és a tágabb értelemben vett család előtt.

– Ó, hát az nagyon fontos volt, hogy a nagyiéknak ebből semmi se tűnjön fel.

– A kérdés az, hogy meg tudsz-e bocsátani neki a sok sérelemért.

– Apámnak? – kérdezett kérdőn vissza Steve.

– Persze, kinek másnak?

– Miért bocsátanék én meg neki? Nem érdekel, és kész. Pont baszok rá, ha eszembe jut véletlenül.

– Csakhogy azzal magadnak ártasz. Így a múlt folyamatosan fogva tart. A harag, amit jó mélyen magadba rejtettél, csak téged emészt fel. Meg kell bocsátanod neki, és el kell engedned gyermekkori traumáid.

– Könnyű azt mondani. Nem téged ütöttek ok nélkül folyamatosan – mondta lehangoltan Steve. – Különben is, mi vagy te, valami pszichiáter vagy pszichoterapeuta?

– Nem vagyok, Steve. Csak egy tapasztalt ember vagyok, aki sokat olvasott mindenfélét, és sok mindent megélt már. Most ezekkel nem akarlak fárasztani, majd talán egyszer elmesélem, hogy mi miken mentünk keresztül, de annyit mondhatok, hogy gondok és lelki válságok, szenvedés nélkül nincs élet, és nem is lenne azok nélkül semmi értelme.

– Miken mentetek végig, Raul?

– Nem, ezt tényleg hagyjuk. Mára ez már sok lenne. Folytassuk inkább veletek. – Közben Raul öntött még egy cukornád pálinkát mindkettőjüknek. – Miért fontos, hogy megbocsáss? Magad miatt. Mert itt és most téged gyötör ez az emlék, ez a gondolat. Attól, hogy te haragszol apádra, neki se nem jobb, se nem rosszabb. Nem is tudja, hogy gondolsz, rá és kész. Neked rossz ez egyedül, mert felzaklat, sebeket tép fel, amitől aztán epegörcsöd lesz, meg gyomorfájdalmad stb. A múlt olyan kell, hogy legyen, mintha meg sem történt volna, s ez nem azt jelenti, hogy felejtsük el, hanem, hogy nincs ránk hatással. Ilyen egyszerű. Amikor mesélsz róla valakinek, akkor nem dúl fel, és nem is sírsz. Elfogadtad és rég elengedted az érzést, ami gyötört. A jövővel ugyanez a helyzet.

– Mi? Felejtsem el a jövőm? – nevetett Steve.

– Nem egészen erre gondoltam, hanem, hogy ne legyen hatással érzelmeidre. Egyesek szerint nincs is.

– Mi, jövő?

– Igen. Nincs, mert nem jön el soha. Amint eljönne, máris az a jelen – mosolygott Raul. – Ezért kell a jelenben élni, mindig. Élvezd a jelen pillanatot, és légy hálás mindenért, amid csak van. A múltad pedig sürgősen fel kell dolgoznod, mert érzem, hogy emészt téged.

– Hogyan?

– Számtalan módszer létezik. Majd elviszlek egy barátnőmhöz, aki ilyesmivel foglalkozik.

– Valami hókuszpókusz?

– Nem, egyszerű vagy nem is annyira egyszerű, de kineziológus.

– Mi?

– Kineziológus, és foglalkozik még sok mindennel, mint például a családállítás. Most viszont térjünk nyugovóra, mert reggel nyolcra a Hilton előtt kell parkolnom. Megittunk már vagy tíz felest, felébredni is elég lesz. Te mit csinálsz holnap?

– Nem is tudom. Talán élvezem a pillanatot – nevetett Steve, és rákacsintott barátjára.

Megitták maradék italukat, és elköszöntek egymástól. Mivel Steve már eléggé szédült az italtól, inkább taxit hívott, és azzal ment haza luxuslakásába, útközben felhívta az egyik bordélyházat, és rendelt egy csodás félvér lányt éjszakára.

Másnap este Raul elvitte Steve-et egy labdarúgó klubhoz. Az utánpótlás-menedzserrel, Rodriquez Martin Amonnal tárgyaltak. Steve megegyezett Rodriquezzel, hogy minden korosztályból kiválaszthat három fiatalt, akiknek neveltetési költségeit átvállalja, és menedzseli a gyermekeket. A részletek kidolgozását későbbre halasztották. Steve nagyon lelkes lett, hogy végre elkezdheti élni a saját életét, olyan dologba foghat, amit ő szeret, s nem egy másik ember álma volt.

XXV. Fejezet

A börtönélet nagyon nehéz, főként olyan ember számára, mint Ric, aki nem képes az alkalmazkodásra, aki egész gyermek- és ifjúkorában azt csinálhatta, amihez csak kedve volt. Napi szinten került konfliktusba fogva tartott társaival és a felügyelőkkel, valamint egyéb dolgozókkal. Miután szülővárosából egy másik megyébe szállították, sokáig tartott, amire elfogadta azt az egyszerű helyzetet, hogy őt szállították el, nem pedig Gerit. Erre biztonsági okokból került sor, mivel Ric rendszeresen fenyegetőzött, hogy valamilyen módon megöli vagy megnyomorítja egykori barátját és bűntársát.

Az új fegyintézetben egy háromszemélyes zárkában helyezték el, ahol nem volt különösebben szerencsés, hisz' egy nagyon összeszokott háromtagú társaságot bontottak meg, hogy ő elférjen a börtönös körletrészen. A két zárkatárs azonnal jelezte számára, hogy nem díjazzák ezt az újonnan kialakult helyzetet. A börtönben mindenki formaruhában van, sem autó, sem egyéb olyan jelek nincsenek, amik a hierarchiában elfoglalt helyzetet jeleznék. Kizárólag a cipő, mert az eltérő lehet egészségügyi okokból, illetve a karóra és a tetoválások. Mivel Ric gazdag volt, neki a legújabb és legdrágább Nike cipője, illetve egy méregdrága Casio karórája lehetett, amit első este le is szedtek róla, amolyan fájdalomdíjként, amiért régi zárkatársukat elvesztették a fiúk. A két zárkatárs, Philip és Gábriel mindketten rablásért töltötték szabadságvesztésüket. Sokat látott, dörzsölt bűnözőként éltek, de csupán első alkalommal voltak ők is börtönben.

Huszonöt éves volt Philip, magas, szőke, kék szemű fiatalember, aki mindig hadart, miközben mesélte a sok meg élt és kitalált storyt. Már a civil életben is edzett alkatú volt, de bent a börtönben rendkívül izmos fizikumra tett szert. Nem csak a napi egy órát használta edzésre, ami a napirend szerint járt, hanem szinte az egész napot. Egész nap nyomta a fekvőtámaszokat, nyakába vette fogva tartott társait és guggolt velük, húzódzkodott a sétaudvaron, szóval, amikor csak tehette, táplálta izmait. Ehhez még a korrupt vonalon tiltott tömegnövelő szereket is csempésztetett be magának. A börtönbe több biztos vonalon juthatnak be a tiltott dolgok. Az egyik, de ezt már ritkán használják, a fogva tartott közvetlenül lefizet egy őrt, és az beviszi vagy éppen kiviszi a tiltott dolgot. Egy másik járható út, amikor olyan embert használnak ki, aki bent dolgozik ugyan a zárkaépületben, de nem tartozik a szervezet hivatásos tagjai közé. A különböző vallási szerveződések tagjai, a belső boltban dolgozó személyzet, karbantartók, szerelők. A legbiztosabb azonban a konyhai beszállítók vonala. Kint egy barát vagy hozzátartozó megkeresi a kenyeret vagy tejterméket, esetleg húst beszállító soffőrt, akit jól megfizetnek, amiért bejuttatja az intézménybe a szajrét. A konyhából aztán az ebédosztás útján eljut minden egyes személyhez a megrendelés. Philip is ezzel a módszerrel jutott a teljesítményfokozó és tömegnövelő tablettákhoz.

Gábriel közepes termetű, barna hajú és barna szemű férfi. Harmincegy éves kora ellenére amolyan gyermekarcú ember, amit fokoz a kicsit nőies hatású, hosszú, vállig érő, ápolt haja. Ő csak keveset edz, viszont egy rendkívül heves természetű fiatalember, akinek véleményét tiszteletben tartják a többiek. Talán azért is, mert ő technikumot végzett, és idegen nyelvet is beszélt. Valóban intelligens ember volt.

A két zárkatárs hamar felismerte, hogy Ric egy gazdag fiú, ezért látszólag elfogadták őt és segítették is boldogulását odabent. Természetesen ez neki súlyos forintokba került, de ezzel nem volt probléma, hisz Ric, miután a szülei halála ügyében a hagyatéki tárgyalás már rég lezajlott, és megörökölte, ami jogilag járt neki, egy dúsgazdag ember lett. Ric a pénzen vásárolt védelemtől felbátorodott, és a szokásos arrogáns stílusában folyamatosan zűrökbe keveredett a közösségi foglalkozásokon, sportolás közben vagy épp a sétaudvaron. A felügyelőket is folyamatosan inzultálta, akik kezdetben csak szóban, később már tettleg is reagáltak a szidalmakra. Ricet azonban már a verés sem érdekelte különösebben, hiszen annyira elszánt volt, hogy szabadulása után milyen csodás élet vár rá, s közben írta a listát, hogy kit kell majd busás vagyona segítségével megbüntetnie. Természetesen az első két helyen Geri és Steve voltak. Azonban később már a felügyelő és nevelők köréből is kerültek a listára szép számban. Philip egyszer elmondta a nevelőtisztnek, hogy Ric milyen listát ír, és már a főhadnagy is rajta van. Egy kávézás során a nevelőtiszt elkotyogta az információt a szolgálatot teljesítő felügyelőknek, akik aznap este addig provokálták Ricet, amíg a fiú üvöltve közölte velük, hogy ők is szerepelnek már a „halállistán". A felügyelők viszont pontosan ismerték annak a receptjét, hogy Ric szabadulását a lehető legjobban kitolják. Folyamatosan írták nevére a fegyelmi lapokat. Az osztályvezető már nem tudott több magánzárka fenyítést kiszabni, mert Ric minden hónapban kimerítette a keretet. Az évek során Ric is erősítette testét, de a különböző fertőzéses betegségek egyfolytában gyengítették. Nem kerülte el a TBC sem, mint megannyi fogva tartottat.

Az évek azonban, ha lassan is, de múltak. Ric megpróbált egy kicsit beilleszkedni és elhitetni a személyzettel, hogy engedett a sok fenyítésnek, mert ő is érezte, hogy a viselkedésével egyre nehezebb helyzetbe sodorja magát. Egy alkalommal ezt el is mondta az esti kártyázás során a fogva tartott társaknak.

– Örülünk, Ric, hogy kicsit visszavettél az arcodból – mondta Gábriel.

– Ja, frankón örülök én is, mert elég sokszor kellett miattad összeütnöm – erősítette meg társa véleményét Philip.

– Visszavettem, mert ezek a buzik már lerúgták a vesémet – mondta Ric. – Komolyan nem hiszem el, hogy kettőt sem merek már nekik szólni, mert tudom, hogy a lépcsőfordulóban olyat vernek rám, hogy beszarok.

– Szólj a főhadnagynak, hogyha legközelebb megvernek – ajánlotta Philip.

– Ja, vagy kérj osztályvezetői kihallgatást, és mondd el neki mindent az elejétől – reagált Gábriel. – Esetleg kérd az átszállításodat egy másik börtönbe, ahol tiszta lappal indulhatsz. Sokan csinálják és bejön nekik, mert nem kezdenek az új helyen arcoskodni, s az őrök sem köcsögök vele.

– Az osztályvezetőnek nem szólok, az biztos. Az ezekkel van, és védi a seggüket. Viszont nem is rossz ötlet, talán haza kéne vitetnem magam. Ez a buzi Geri hamarosan úgyis szabadul.

– Az ki?

– A volt bűntársam, aki miatt bebuktam. Ő volt, aki elment a zsarukhoz, és kitálalt mindent.

– Ne bassz – reagált Phil, mert a társak így hívták. – Különben meg is úszhattad volna az egészet?

– Azt nem tudom, de egy kurva fasza tervem volt, az biztos. Ott basztam el, hogy nem csináltam egyedül.

– Miért, meg lehetett volna egyedül is csinálni? – kérdezte Gábriel. – Akkor te egy barom vagy, öcsém. Amit egyedül meg lehet tenni, abba nem vonok be senkit.

– Jó, baszod, de egy szimpla rablást terveztünk ki együtt, csak én utána továbbgondoltam a dolgot, de most már mindegy. Amúgy sem tudtam volna egyedül elvinni annyi zsozsót meg aranyat. Volt vagy két mázsa a cucc.

– Mennyi?

– Rengeteg volt, és a köcsög Geri lenyúlt szinte mindent, meg ráadásul még ő lesz szabad hamarosan. Szerintetek ez fair?

– Nem ismerem a haverodat, de biztosan békésebb természetű, ha ő már kint lesz. Hogyan kapott ennyivel kevesebb évet? – kérdezte Gábriel, Philip közben már a szokásos esti fekvőtámaszait nyomta, de azért odafigyelt a párbeszédre is.

– Én lőttem, sőt ők nem is tudták, hogy lőni fogok – Ric elhallgatott, majd dühösen, de halkan folytatta: – De a faszomért csináltam így?

– Most már mindegy, a múlt elmúlt. De ha rám hallgatsz, az őröket és a nevelőt hagyod a picsába. Akkor sem értem, hogyan kaphatott ennyivel kevesebbet, hogy már hamarosan szabadul.

– Valami fokozatváltása volt, és így magasabb kedvményre lett jogosult. Természetesen a mindig példás viselkedésű Németh Gergely meg is kapta a feltételest, hogy szakadna meg.

Pedig küldtem ám rá embereket, de egyik sem tudta addig provokálni, hogy megüssön bárkit is, vagy esetleg őt szétcsapják.

– Normális lehet ez a Geri, és úgy tűnik, van elég esze is az élethez – mondta Gábriel.

– Miért hagyjam az egészet? – kérdezett vissza Ric.

– Mert nem jöhetsz ki jól belőle. Volt itt egy haverom, aki pont ilyen lázadó volt, amilyen te. Többször leütötték az őrök, és ő is mindig megfogadta, hogy egyszer visszavág, meg ilyesmi.

– És? Mi lett? – Phil is felpattant a padlóról, mert ez felkeltette az érdeklődését. – Ki volt az? Nekem erről még nem is beszéltél.

– Azért, mert te nem ismerted. Előtte elvitték már innen, mielőtt te megjelentél a szinten. Sokszor elmondta nekik, hogy végük, mert ha kimegy, megszervezi, hogy elássák őket az erdőben, meg ilyen faszságokat. Ezt egy csomó ember tudta, és hallották is többször az ételosztók meg más faszik. Egyszer aztán a két felügyelő, akik téged is szopatnak, szándékosan felidegesítette. Tom, mert így hívták, azt hiszem, Kolompár Tamás volt, de csak abban vagyok biztos, hogy Tamás volt. Szóval, megint elkezdte kiabálni, hogy végük, meg minden ilyesmit. A két őr kinyitotta a zárkáját, a faszkalap még mindig csak fenyegetőzött, egyszer csak nagy huppogás, ütések meg minden. A szomszéd zárkákból hallgatóztunk, de csak azt hallottuk, ahogy Tom üvölt velük, egyszer csak ütések, és egy szó sem. Néhány hét múlva Tom nekem a sétaudvaron elmesélte az egészet. Amikor kinyitották a zárkát, Tom megijedt, mert tudta, hogy megint kikap. Azonnal arccal a fal felé fordult, kezét hátra tette, jelezve, hogy nem akar bajt. Erre hátrabilincselték, törölközőt megsodortak és, mint egy zablát belehúzták a szájába, hátul a fejénél csavartak rajta egyet, majd szétverték gumibottal a vállát, a combját, az alkarját, azokat a testrészeket, amiket elvileg szabad, ha balhé van. A törölköző miatt ordítani sem tudott, meg aztán oda terelték, ahová csak tudták.

– Az kemény – jegyezte meg Ric.

– Nem az a kemény. Most jön a java.

– Mi? Ne baszd az agyam! – kelt ki magából Phil.

– Ezután elvitték a dokihoz, megírták a jelentést, és fegyelmit kapott, mert megtámadta az őröket. Mást nem hallottak a szinten, csak azt, hogy felszólították, hogy a zárkarendnek megfelelően pakoljon össze, erre ő üvöltve fenyegetőzött. Néhány perc múlva pedig a tátika melletti kis résen látjuk, hogy szabályosan hátrabilincselve viszik el.

– Jó, de mi volt a durva?

– A fegyelmin elmondott mindent őszintén, amiből feljelentés is lett, meg katonai ügyész, bíróság. Viszont csak a két felügyelő vallomása meg amit hallottak a többiek a szomszédból, az állt rendelkezésre – kicsit mosolyogva elgondolkodott Gábriel, majd folytatta. – A lényeg, hogy felmentették a két faszszopót, és visszafordították az ügyet.

– Mi? – kérdezett vissza Phil.

– Úgy, tesó, ahogy hallod! Szerencsétlen Tom kapott egy évet hamis vád miatt.

– Ez aztán a szopás, öcsém. Nem elég, hogy szarrá verték, még ő kapott érte börtönbüntetést is – mondta Ric.

– Ja, szóval jobb és sokkal okosabb itt bent meghúzni magát az embernek, mint kötekedni az őrökkel. Az egy dolog, hogy kint megbasznád, mint a szart, ha találkoznál velük, de akkor is, hidd el nekem, Ric, hogy jobb a békesség – zárta le Gábriel.

– Mondjuk, Ric nem hinném, hogy sokat tehetne a Tóth törzs ellen ott kint – tette hozzá Philip.

– Na, megvannak a kapcsolataim nekem is – mondta sejtelmesen Ric.

Ezt követően Ric többet már nem szólt vissza a felügyelőknek. Szakkörbe kezdett járni, és könyvtárba. A nevelőtől is folyamatosan kérte a személyes meghallgatásokat, és elhitette mindenkivel, hogy szeretne megváltozni. Néhány hónap elteltével, amikor az informátor már Geri pontos szabadulási dátumát is tudta, Ric beadta az átszállítási kérelmét azzal az indoklással, hogy a biztonságot veszélyeztető helyzet megszűnik, mert Németh Gergely szabadulni fog. Az illetékes döntéshozó nem látta akadályát annak, hogy Ricet a lakóhelyéhez legközelebbi börtönbe szállítsák át, ezért a kérelemnek hely adott. Így fordulhatott elő, hogy aznap, amikor Gerit a szabaduló zárkába helyezték, Ric éppen elfoglalta új zárkáját azon a szinten, ahol Geri addig volt elhelyezve, amíg nem került enyhébb fokozatba.

Izgatottan várta Geri az utolsó fegyintézetben töltött éjszakáját, faltól-falig sétálgatott a zárkában, s közben a gondolatai előrerepültek az időben. Megjelent előtte, ahogy majd megöleli Steve-et első találkozásukkor, és látta magát üzletemberként, gazdag, nagyvilági emberként. Ahogy merengett a fiú a jövőjén, egyszer csak kopogtak a zárkaajtón.

– Igen? – szólt Geri.

– Németh Geri? – jött a kérdés kintről.

– Igen, az vagyok.

– Egy levelet hoztam neked, az egyik új fiútól. Becsúsztatom az ajtó alatt, aztán húzok vissza felmosni, mert szétrúgják a seggem, haver.

– Ki vagy te? Kitől hozol te nekem levelet? – kérdezte értetlenül Geri.

– Én takarítok ezen a körletrészen, és a szállítással jött egy új srác, az küldött neked levelet. Valami Ric, vagy mi a szar. Na, szevasz! – s azzal a kémlelőnyílás melletti résen bedugta a levelet a fogva tartott.

Geri egy pillanatra kővé dermedt a név hallatán, majd sietve szétnyitotta az összehajtogatott papírlapot, és olvasni kezdte a levelet.

Szevasz, Geri tesó!
Annyira jó haverok voltunk valamikor, hogy arra gondoltam, nem mehetsz úgy haza, hogy nem köszönök el tőled. Sőt, annyira jó haverok voltunk egykor, hogy elhatároztam, segíteni fogom további boldogulásodat is. Természetesen nem feledkezem meg Steve-ről sem, már egy ideje keresik őt is a magánkopók, akiket az ügyre állítottam. Térjünk vissza hozzád. Ha rövid akarok lenni: nem lesz egy perc nyugtod sem! Bővebben: minden lépésedről tudni fogok, s csak én rajtam fog múlni, hogy mikor vágnak le, mint egy barmot. Vigyázz a körülötted élőkre is, mert sajnos nem biztos, hogy nekik nem esik semmi bántódásuk. Kibasztál velem, Geri, és ezt nem felejtem el neked soha. Míg én élek, neked nem lesz nyugodt éjszakád, ezt garantálom. Sok sikert a szabad világban, Geri!
Ric

Geri, miután elolvasta Ric sorait, azonnal apró darabokra tépte a papírt és lehúzta a vécében. Nyugtalanul sétált a zárkában. Most teljesen máshol jártak gondolatai, mint tíz perccel korábban. Féltette Anit és a húgait.

– Valahogy beszélnem kell ezzel az állattal – gondolta. Tudta, hogy ez már teljesen lehetetlen ebben a helyzetben. – Á, csak kamu az egész, blöfföl, és kész. Nincsenek neki kapcsolatai ehhez – nyugtatta magát Geri.

Egész éjszaka izgatottan forgolódott csak az ágyon, de most már nemcsak a szabadulás miatti izgalomtól, hanem Ric miatt is, mert attól, hogy korábban fogatlan oroszlánnak tartotta társát, most már nem lehetett nyugodt, mert közben vagyonos ember lett Ric, és a börtönben komoly kapcsolatrendszert is kiépíthetett. Gerinek mindössze egy napra volt szüksége, hogy elhagyja az országot, hiszen érvényes útlevele volt még. Viszont féltette családját, ezért nagyon feszült volt, szinte szédült a félelemtől, de azért hajnal ötre nagy nehezen el tudott aludni.

XXVI. Fejezet

– Németh Gergely – hangzott a szolgálatot teljesítő felügyelő felszólítása

– Parancs, zászlós úr – válaszolta Geri. – Csak nem elérkezett az idő?

– Most pont úgy csinál, mintha nem tudná. Lefogadom, hogy egész éjszaka nem aludt egy szemhunyásnyit sem – viccelődött a nagydarab fegyőr, miközben kinyitotta a szabadulózárka ajtaját.

– Ebben teljesen igaza van, Pintér úr. Egy nyamvadt másodpercet sem bírtam aludni kb. ötig, de még ülni sem, csak jöttem-mentem ebben a szűk odúban, alig vártam, hogy reggel legyen – magyarázta Geri.

– Miért nem rendelte ide a rokonságot éjfélre, mint más fogva tartottak? – érdeklődött tovább Pintér Attila zászlós. – Na, lépjen ki a felszerelésével, Németh fogva tartott. Utoljára kell kilépnie egy zárkaajtón. Vagyis nagyon remélem, hogy utoljára... – nézett szigorú tekintettel Gerire.

– Tudja, zászlós úr, azt én is nagyon remélem – válaszolta mosolyogva a fiú.

Közben elindultak a folyosón, hogy Geri végleg elhagyja a fegyintézetet. Végigmentek a hosszú, hűvös földszinti folyosón, közben minden arra tévedő felügyelő szólt néhány szót a szabadulóhoz. Ki viccesen, ki mogorván, egyesek valóban szívből jövő jó kívánságokat fogalmaztak meg, de akadt olyan is, aki ilyenkor sem tudott kibújni bőréből, és bunkó maradt.

– Ne törődjön vele, ez még velünk is ilyen topa – próbálta vigasztalni az amúgy egyáltalán nem megsértett Gerit a zászlós.

– Áá, ne vicceljen, felügyelő úr! Nem gondolja, hogy ezen a napon zavar engem bármi. Négy év és nyolc hónapja annak, hogy magamtól besétáltam a rendőrségre, és feladtam magam és a fiúkat. Azóta egyetlen egy alkalommal sem volt fegyelmi fenyítésem, még csak egy zsugát sem írtak nekem, pedig volt, hogy Aradi felügyelő volt a szintesünk évekig, talán két évig is a mi szintünkön szolgált. Ő azért tolja rendesen a fegyelmi lapokat meg a pofonokat.

– Miket? Biztos vagyok benne, hogy ezt nem gondolta komolyan, Németh – nevetett a zászlós.

– Persze, hogy nem – reagált Gergely.

Közben kiértek az udvarra, az udvaron át eljutottak a főépületbe, ahol a szolgálatos biztonsági tiszt várta már őket a kapuban.

– Jó reggelt! Már itt vannak magáért, legalábbis itt parkol egy autó a ház előtt kb. negyed órája.

– Jó reggelt, százados úr! Talán anyámnak sikerült egy sofőrt szereznie, mert nem tud még vezetni.

– Jó, akkor essünk túl rajta. Neve?

– Németh Gergely.

– Születési helye, ideje, anyja neve?

– Budapest, 1993, Szabó Róza.

– Rendben. Akkor itt írja alá, hogy az okmányait átvette. – A fiú aláírta az ívet. – Jó. Most itt, hogy a szabaduló pénzét és a felszerelését átvette. Kérem, számolja meg.

Geri aláírta a dokumentumot, de a pénzét nem számolta meg, mert zárt borítékban volt, amit együtt zártak le a szeme láttára a pénzügyi csoport illetékes előadójával. A százados utasította a kapuban szolgálatos felügyelőt a kapunyitásra. A zár kattant, és a fiú, miközben elköszönt őrzőitől, kisétált az utcára. Szemeiből könny csorgott, ahogy megérezte a felkelő nap sugarait sima, feszes arcbőrén. Aztán meglátta anyját kilépni egy autóból, és nem bírta tovább. A mérhetetlenül erős fiú zokogni kezdett. Odaértek egymáshoz, és együtt sírtak és ölelték, puszilták egymást. Eltelt vagy öt perc is, amire megnyugodtak egy kicsit.

– Gyere, menjünk az autóhoz, kisfiam – szólalt meg Ani először, de a fiú még sírt, szinte zokogott. A rengeteg feszültség, ami az elmúlt közel öt évben érte, mind most tört ki belőle. A kezdetektől, a rablás tervezésétől, gyilkosság, a tárgyalás és maga a büntetés-végrehajtás. A rengeteg gonosz és rossz szándékú ember, a börtönben lezajlódó emberi játszmák, a jutalmazások, a feltételes szabadságra bocsátást megelőző tárgyalás sorra megfeszítették és kővé edzették a szívét. Most végre Ani öleli át, mint kiskorában olyan sokszor tette, ha valami baj érte, vagy bántották. Sírt, és anyja hagyta, hogy a vállán kisírja magát Geri.

– Sírjál csak, fiam, hisz' tudod, mit mondtam neked mindig a sírásról? A sírás megkönnyíti a szívedet. Meglágyítja a megkeményedett, kövesedett szívet.

– Oké – mondta Geri. – Azt hiszem, vége – aztán elindultak az autóhoz. Mire odaértek, a sofőr már nyitotta csomagtartót. Geri bepakolta a holmiját és beült a hátsó ülésre, de előtte körülnézett, hogy nem figyelik-e őket. Nem látott semmi gyanúsat. Lassan elindult a piros Volkswagen Bora típusú személygépkocsi. Néhány kilométer megtétele után a nő törte meg a csendet.

– Jaj, de figyelmetlen vagyok. Még be sem mutattalak benneteket egymásnak – mondta szipogva. – Ő itt a fiam, Németh Gergely, aki most szabadult a börtönből, mint tudod, de nagyon büszke vagyok rá így is, és nagyon szeretem – mondta elcsukló hangon, majd folytatta a bemutatást. – Gerike, az úr itt Horváth Tamás, a munkatársam.

– Üdvözlöm és köszönöm, hogy értem jött. Bár én mondtam anyának, hogy elmegyek vonattal vagy busszal is haza. Mindenesetre köszönöm, rendes öntől. – Közben Geri hátrapillantott, hogy követik-e őket, és meglátott egy fekete, sötétített üvegű Audi A6 típusú autót, ami nagyon lassan és biztos távolságból jött utánuk.

– Szervusz, szerintem tegeződjünk. Jó? – mondta Tamás. – Ne viccelj! Nagyon szívesen jöttem el, nagyon kedvelem Anit, sokkal több ő nekem, mint egy egyszerű kolléga – nézett a mellette ülő nő könnyes arcára, aki kicsit szúrós tekintettel dorgálta meg érte.

Ahogy rótták a kilométereket, egyre jobban oldódott a hangulat az autóban, bár Geri közben folyamatosan ellenőrizte, hogy jön-e még utánuk a fekete Audi. A fiú elmesélte a börtönben eltöltött évek legérdekesebb emlékeit, már amik hirtelen az eszébe jutottak. Útközben megálltak reggelizni egy kicsi kis fogadónál, a fekete autó viszont továbbhaladt, amitől Geri kicsit megnyugodott. Miközben rendelni készültek, megkérdezte Anitól, hogy nem jelentkezett-e mostanában Steve.

– Nem tudsz egy kicsit kikapcsolni, fiam? Most jöttél ki a börtönből, és egyből Steve-ről kérdezel? Honnan tudná, hogy egyáltalán mikor szabadulsz? – kérdezte az anyja aggódva.

– Szerintem tudja – válaszolta Geri.

– Na, csak nem tartottátok már a kapcsolatot odabentről? – érdeklődött a nő ismét.

Geri kicsit bizalmatlan volt még Tamással, hisz' ő egyáltalán nem is ismerte, ezért úgy döntött, hogy halasztja a témát hazáig.

– Nem, csak – elharapta a szót, mert jött a pincér –, inkább rendeljünk. El sem hiszem, hogy valaki nekem fogja felszolgálni a reggelit – mondta nevetve.

– Pedig ezt most nem is tudod elkerülni – mondta Tamás. – Mit rendelsz?

– Nem is tudom. Igazából szinte minden reggel ugyanazokat ettük. Talán tojást, igen, egy jó tükörtojást és még müzlit meg gyümölcslét. Ja, és végre egy igazi, finom, forró kávét. Az már nagyon hiányzott, a púpom volt tele az instant kávékkal.

Mindenki rendelt. A reggelit gyorsan szolgálták fel, hisz' csak kevesen voltak a vendéglőben. Megreggeliztek, közben jó hangulatban beszélgettek tovább, majd újra elindultak a hazafelé vezető úton. Néhány óra múlva már meg is álltak a fővárostól néhány kilométerre lévő kisvárosban, pont Geriék háta előtt. Mivel Tamás nem kérdezte, hogy hová menjenek, hanem egyenesen odaautózott, Geri sejtette, hogy nem először jár erre, illetve, hogy Aninak is „kicsit" többet jelent a férfi, mint egy egyszerű munkatárs. Kiszálltak és kivették a poggyászokat. Geri elköszönt Tamástól, majd bement a házba, hagyta, hogy Ani négyszemközt beszéljen a férfivel. A küszöbről még visszafordult, hogy intsen a férfinek, amikor a fekete A6-os Audi elhúzott Aniék mellett. Gerin végigfutott a hideg, olyan szapora lett a pulzusa, mint egy űzött vadnak. – Ezt nem hiszem el, ez a rohadék tényleg ránk állított valakiket. Holnap intézkedem. Viszem innen anyámékat is a fenébe. Aztán visszajövök majd egyedül, és lerendezem ezt az ügyet egyszer és mindenkorra – gondolta magában.

– Köszönöm, Tamás – mondta a nő, és átölelte a férfit, majd megpuszilta az arcán.

– Nagyon szívesen tettem, tudod úgyis.

– Tudom.

– Mikor találkozunk? Mikor láthatlak? – érdeklődött Tamás.

– Most ezt nem tudom. Kérlek, hogy néhány napig most ne keressük egymást. Majd jelentkezem én, és megbeszélünk valamit. Szerintem a hétvégén majd egyik nap eljössz ebédelni, és akkor megmondjuk Gergelynek, hogy tulajdonképpen mi, szóval, szeretjük egymást – mondta a nő, és megsimogatta a férfi arcát.

– Jó, legyen, ahogy gondolod. Bár szerintem tudja ő azt már – majd beült az autóba és elhajtott. A nő megvárta, amíg az utca végén a Volkswagen befordult, és ő is bement a házba.

– Meg kellene hívni az ismerőseidet vacsorára valamelyik nap, hogy megünnepelhessük a szabadulásodat – fordult örömtől sugárzó arccal Geri felé anyja a nappali közepén.

– Meghívhatjuk, de előtte még van valami, amit meg kellene beszélni – mondta Geri.

– Mi lenne az? – érdeklődött Ani. – Apropó, nekem is van mondanivalóm.

Ani szó nélkül bement a hálószobájába, majd kihozott egy borítékot, amin annyi állt, hogy Gerinek.

– Ez tegnap jött meg egy nekem címzett borítékban. Kibontottam, de csak ez a másik boríték volt benne. – Azzal átadta a levelet a fiúnak. – Honnan tudta Steve, hogy mikor szabadulsz?

– Egy ideje már Zsanin keresztül kapcsolatban vagyunk – válaszolta Geri

– Jó, és ki az a Zsani?

– Ő egy lány, aki nagyon tetszett Steve-nek, amikor elhagyta az országot. Évek múlva meg merte őt keresni, de Zsani mindig párkapcsolatban volt, ezért csak barátok lehettek – közben leült Geri és elkezdte kibontani a levelet. – Mostanra azonban ismét szingli a lány, de vannak aggályai, hogy újra kezdje-e Steve-vel – Ani is leült a kanapéra, szembe a fiúval. Geri kinyitotta a levelet, de Ani nem látta mi van benne.

– Mit írt? – kérdezte izgatottan. – Mi van a borítékban?

– Két repülőjegy Argentínába – mutatta meg Geri a jegyeket. – Kevés készpénz, hogy kiérjünk. Plusz egy rövid levél.

– Mit írt? – Geri odafordította a kicsi lapot anyja felé, és ő olvasni kezdte.

„Az álmok egyszer valóra válnak. Mindig ezt mondtad nekem. Várlak, s hogy az én álmom is valóra váljon, kérlek, hozd el nekem valahogy Zsanit is. Üdv: Steve"

– Ez szép. Mikor óhajtasz ismét itt hagyni minket? – kérdezte szemrehányón Ani.

– Nem tudom. Most nem lehet – válaszolta Geri. Bűnbánón lehajtotta fejét, és sírni kezdett.

– Mi a baj? Most jön ki belőled a feszültség, szívem? – kérdezte együtt érzőn a nő.

– Nem, dehogy, csak – és Geri félbeszakította a mondatot, mert nem tudta, hogyan is mondja el anyjának, mekkora bajba sodorta őt és a lányokat.

– Mit csak? Mondjad már, fiam! – kérdte ingerülten Ani.

– Mindjárt elmondom. Jó? – Ani bólintott, hogy rendben. – Először letusolok, hogy felfrissüljek, és utána mondom majd. Oké, jó lesz így?

– Persze.

Geri felment az emeleti fürdőszobába, levetkőzött megnyitotta a csapokat és beállította a vízhőmérsékletet. Beállt a zuhany alá, és mosta ki magából az évek alatt felgyülemlett feszültséget. Nem bírt megnyugodni Ric miatt. Lehet, hogy mindent elrontott azzal, hogy feladta a csapatot. Sőt, talán azzal rontott el mindent, hogy belement ebbe az egész rablásba. – Miért kellett nekem ez az egész? – mondta, majd ököllel beleütött a csempézett falba. Néhány percig csak tusolta arcát és testét, egyszer csak egy nagy huppanást hallott lentről, majd egy éles sikolyt, aztán teljes csend.

– Ani! – kiáltott Geri és azonnal nadrágot húzott, majd futott le a lépcsőn, közben anyja nevét kiabálta. Leért, egy pillanat alatt felmérte, hogy nincs már a házban senki más, ezért rögtön a kitárt bejárati ajtó felé vette az irányt. Ahogy kiért az utcafronti előkertbe még látta, ahogy a fekete, sötétített üvegű autó elhajt az utcából. Futott az autó után, ameddig bírt, mezítláb, egy szál nadrágban, ugrálta át a szemetes edényeket, sövényeket, amíg kiért az útra, majd futva üldözte Ani elrablóit. Aztán az autó látótávolságon kívülre került. Geri teljesen kimerülten rogyott térdre az aszfaltút közepén, közben az autók kerülgették és dudáltak, de a kétségbeesett fiú meg sem hallotta őket. Arcát kezébe temetve, zokogva üvöltötte nevelőanyja nevét.

– Ani! Ani! – Végül magzatpózban feküdt az úton tovább, szólítgatva elrabolt anyját.

– Mit tettem veled, mit tettem veletek?! – Vigasztalhatatlanul és kétségbeesetten remegett és sírt.

A szerző

Gyöngyösi István Kapuváron
született, 1976. 03. 12-én.
Főiskolai végzettséget szerzett,
nőtlen, egy gyermek (lány) édesapja.
Kedvenc időtöltése, hobbija az úszás,
cross fit, olvasás, kirándulás.
Mottója: „Az emberek mindig köny-
nyen ítélkeznek mások felett. Pedig
minden egyes személy egy-egy külön élettörténet
jegyeit hordozza. A tett pusztán következmény.
Sokat kell dolgoznunk azért, hogy megtanuljuk
csupán a tettet minősíteni, nem pedig az egyént.
Nekem is sokáig tartott, s talán még most sem
tanultam meg száz százalékosan így vizsgálni em-
bertársaimat, de az biztos, hogy a börtön falai közt
eltöltött tizenegy év sokkal közelebb vitt e célhoz."

A kiadó

Aki feladja,
hogy jobbá váljon,
feladta,
hogy jobb legyen!

E mottó alapján a novum publishing kiadó célja
az új kéziratok felkutatása, megjelentetése,
és szerzőik hosszútávú segítése. Az 1997-ben
alapított, többszörösen kitüntetett kiadó az egyik
legjelentősebb, újdonsült szerzőkre specializálódott
kiadónak számít többek között Ausztriában,
Németországban és Svájcban.

**Valamennyi új kézirat rövid időn belül egy
ingyenes, kötelezettségek nélküli kiadói
véleményezésen esik át.**

További információkat a kiadóról és
a könyvekről az alábbi oldalon talál:

www.novumpublishing.hu